文
景

———

Horizon

社科新知 文艺新潮

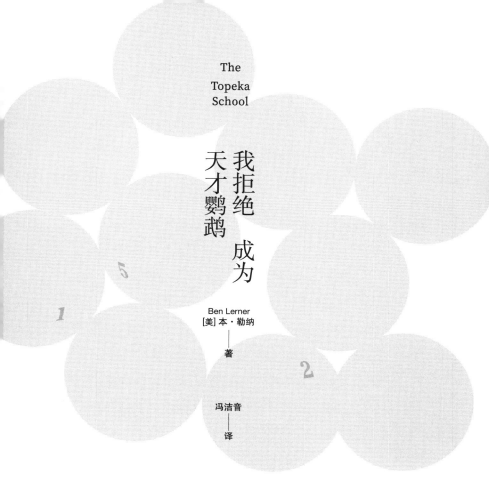

The
Topeka
School

天才鹦鹉 我拒绝 成为

Ben Lerner
[美] 本·勒纳

著

冯洁音

译

上海人民出版社

献给我的哥哥

目　录

戴尔想象着用他的金属椅子砸碎镜子的情景，他从电视节目中了解到也许会有人在那背后的黑暗中，他们能看见他，他相信自己感觉到了他们的目光时有时无地落在他脸上。以慢动作的形式，一阵玻璃雨，鬼魂显现了。他暂停、倒带，又重新看一遍玻璃碎片下落。

那个留着黑色胡髭的人一直在问戴尔是否要喝点什么，最后他说喝热水。那人离开去拿饮料，另外一个没有留胡髭的人问戴尔他感觉如何。请随便伸伸腿放松。

戴尔坐着没动。留胡髭的人回来了，拿着一只冒热气的棕色纸杯、一把红色吸管和小包装袋：雀巢咖啡、立顿茶、代糖。挑选你的毒药吧，他说，但是戴尔知道这是在开玩笑，他们不会毒死他的。墙上有张招贴画："了解你的权利"。还有些他看不清楚的小字。其他就没有什么可看了，只有那个留胡髭的人在说话。房间里的灯光像学校里的灯光一样，他偶尔被召唤到讲台上时总是亮得叫人难受。（"该戴尔发言了。"这是格雷纳太太的声音，然后是他的同学们熟悉的笑声。）

他低下头，看见刻画在薄木板上的字母缩写和星星和符号；他用手指摸索着这些印记，两只手腕靠在一起，好像还戴着手铐似的。一个人叫戴尔看着他，他照办了，先看着他的眼睛（蓝色的），然后看他的嘴唇。那张嘴命令他再叙述一遍。他再次告诉他们他如何把台球扔向那群人，但是另一个人打断了他，虽然声音很柔和：戴尔，我们需要你从头开始。

尽管水有点烫嘴，他还是喝了两小口。在他心里头，人群在镜子后面聚集：他妈妈、爸爸、乔纳森、曼迪。"都看着我。"戴尔知道他无法让他们明白，他本来绝不会扔球的，但他却还是扔了。早在那些一年级学生对他说一些常见的骂人话之前，在他从衣角的口袋里把它拿出来，感到它的分量和树脂的凉爽平滑之前，在他将球扔进人群拥挤的黑暗中之前——台球停留在空气中，缓缓旋转。就像月亮一样，这辈子它都在那儿。

语 速 压 倒（亚当）

他们在她继父的小船上随波逐流，在一个人工湖中间，四周空荡无人，宽大的小区住宅围绕着湖水而建。早秋时节，他们直接用酒瓶喝着金馥力娇酒，亚当坐在船头看着水面上一道变化闪烁的蓝光，那很可能是电视透过玻璃窗或者玻璃门发出的光亮。他听见她打火机的咔嗒声，然后看见烟飘在他身上，散开来。他说了很长时间了。

　　等他回头去看自己说话的效果时，她已经走了，留下一堆牛仔裤和套头衫，还有烟斗和打火机。

　　他叫她的名字，突然意识到四周很安静，他把手放进水里，水很凉。下意识地，他拎起她的白色套头衫，闻着那晚早些时候在克林顿湖边留下的木头烟熏味，还有合成薰衣草的气味，他知道那是她的沐浴露。他再次叫她的名字，声音大了些，然后四下看看。几只鸟掠过一动不动的湖水。不，那是蝙蝠。她什么时候跳下水或离开船的，怎么可能一点水花溅起的声音都没有呢，万一她淹死了怎么办？现在他在喊叫了，远处一只狗在呼应。因为兜着圈子寻找她，他感到头晕，坐了下来。然后他又站了起来，顺着船沿看去。也许她就在旁边，忍着笑声，但是她不在。

　　他必须把船开到码头去，她肯定在那里等着。（每隔两三个分区就有一个码头。）他觉得看见了一只萤火虫在岸上慢慢地发光，但是这个季节不对，太晚了。他感到一阵愤怒涌上来，庆幸有这种感觉，想要它淹没自己的恐惧。他希望安帕在他啰啰唆唆情感告白之前就已经跳进水里。他曾经说过一旦他离开托皮卡去上学，他们就可以在一起，但是现在他知道不会了。等他在岸上找到她，发现她平安无事时，他就会急切地表现出自己的冷漠。

　　看见外置马达在月光下闪亮。对他任何一个朋友来说，操控船只都很容易，可能除了贾森之外，他们全都展示出一种中西部人掌握机械的基本能力，都能自己换油或者擦拭枪支，而他却连手动挡车都不会开。他身上有太多戴尔的基因。他找到了他想应该是启动绳的东西，扯了一下，没有动静。他把大概是风门杆的东西推到另一个位置，又试了试，还是没动静。他开始想到是否必须游泳了 —— 他不确定自己水性如何 —— 然后他看见了点火器上面的钥匙。他转动钥匙，引擎发动起来。

　　他尽量缓慢地把船开回岸边。靠近陆地时，他关上引擎，但无法让船与码头平行。玻璃纤维撞到木头上声音很响，附近的牛蛙顿时安静下来。似乎没有损坏什么，他也没认真去看。他匆忙把船上堆着的绳索扔到固定在码头的木桩上，迅速地随便打了几个结，然后下了船，他祈祷没人从某扇窗里看他。他没有去拿钥匙，也没拿她的衣服、烟斗或酒瓶，他跳上通往她家的斜坡，经过湿漉漉的草地。如果那条船在水上漂走，那也是她的过错。

面对湖泊的那些大玻璃门从不上锁。他轻轻打开一扇门走了进去。现在他才感到身上的冷汗。他能够看见沙发上她哥哥的身影——头顶着枕头，在大电视机的亮光中睡着了。静音播放着新闻。房间其他地方都在暗处，他想要叫醒他，结果还是脱下添柏岚靴子——他觉得它们肯定沾满了泥——悄悄穿过房间，走上铺着白色地毯的楼梯。他慢慢地走上去。

虽然不允许他在这样的时点来她家，但是如果被发现了也不是什么灾难。过去他也在这里待过两三晚，她告诉父母他喝多了。他们以为他睡在客房里。他们猜得不错，他给家里打过电话了。但是现在一想到可能会碰见谁——当他甚至都不能确定她是否在家时——他吓坏了。她妈妈吃安眠药，他见过那个超大号的处方药瓶，知道她每晚把药跟酒混在一起。上次的派对那么吵闹，她继父照睡不误。他们不会醒的，他安慰自己，只要不撞倒什么东西就行。他很高兴只穿着袜子。

他走到一楼，打量了一下黑黢黢、宽敞的起居室，然后又上一层楼走到卧室所在的地方。他几乎能看到屋子另一头的墙上那大幅常见的打猎场景，日落时分湖泊旁的树林里塞特种猎犬惊散一群野鸭。他能够看见报警系统面板上的红灯闪烁，好在他们从来没启用过。壁炉上家庭照片镜框的银色镶边有点亮光：十来岁的孩子在落满树叶的草地上摆姿势，她弟弟拿着一个橄榄球。巨大的厨房里什么东西咯咯响了一下，然后又安静了。他走上楼。

她的卧室在右边第一间，开着门，他没有打开灯，在走廊上也能看见安帕睡在床上，盖着被子，沉稳地呼吸。他放松了肩膀；大大松了一口气，因为松了一口气结果又更生气了，也意识到他好想撒尿。他转身穿过大厅进了卫生间，小心翼翼地关上门，没有开灯，掀起了马桶盖。想了想又放下马桶盖，坐了下来。外面慢慢驶过一辆车，车灯光透过百叶窗帘照亮卫生间。

这不是她的卫生间。电动牙刷、吹风机、这些特殊的肥皂——这都不是她的盥洗用品。一时间他以为，并迫切地希望，这可能是她母亲的东西，但是不对劲的地方太多了：淋浴房的门不同，玻璃是磨毛的；现在他闻到了马桶水箱上放着的一罐凝胶球的柠檬气味；墙上挂着的一个紫色布袋里装着异域干花。他打个激灵一瞬间回想起来，他对这幢房子的印象变了：钢琴（从来没人弹过）在什么地方？他不是应该看到那盏枝形吊灯的吗？楼梯上的地毯——绒面是否太厚了点，在黑暗中看上去也太暗淡了点，不像是真正的白色？

意识到不同之处、发现自己走错了房子已经够骇人了，伴随而来的感觉是，他同时置身于湖边所有的房子里，因为这些房子全都一模一样，登峰造极的相同格局。在每个房子里的床上都有她或者像她一样的人在睡觉或者假装睡觉；法定监护人在大厅另一头，大个子男人打着呼噜；壁炉上家庭照片的面孔和姿势可能不一样，但全都属于根据同样原理打造的面孔和姿势；油画上场景的元素可能会各有不同，但是熟悉和平庸的程度却差不多；如果你打开任何一台巨大的不锈钢冰箱或者察看人造大理石的厨房岛台，都会看见配套的预制产品，只是外观构造搭配略有不同。

他置身于所有的房屋，但是正因为他不再拘囿于一个离散的身体，也就可以飘浮在这些房屋上方，仿佛小时候观看克劳斯送给他的迷你火车的感觉，他对火车不感兴趣，几乎没法让它们动起来，但是他热爱那个背景，那在木板上铺开的绿色静电植绒：小而高耸的松树和阔叶树。当他观看那些细节极其逼真的树木时，同时占据着两个优势：他想象着自己在树枝下，同时又从上方观察它们；他抬头看着自己正在朝下看。然后他能够在这些视角、这些尺度之间快速转换，这样的连续变换使他游离于身体之外。现在他既在这个特定的卫生间里，同时也在所有的卫生间里恐惧到浑身僵硬。他从一百扇窗子里往下看着那个乏味的人工湖上的小船（干了的丙烯上面有些白色油漆，给表面增加了一种动态和泛着月光的感觉）。

他游移回到自身。他感觉仿佛什么地方启动了定时钟，他只剩下几分钟，也许几秒钟，逃离这幢他无意间闯入的房子，否则马上就有人朝他迎面放空一梭子弹，或者警察到来发现他在一个沉睡的女孩卧室外面徘徊。恐惧令他呼吸困难，但是他告诉自己他只需要摁一下倒带按钮，悄悄地原路返回，不打扰任何人。他这么做了，尽管现在当他走下楼梯时，那些小小的差异之处不断提醒他注意：有一张他先前没注意到的 L 形状的沙发；他能看出来这里的咖啡桌是玻璃的，而不像她家的那样是深色木材。在楼梯底下，他犹豫了一阵：大门就在那里，向他召唤，他马上就自由了，但是他的靴子留在楼下，要取回靴子必须经过那个睡着的陌生人。

尽管他害怕可能随时会被发现，还是决定去取靴子，并非因为那是证据，可以追寻到他身上，而是因为他觉得自己如果就这么光着脚回到她身边，有可能会受到嘲笑和羞辱。他凭直觉也能大致勾勒出这个故事，能够感到故事会传开——她如何离开他，先是让他自己去胡乱对付那艘船，然后又在某个不知道怎么回事的倒霉的冒险经历中丢失了他妈的鞋子。嘿，戈登，你鞋带系好了吗？穿了拖鞋？他想起了中学时代的盖伦·麦凯布，穿着袜子回家，哭哭啼啼，因为穿了飞人乔丹运动鞋而被人捉弄——这样的记忆突然冒出来。盖伦现在还为这事气恼，尽管他现在可以仰卧推举三百磅。

曾被他认作她哥哥的那个年轻人已经翻了个身，脸对着沙发靠背，枕头掉在地上。他溜过去时，鲍勃·多尔[1]巨大的脑袋正出现在屏幕上，动弹着嘴唇。他捡起靴子，慢慢推开房门，滚轴有点滞涩。他只好用了点力气，弄出了很响的吱呀一声。沙发上的身体动了动，开始坐起来（在整个舍伍德住宅小区都有身体在动弹，并开始坐起来）。他没有关上门就奔了出去，手里拎着靴子，跑在湿淋淋的草地上——不顾地面凹凸不平，不顾地上的

---

[1] 罗伯特·约瑟夫·多尔（Robert Joseph Dole，1923—2021），美国律师、政治人物，共和党人，曾任众议员和参议员。1996年曾竞选美国总统。——译者注，下同

木棍和石头 —— 速度快得空前绝后，身体因为一些肾上腺素的释放而愉悦。没有人在他身后叫喊，只有他自己的脚步声，耳内血液轰鸣。他激活了一些运动感应灯，跑得靠近水边了。他用尽全力跑了一分钟，然后意识到自己并不确定要去哪里。他单腿跪了下来，胸口灼烧，回头确认没有人跟着他。他尽快穿着湿袜子套上靴子，没有系鞋带，然后起身跑过一幢幢房屋，一直跑到了街上。

现在他唯一的目标是找到自己那辆停泊在她家车道上的 1989 年红色凯美瑞，开车回家，回到床上。他还在害怕 —— 任何时候都可能听见警车声 —— 但是远离湖水和可笑的闯入私宅的情景，他觉得最糟糕的事已经过去了。他拍拍口袋确定钥匙还在，快步沿着路边走 —— 没有人行道 —— 但他没有跑，以免万一有人看见他起疑。他走了又走，找不到自己的车，找不到她的家，他肯定把船停在了完全相反的方向。搜寻了差不多半小时，在湖边兜了半个圈，他才看见，心花怒放地看见，自己数小时之前停泊的那辆车。车门打开的声音叫人深感欣慰。他上了车，在后座上找到了自己那包红色万宝路，拿了一支。他把钥匙转到开车的位置，但没有启动引擎。他放下车窗，从杯架上拿起一个黄色比克打火机点燃香烟，吸了一口，感觉仿佛是自从发现她不在船上以来第一次深呼吸。

他发动引擎，打开车灯，发现她站在、一直站在她家大门前，身穿超大号套头衫。她几乎长及腰际的暗金色头发放了下来，他能够看到她的绿色眼睛描了眼影，肯定是又重新描过了。他思忖着关闭引擎，关上灯。她光着脚走到车边，打开后车门，自己取了一支烟点上，好像他只不过是赴约晚了几分钟而已，问道：你去哪儿了？

他怒不可遏。他无法承认自己吓坏了，无法说他没本领对付船，也没法说他几乎在别人家里撞见了别的年轻女子。他需要她解释。这他妈到底怎么一回事？"我想游泳。"她说。他再追问时，她耸耸肩继续抽烟，烟草味与她的护发素香味混合在一起。然后她拨弄着他的头发，他觉得这种表现既自信又亲热，这两者的结合他在自己班上的女同学里面是找不到的。

我继父过去经常在吃饭的时候大发议论滔滔不绝，现在他几乎不说话了，反正我们也不在一起吃饭了。我觉得他抑郁，好像他需要一个治疗师，去基金会 [1] 让你的父母给看看。现在他这么安静有点怪怪的，因为从前他会把每餐饭都变成他妈的长篇大论，只不过不是真正的讨论，因为没有人讨论任何事情，他只是对着我们这个方向说话。他会不时问我哥哥一个问题，但总像是突击考试：我曾说过是什么让航空业日子很难过的？（你知道他靠别人的发明发了财，是某种没有任何重量的螺丝什么的。）我哥哥从来不需要回答这些问题，因为他回答了自己的狗屁问题。答案总是中国，基本如此。然后去年夏天有这么一个晚上，我妈妈

---

[1] 基金会，应是该机构的简略说法，即男主人公父母所在的心理分析治疗机构，也同时包含教学与研究功能。

让我偷偷喝点白葡萄酒，我哥哥不在家，结果我成了餐桌上听人家说话的人，这委实让我烦躁。也许我有点恼火，要不就是因为我长大了一些，更在乎我妈妈。她受过一些罪，从我自己的老爸开始。但是总之我做了一件愚蠢却又了不起的事情。真的是非常非常缓慢地，我开始在椅子上慢慢低下去，就好像溜下去那样，他还在边吃他的意大利饺子边聊着什么。我妈妈已经在厨房里了，在往洗碗机里放碗盘。她从来不吃饭的。像这样慢慢地溜下去需要很好的耐力。那些嘎吱嘎吱的声音，全是玻璃碴子（开玩笑）。跳舞的时候他们总跟我说做动作时要想象这个动作，现在我就想象自己是一股液体从椅子上流下去。一点点离开椅子，直到我真的已经在桌子下面了，我继父还是没有注意到任何事情，我妈妈还在那里洗碗，我忍着不笑出声。

也许是忍着不哭出来吧？亚当问，她看着他。

如果哭，大概就是因为他妈的这个家伙有多么可悲。哦对了，还有我妈妈这样的，居然嫁给了他。好像他都没有意识到观众全都回家了，他还在那里说了又说。然后我在桌下一点点蠕动着，爬过地毯，屏住呼吸，一直爬进了厨房。我妈妈已经洗完了碗，在岛台的另一头，没有看到我，我静悄悄地站起来。她端着那杯桃红葡萄酒在窗口眺望湖泊，或者更可能是看自己在窗玻璃上的身影，因为已经是晚上了。我从冰箱里拿出酒瓶，把大部分酒倒进一个塑料杯，端着我这杯"巨无霸"走到她身边，她回过神来，想要对我说什么，但是我把手指放在嘴唇上让她别出声，轻轻说：听。我们可以听见继父还在餐厅里对着空气谈论罗斯·佩罗 [1]。（他对罗斯·佩罗着迷，罗斯·佩罗，还有中国。）我妈妈可能还不明白是怎么回事，但是我们蹑手蹑脚走到门边，站在那里望着餐厅，看他对着空气说个不停，就像个调频收音机，酒差点从我鼻子里喷出来。我们在那里不知站了多久他才抬起头来，好像我们逮住他手淫似的。他看看我的椅子，然后又看看我们，现在我妈妈和我真是笑得肚子痛了。然后他脸上露出那种糟糕透顶的笑容，是彻底地光火了。好像说你们这两个婊子怎么敢取笑我。但是我给了他一个继女的笑容，挺住挺住，我们基本上是在比赛谁更能忍住不眨眼，我妈妈的笑声变得神经质起来，直到他的表情终于放松下来，不过是开个玩笑而已。但本来也可能会朝另一个方向发展。

亚当是在哪个时刻才意识到她从椅子上溜走和从船上溜走之间的相似之处呢？

他问了一些关于她爸爸的问题，她回答了。他想着是否要告诉她自己走错了房子的事 —— 也许他能够说得富有诗意 —— 但他还是没说，不想冒这个险。为了保护他自己（究竟保护自己躲过什么他也不清楚），他设想着自己从某个模糊想象中的东海岸城市回望现在，那时再谈他在托皮卡的经历就只会带着极大的嘲讽了。现在他试图超前召唤这种嘲讽。超然的态度，他想，才能

---

[1] 罗斯·佩罗（Ross Perot, 1930—2019），美国商人，1992 年和 1996 年两次参加总统竞选，最终败选。

使她更加受他吸引，使他对她更加无动于衷。

　　但他们吻别时，他与自己的身体还是共时的。她潮湿的头发拂在他脸上，舌头在他嘴里，舔着他的牙齿，烟草和薄荷，清口牙膏。深吻起来，他的手移动到她运动衫里面，他看见眼睑里面黑色背景上亮闪闪的图案突显。光幻视，视网膜静止不动时产生的内在电流形成的小小罗夏墨迹[1]，是没有光照时所感知的光照。他儿时遭遇脑震荡、后来偏头痛发作时以及最近和人有这种接触时都看见了这些形状。他年幼想要睡着时也会看见它们，看着灰色的圈圈在黑暗中移动。如果他在靠近太阳穴的地方挤压闭着的眼睛，那些形状就会亮起来。他好奇这些形状是否他独有的，是否某种特殊性或者损伤的证明，或者是普遍现象，大家都看得到。但是这些形状如此微妙，如此难以形容，以至于他从来无法了解他的父母和朋友们是否也有这种仅仅位于认知阈之上一点点的相同体验。这些形状在语言的重量下消散了，始终是不可抹去的私人体验。他听过人们在撞到头时说"眼前金星直冒"，但是他看见的不是金星，他看见一圈圈红色或黄色光亮或羽毛形状的格子纹影斑，如果他努力关注的话它们就会开始摇晃，有时会有暗金色螺旋在他的视野（或者无论你把你紧闭双眼时的视野叫作什么）里旋转而过。他没有如她所期待的那样将手移到她大腿内侧，而是将双手移动到她脸上。他捧着她的头，拇指抚摸她闭着

---

[1] 罗夏墨迹测验，用墨渍图测知患者的人格特征的方法，其创立人罗夏（Hermann Rorschach，1884—1922）为瑞士精神病学家。

的眼睑，小心翼翼地用了一点力，可以让她感觉得到，不过断断续续。她是否也能看得到几个红色火星，还有微妙线条组成的网络呢？

她往后躲了躲，笑着，你在干什么。他告诉她他从克劳斯那里学来的词，克劳斯说光幻视可能会引起精神异常幻觉，有些人曾经尝试画出来，图画看上去奇怪地像那些岩洞壁画，最古老的艺术。她喜欢他从中得出的诗意，喜欢他希望她也看到他所看到的东西，想象同她一起或像她一样看——能揭示他人心灵困境的、世上最微妙的焰火。他们很快又重新吻起来，他不知道他们是否会上床。但是那晚在位置便利、位于西湖商场的优选住宅小区里，她温柔地、坚决地同他分开。也许她来了例假，也许她并不真在乎他。她离开副驾驶座位，带着他的一支香烟和打火机。她走到车头前，从车窗外把打火机递给他。船在哪里？他说他把船开到湖那头喝了点酒，不大能确定船停泊在什么地方。他又紧张起来，担心他不得不承认自己驾船的各种失误，但是她无所谓。

明天为我赢个奖，她笑着说，他再次启动引擎。不久他就快速离开了乌尔利希大道上那片伪豪宅，凉爽的风从他打开的天窗呼呼吹进来，在乌尔利希与21街的交叉路口，他在闪烁的红灯处停了下来，看见左边的罗林希尔护理院，是幢一层楼的装配式建筑，他基本上已经不能开口说话的外祖父自从两年前从凤凰城搬到——自从被搬到那里之后，一直是里面的住户、病人、囚犯。他外祖母身体状况很好，住在南边数英里之外的优选辅助生活社区。他把烟头扔出车窗外，看着烟灰在柏油路上飘散，然后迫使自己去看那幢房子。明亮的街灯照在几乎空荡荡的停车场上，周围漆黑一片。想到那个小老头现在就睡在那里，这感觉有些怪异。一时间他想到了医用机械床与活动驾驶座之间可怕的类比，这念头很快又消失了。他把《万视瞩目》[1]放进磁带卡座，把声音放得很大，好奇护理院里是否会有人听得到。然后继续开车。

*

　　四小时之后闹钟惊醒了他，他半睡半醒地冲了澡，穿上在西湖商场跟他妈妈一起买的那身现成的黑色西服，白色衬衣浆洗过的衣领贴着他刚刮过胡须的脖颈。他系上父亲少数几根领带之一。他驾车驶向托皮卡公路时，头天晚上鲜活的记忆在他心里翻腾，仿佛他身上配有电极，有人从远处，从舍伍德湖遥控一阵阵电击。年轻人都很擅长掩饰自己的勃起，他把东西理理好掩饰自己的，把车停在斯皮尔斯和马尔罗尼这两位教练的车旁。前一位教练在用大保温杯喝咖啡，后一位像往常一样小口喝着健怡可乐。其他着装正式的年轻人从学校推来大塑料盒，把它们装到旁边两个大面包车的后备厢里。他懒得去搬自己的盒子，会有低年级同学照应的。他看见自己的搭档乔安娜，点点头打个招呼。他们不

---

[1]　"All Eyez on Me"，美国说唱歌手图帕克·沙库尔（Tupac Shakur，1971—1996）的专辑，1996 年发行。

是朋友，他们的合作是纯粹战术性的。到了面包车里，她想要谈论战略，但是他头靠着凉爽的车窗，看着夜色中电线的起伏，很快就在梦中穿过联体住宅群。他们离开高速公路停在麦当劳前准备吃早餐时他才醒来，熟悉的模压座位的轮廓。

他们到达拉塞尔高中时已经天亮了。通常他会忽略这种小竞赛，但是因为拉塞尔是鲍勃·多尔的家乡，因为鲍勃·多尔在竞选总统，拉塞尔邀请赛今年会吸引全州最好的团队。他不是太明白其中的逻辑，但是马尔罗尼坚持要他们参加。其他衣着笨拙的年轻人正在从类似的各区分派的面包车和巴士上搬下自己的塑料盒，从冰冷的停车场拖到学校大门。他和乔安娜走进门时，他们即将面对的竞争对手为他们让路。

周末的堪萨斯公立高中看上去奇怪地变了样，没了学生和老师，脱离了普通日常的节奏之后，空间发生了微妙却又深刻的变化。每间房里都有励志宣传画："你就是自己想要的变化。"成排的空书桌，黑板或白板上留下的方程式、日期或成语套话，具有某种戏剧布景的不真实感，但又有某种劫后世界场景的肃穆感，仿佛课上到一半，一场核灾难清除了人类，校舍却毫发未损。他有时可以捕捉到一点止汗膏或口红的气味，或者其他暂停的社会秩序的漂浮的迹象。走在拉塞尔高中主楼时，他试了试储物柜的各种密码，以人类学家或者鬼魂的冷漠触摸了挂在门厅里的一面全州摔角比赛冠军奖旗。

他们聚集在一个日光灯照明的餐厅里，参加了简短的欢迎仪式，餐厅里满是漂白剂的气味。主办方教练宣布了一些事情，他们查看着自己的分组。然后团队解散，拖着装满论据资料的小推车，去分派好的教室，那里有评委和计时员在等着他们。

他让乔安娜带路去他们的房间。她是基金会里一位神经病学家的女儿，个子矮小，为人机敏，是志在常春藤学校的高年级同学，她会告诉你她的 SAT 成绩是 1600，她是个书呆子。她编写了他俩几乎所有的研究资料，夏天在密歇根大学一个"辩论学院"进修过，构建了他们的战略边缘化方案（今年的主题是联邦政府是否应该制定新的政策来减少青少年犯罪；他们的方案是论证加强儿童抚养执法能在各方面达到这个目的）。他对准备工作的贡献是在上辩论课时翻阅《经济学人》杂志，推荐抄录一篇文章，将其剪辑成一张"卡片"（一个论据材料）。通常她都早已经做好了，已经存档。他的长处在于思路敏捷，善于揭穿谬误；他擅长某种真刀实枪的雄辩，混合基金会的洞察力、青少年的胡说八道、柔道一般的解析；人们普遍害怕他的交叉质询。

他们在类似这样的联赛中的最初几轮都基本上只是一种形式。他们派出低级团队去应付从学校所在社区招募的评委，这些评委通常是其他辩手的不情愿出席的父母。这几轮比赛节奏缓慢，显然令乔安娜厌烦。在拉塞尔的那个周末有两个新秀试图突袭他们，拿出了自己的一套方案来对付他们，其实就是重构了半决赛和决赛时做的笔记，那是对观众公开的。这不违反规则，但却违反惯例。

他起身，抚平父亲的领带，去交叉质询显然很紧张的第一位正方辩手。他的对手身着白衬衣黑长裤，看上去像个侍者。他们站着面对一位评委 —— 竞赛者不看彼此 —— 评委身形与那套连体组合桌椅几乎无法相配。他坐着，双臂交叉，把眼镜推到他的秃头上方，在标准拍纸簿上不乐意地记着笔记。

"请复述今年的辩题。"

"复述？"

"对的，谢谢。"

"辩题是，政府 —— "

"联邦政府 —— "好像他因为不得不帮助他而感到尴尬似的。

"辩题是联邦政府应该制定一项规划来实质性减少美国的青少年犯罪。"他的声音里有极微小的颤抖。

"为何儿童抚养是必须的？"

"当然是为了抚养儿童。"嘲讽语气的根源是焦虑，"在一场婚姻结束之后。"

"实际上，在大多数州，未婚父母也要承担同样的儿童抚养责任。"他压根不知道自己说的是否属实，他微妙地表现出无视、蔑视对手的语气，"但是让我们先把这个放在一边，听上去你似乎认为，你提议加强的规划并非主要旨在实质性减少青少年犯罪。"

"不，我的意思是那是其意图之一。"

"你有证据支持这个论断吗？"他的语气表明他希望对手有证据，他会欢迎这样的辩论；同时他还让评委明白，如果对手没有证据，那么这一轮就会宣告结束。（评分单告诉评委"合题性"应该由正方来证明。他跟乔安娜可以有各种方式摧毁这些辩手，但是他首先要看看他的对手是否会在这个开篇立论问题上栽跟斗。）

"证据是它能减少犯罪，这就是为何我们规划的优势在于——"

"所以你的意思是任何有减少犯罪效果的东西都是合题的？"

"不，必须是联邦的，联邦的规划。"

"所以如果我倡议联邦政府建造核电站，政府马马虎虎地建造，造成可怕的污染，污染带来灾难性健康问题，接下来是群体死亡，因此减少了犯罪，这就是合题的辩题吗？"评委微笑了——既是因为亚当说的话，也是因为他的表达方式。他令评委想到了自己对联邦政府的不信任。

"当然不。"现在有点生气了。

"为什么？因为它必须是政策的预期效果？"

"是的，当然。"

"你是否有任何证据表明这是预期效果？"

"这是常识。"他应该论辩说——无论为何儿童抚养总体而言是必须的——他们，正方团队，现在都意图将该政策扩展至减少犯罪，使论辩满足合题性的条件。但是他太慌张了。

"我认为儿童抚养的设计是让父母在离异后能平等承受经济负担，即使这种平等化会在某种程度上使减少犯罪的努力复杂化，也还应该是有关其重要性的实质性论据。而且——"他意识到，在堪萨斯州拉塞尔城的普通居民看来，刚才他可能提出了一种女权主义的论据，他的关键长处是没有可察觉的犹豫 ——
"我能够想到有力的论据来针对那种联邦政府对私人关系的干涉。
问题在于这不是今年辩论的主题。"

"我 —— 听着，你们自己一直都在论述这个事例，但是合题
性根本没 —— "

"抱歉，我必须在这一点上打断你 —— 你想要评委这轮给你
加分，因为我们曾经用类似的事例赢得了其他几轮辩论？"他为
辩论本身感觉受到了冒犯。

"我不是这个意思。我 —— "

"这是个有趣的想法，既然此前几轮的论辩是恰当的，那也
就能够用来对付我们。既然你似乎在前一场辩论中是为赞成这个
辩题而论辩，那么当你为反对该辩题而论辩时，是否就应该输掉
这一轮呢？"评委又微笑了。

"不，当然不，但是 —— "

"你在反方团队面前无法防守你们政策的合题性" —— 现
在他极其严肃起来了，俨然《法律与秩序》[1]中的检察官拿出了杀
手锏 —— "而且还表明你从我们作为正方的几轮比赛中复制了
你的方案。"一个停顿，"难道你应对合题性问题的防守手段就是
抄袭？"

短暂的沉寂，评委抬抬眉头，做了个笔记。

---

[1]　美国电视连续剧，1990 年开播，至今已有二十三季。

"我只是说那是一个合题的规划。"他怯怯地说。他很希望比赛赶快结束。

等结束后，乔安娜起身，干巴巴地解释说证明合题性是必需的，但是她会把这个留给她搭档的下一次发言。如果评委认为正方的事例是合题的，那还有十五个理由来反对将其作为一项政策。

在拉塞尔高中，要直到半决赛，由三位学院辩论赛手组成的评委小组来评判时，才会开始真正的政策辩论。他和乔安娜的对手是比较可怕的西肖尼米逊高中团队。现在房间里 —— 某个理科大教室，角落里一张大桌子上有显微镜，很多水池 —— 坐满了人：被淘汰的辩手现在成了观众，跟他们的许多教练在一起。空气中的紧张感触手可及。

在这样的气氛中，乔安娜起身做了第一次正方发言，一时间听上去多少有点像演讲，但是很快她就加快语速，几乎让人听不明白说什么了，嗓门大了起来，声音也变尖了。她像一个游泳的人露出水面来呼吸或正在淹死那样喘气，她尝试"语速压倒"对手，正如对手也会尝试快速发言压倒他们 —— 也即提出更多的论据，抛出很多论据让另一个团队在规定的时间内无法应对，因为严肃辩论者之间的规则是一旦有"未被回应的论点"，无论质量和内容好坏，都等于被承认。（竞争力强的辩手花很多时间练习速度 —— 朗读时嘴里含一支钢笔，强迫舌头运动更活跃，嘴巴超速发音；他们练习倒过来朗读论据，以此将发声这样的身体行为与理解语义的努力分离，因为想要理解就会让人放慢速度。

这项活动通常被视为喜欢思想的人在体育运动之外的选择，中学的辩论也是激烈的身体运动。）评委俯身在他们的拍纸簿上，跟参赛者一起记下这一轮比赛的流程，速记论据和反论据，尽量不跟发言者目光接触。在钢笔短暂停顿的空隙，他们用拇指转着钢笔，这是辩手们的经典习惯动作。

在游荡于拉塞尔高中大厅的人类学家或者幽灵看来，校际辩论赛与其说是竞争性演讲，不如说是竞争性演讲的影子，是全套口才表演仪式，参赛者处于晕厥的边缘，将正常情况下本当是思想观念的交换变成了无理智的运动式展示。看看西肖尼米逊高中满脸疙疙瘩瘩青春痘的第一位反方发言者——他的着装更随意一些，典型的堪萨斯城富家子弟的着装——以每分钟340个单词的速度念着论据来支持他的观点，声称正方的规划将使家庭法庭负担过重，引发一连串灾难性事件。他每读完一页纸就让它掉在地上，还带着一滴滴汗珠。他喘着气，唾沫飞溅，又叫喊出一句口号——"法庭负担过重则导致内乱"——然后又读了一两张卡片，一时间结巴起来，以这样的速度和音量，听上去就好像他在经历癫痫或中风。时间快要结束了，他总结了论据，尽管如果事先没准备的话，没几个人听得懂他在说些什么：格里高证据表明因为儿童抚养强制执行而积压积压很多事情的法庭，司法超负荷导致内乱，内乱导致核冲突，中国或朝鲜在接下来的权力真空中的核打击压、压倒无论正方规划会带来的什么好处，以及以及斯蒂文森先例证实正方规划无论如何没有可行性因为来、来自内部因素的抵抗阻碍了实、实施，仅仅根据不利影响就必须投票反对但是但是即使你、你将规划视作规划，也没有可行性不是解决方案因为佐治亚州法庭不、不适用于联邦规划，只有在州层面所以没有其他办法只能投票反对。

"语速压倒"是有争议的，如果生手评委听到这些，就会震惊、抱怨。不止一个排名很靠前的团队误判了评委，因为胡言乱语而在前几轮比赛中就出局了。老资格的教练怀念那个辩论仅仅是辩论的年代，对语速压倒最常见的批评是它将政策辩论与真实世界分离，没人会像这些辩手那样说话，也许除了搞拍卖的人。但即使是毛头小伙子也知道事实并非如此，公司法人就一直展示某种版本的语速压倒：因为人们在越来越常见的处方药电视广告结尾看到广告里的声音说出警告时，关于风险信息的透露是以一种特地设计得叫人难以理解语义的速度来完成的；他们听见收音机里的商品推销结尾，一连串规则和概不退还的威胁被机枪扫射一般读出；他们至少还有些许熟悉从金融机构和医疗保险公司收到的"小字"，面对这几千字，你几乎不可能理解。公司设计这类信息透露的表达，就是为了掩盖。他们透露给你的信息是，如果你胆敢挑战相关机构，就会受到如同在一轮快速辩论比赛中遗漏论点一样的待遇——它摆在你面前时，你已经自动承认了论点的有效性，因为你没能应对它。你时间不够，这不是理由。甚至在二十四小时新闻轮播、推特风暴（允许一个人既结结巴巴又频率过快地发言）、算法交易、电子表格出现之前，在分布式拒绝服务攻击[1]之前，美国人在日常生活中就总是遭遇"语速压倒"了，与此同时，他们的政客们继续慢吞吞、慢吞吞地谈论着同他们的政策完全不搭界的价值观。

乔安娜使他们坚持到了决赛。对于肖尼米逊的那些孩子来说她反应太快，准备得太好了。半决赛中他大半时间是在读她递过来的论据并且指出他的对手们遗漏了她的哪些论点。在决赛中，他们迎头痛击劳伦斯高中的对手，那是两个印度裔初中生，每年都去上学院培训班的。过去他们曾输给罗恩和维奈，那是亚当的错。有些学员辩手拥有大量论据，念出来对付他能临时想到的任何滔滔不绝的分析，劳伦斯的团队像乔安娜一样有备而来。但是那一天不知什么原因，他的脑子特别灵活，他重新诠释了正方团队的论据，正方的规划本该具有优势，他却发现了其中的自相矛盾之处，这些都令评委印象深刻。

那天在拉塞尔高中，他以越来越快的语速列举对手的方案将会导致核武大屠杀（反正几乎每一种方案，无论如何不值一提，都会导致核武大屠杀）的各种难以预测的方式，在这个时刻，他越过了他常常会越过的神秘的阈限。他开始感到，与其说是他在主宰言语，不如说是言语在主宰他，他陈述的节奏和语调开始操纵内容，他不再需要整理论据，而是让它们自然流淌出来。突然之间，他身体的张力全都变成了凝聚的力量，这种转变竟然使得

---

[1] 分布式拒绝服务攻击（DDoS）是黑客常用的攻击手段，可以使很多计算机在同一时间遭受攻击，使攻击的目标无法正常使用。

这件事有点色情的感觉。因为他在这转变的时刻成为一个吟诵史诗的少年，尽管在他身上流淌的歌讲述的是终止政府"魔鬼鱼"监控计划[1]可能带来的灾难性后果，或者正方辩手没能证实可行性的缺陷，那他依然更多是在诗而非散文的领域，他的话语因速度和强度而延伸，直到他感觉其指涉意义溶解为纯粹的形式，直到他唱着最古老的歌，唱着语言的可能性本身。在不对公众开放的公立学校里，身着感觉像戏服一样的西服，一边假装为政策而辩论，他一时间 —— 无论这多么短暂 —— 感到了一阵诗意。

然后他回到餐厅参加颁奖典礼，一边吃着低年级学生从贩卖机那里给他拿来的花生巧克力豆，半心半意地听着教练斯皮尔斯试图让他相信职业摔角是当真的：我见过出血，我曾经坐得离笼子很近。前三名辩论新手 —— 他们有自己的同等级联赛 —— 获得了奖牌。然后轮到校队辩手（在辩论赛中也能赢得有学校字母标志的队服，最书呆子的辩手像运动员那样穿着有同样字母的外套）领奖。

餐厅大门那边一阵骚动。门打开，几位记者急匆匆进来。一名摄影师迅速在三脚架上安放好弧光灯，而且越来越令辩手们感到吃惊的是，毫无疑问是保镖的人进了房间，四下打量，打卷的电线从耳机上垂下来。他看一眼马尔罗尼，后者露出会意的微笑。最后参议员鲍勃·多尔出现了，这位七十三岁的拉塞尔本地人不

---

[1] "魔鬼鱼"是一种电话监控设备，被美国执法机构广泛使用。

到一个月之后将惨败给克林顿，民主党大获全胜，那将证明文化保守主义正在让位于，几乎是完全让位于，更加自由主义的婴儿潮一代人。它将确切地表明历史已经终结。

人们认出他来后有一阵短暂的惊讶，一些掌声。多尔一如既往，基本上瘫痪的右手臂握着一支钢笔，左手笨拙地挥着。他在两旁助手的陪同下走到餐厅前面，握了握主场团队教练的左手。大家已不记得这个教练的名字，他满脸堆笑地说，下一届美国总统将要为今年拉塞尔高中邀请赛获胜者颁发奖章，但是在宣布获奖者名单前，参议员多尔想要先说几句。

"我自己不算很会辩论，"他说，也许期待笑声，但没有笑声，"但是我非常看重你们今天在此得到锻炼的技能。"即使对一个政客而言，多尔说话也太慢吞吞了。（亚当坐在观众席的椅子上，不由自主地想象着多尔把钢笔咬在嘴里，倒着念稿子。他想象多尔用那只冰冷无助的手徒劳地尝试像辩手那样转着钢笔。然后他又想象着在罗林希尔的外祖父那瘫痪的左臂。）"你们是美国未来的领导人，我很高兴你们都在此提高交流和说服别人的能力。这太重要了，在我们的民主制度中，这是关键性的。学到这么多有关政府和政策的事情，真是太好了。我很荣幸到这里来，让你们知道在我眼里你们都是胜者，因为你们都付出了艰苦努力。这将会使你们走得很远。期待在国会山见到你们中的一些人。"

有人递给他一张卡片，他念出了三等奖团队成员的名字，辩手们站起来接受奖章，跟参议员一起摆姿势照相。他念错了罗恩和维奈的姓；他们站在那里几乎有点不好意思。

现在我要给你们看一张照片，希望你们能据此编一个故事，一个有开头、中间和结尾的故事。这是张黑白照片，刊登在《托皮卡首府新闻报》的头版。（这个面无笑容的十七岁男孩是谁？头发梳成马尾，两边剃光，这种发式是在他左派父母的家庭和他长大成人的红州[1]之间的灾难性妥协。他的左手几乎碰着了多尔抓着钢笔的右手。少年脖子上挂着一枚奖章，因为快速说着一种几乎只有他自己能懂的语言而获奖。参议员经常以第三人称提到他自己，他的竞选顾问是保罗·马纳福特，他将会是唯一出席2016年共和党代表大会的前总统候选人。）这张照片里的人们在想什么？有什么感觉？先告诉我为什么会出现这个场景。

*

肯尼斯·埃尔伍德三岁时经历了一次白日梦境，在梦中得知或者说是由此明白，他获得了精神引领。埃尔伍德在大学时借助一位著名的灵媒再次邂逅这一精神导师，并且在攻读物理学学位时继续得到指示。埃尔伍德在明尼阿波利斯大学同时攻读物理学和生物心理学博士学位时，见到了异象，其中有个钟楼的形象。他1964年来到基金会，认出了校园中心的那幢建筑，意识到这是

---

[1] 红州，指主要支持共和党的州，较为倾向于保守。

他命中注定要开展工作的地方。

埃尔伍德博士小心翼翼地用神经科学术语对管理层解释他的计划，避免用到通灵人士的词汇。他的主要研究领域是人们对自身生理的自觉控制及其在治愈一系列身体和心理疾病上的作用。当然埃尔伍德并非真的相信这种二元论。他尤其对一个人能改变身体周围电磁场的能力感兴趣。有赖基金会领导的支持，埃尔伍德于1980年创立了一个小型心理物理学和心理生理学系，其核心就是"铜墙倡议"。他的研究表明，源于不同传统的广受认可的治疗师和冥想者可以在数米之外引起一堵墙那么大的铜制电极的电压变化。这堵墙就设在钟楼的地下室里。

亚当从记事起就对埃尔伍德有点印象。埃尔伍德——也许是托皮卡唯一公开的同性恋者，因此也是弗雷德·菲尔普斯牧师及其信众经常攻击的目标——曾经来家里吃过饭，是派对上的客人。他是个安静、面带微笑、看上去很善良的人，似乎显得比他真实的年龄既更老又更年轻（过早地有点驼背，但也只不过是有点驼背而已，却有着似乎从来不变的孩子般的面容），他剪得短短的灰色头发并不具有军人气派（尽管他实际上曾经在中国湖 [1] 的海军军械测试站工作过，研究自导导弹的光学测评）。埃尔伍德仔细听别人说话，但从来不像其他人那样侃侃而谈。尽管亚当不记得这件事了，但是在他脑震荡后的几周内，父母的确曾经

---

[1]　中国湖，美军实验基地，位于加利福尼亚州。

带他去找埃尔伍德咨询，埃尔伍德的办公室跟他父亲的办公室在同一幢楼里。他们接受指导，做了一些冥想打坐练习，旨在加快治愈，减少创伤后应激。他只隐隐约约记得在出院后的几周，跟父母坐在起居室本白色的地毯上，掌心向上放在两膝。

现在他是高中生，不情愿地又去了。他的父母以少有的执着坚持要他要么去咨询埃尔伍德，要么开始常规谈话治疗。他们说那已经强烈到失控的地步了，他脾气发作起来太快，尽管他也会相对较快地平静下来。他需要点"策略"。有时母亲让他把脏盘子端出起居室，他本来就不该在那里吃饭的。"我等下再端。"他会说。"我要你现在就端。"她说。然后他就会滔滔不绝吐出一连串十分可笑但叫人无法驳斥的争论，说她太啰唆、虚伪、没有遵守自己订下的规矩，她诡异地看重惯常的居家秩序，不在乎别人的自主权利。结果是她话不合题，一次次败下阵来。脏盘子一直留在那里。

或者就是他要借用父亲的车，因为凯美瑞的检查引擎灯一直亮着，发出不祥的声音，而父亲说，不，抱歉，我今晚有个男人小组会，需要开车，但是我明天可以帮你把车拖回来，于是他会突然以恶毒的雄辩攻击男人小组会这整件事，尽管他的论辩自相矛盾。他会说，那全是罗伯特·布莱 [1] 大男子主义那一套屁话，因为他曾经在家里听他们嘲讽地概括过《铁约翰》的内容，但是

---

[1] 罗伯特·布莱（Robert Bly, 1926—2021），美国诗人、作家，著有畅销小说《铁约翰》（1990年），该书讲述男性成长的历程，呼唤所谓男性强悍气质的回归。

如果父亲平静地说，在这一点上面你错了，你知道我们这是一个支持女权的朋友们的小组，他就开始指责他们是一群弱鸡雅痞，自以为关于父亲责任的轻飘飘的陈词滥调会使他们成为开明的人。你们这些家伙可能真的该去林子里举行即兴男性仪式，打个鼓，炖几只松鼠什么的。父亲越是平静，亚当就越是暴怒：无谓的争吵弄到最后就是砰的一声关上门。有两次他把地下室的石膏板墙都打出洞来。

他的父母被激怒了，同时也担忧，但还没有那么担忧。他们是心理治疗师，不那么害怕公开的冲突，这远远好过孩子可能会退缩、消失在自己房间里，变成一个迷失的孩子。只要还有语言，那就还在处理问题，他平静下来后会为自己强烈的情绪道歉，展示他在基金会学到的词汇。他经常会跟他们一起琢磨原因是什么。当他没那么可恶时，他风趣、充满好奇心、善良。想想他跟外祖母在一起时表现得有多好吧，当他们能想办法让他坐下来一起吃餐饭时，他会问朋友们那么多有趣的问题。民歌手、社区组织者、性问题专家、作家和女权主义学者经过中西部时都会住在他们宽大的维多利亚式房子里，他总是很有兴趣，很快就学会新的思维和谈话方式。他们为他的政治观念感到骄傲。他拿了全A（他们没有想到他考数学作弊了）。他是"公众演讲"明星，他读诗也写诗。他很可能会进常春藤，但是进肯塔基大学他们觉得也行。他们猜得不错，他的间歇性发作一部分是因为他害怕离开家。

然后还有偏头痛，越来越频繁越来越严重。有时他看着一页文字或者墙上一个标识，突然发现无法阅读，字母就像树枝在水面上那样漂走。然后是大的盲点，好像他刚刚盯着强光看过一样，然后是大片周边幻视四下散开。专注于视觉症状和突然的识读能力缺失，会导致双手和半边脸麻木，有时还有舌头麻木，这会让他说话含糊不清。极度光敏感，即使有一丝光线从放下的百叶窗帘漏进来，到他眼里也会变成闪光灯照射，光幻视充满世界。他会感觉四肢脱了臼，失去控制。他伸手去拿一杯水，会偏离几英寸或者把杯子碰翻。当他把舒马曲坦[1]注射针管对着小腿准备给自己打一针时，他也分不清哪是腿、硬塑料和手，全都是麻木、无知觉、不相干的物体。药物作用很小，也许根本不管用。前期症状出现不到半小时，就会开始严重的头痛，痛到他直想呕吐。而一旦开始呕吐，就一连几个小时都刹不住。好几次他必须去医院治疗脱水。我们又来了，艾伯哈特护士。伴随这些症状而来的是他对症状的恐惧，神经错乱让他记起了曾经的脑震荡。六神无主时他又因为害怕六神无主而变得更加混乱，每次偏头痛都会持续八到十二个小时，伴随着严重的情感压力。

　　使偏头痛如此可怕的部分原因是他相信这是他自找的。他经常听见别人说，也经常警告自己：你又要弄得自己偏头痛了。如果头痛的原因是压力，那么每一种强烈的思绪、不对头的欲望、

---

[1] 舒马曲坦，一种抗偏头痛药物。

真实的或想象的冲突，都会以疼痛的形式回到他身上。装成一个真正的男子汉，跟别人一样表现正常——持续举重、语言搏斗、他家庭之外的人际交往里特有的身体暴力等这些压力最终将会使他又成为一个小孩，在床上呼唤母亲。偏头痛等于他周期性全身心地、不由自主地承认他是个软蛋。其实他发作的频率从来都不会超过六周一次，他却觉得自己一天要发作上百次：每当他目光离开一个光源发现视野斑驳迷离，每当他因为坐姿不对、身体的一部分失去知觉或者有点麻木，非常偶然地在演讲时结巴或略有混乱，内心就会升腾起恐惧感。每次虚惊都引起焦虑，而这使他更接近真实的偏头痛——他对偏头痛的恐惧引起了偏头痛。

埃尔伍德是生物反馈领域的开拓者——尤其体现在指导人们用搓热双手的方式来将自动的身体进程置于有意识的控制之下，这能使人们对付急性应激反应，增加末梢血流，防止或减低因为血管张力上升而导致的严重头痛。他们推测得不错，他会更愿意因为偏头痛去找埃尔伍德，而不愿意去见什么心理治疗师谈论他的情感生活。埃尔伍德工作时间不按常规，亚当可以在周日下午去基金会找他咨询一小时。

这间办公室跟他父亲的相似，只是没有办公桌。有两把椅子相对，便于谈话，角落里有冥想打坐用的枕头和垫子，一只铜质颂钵和一把小木槌。墙上有几幅装框的照片，他猜是有名的东方治疗师——大多是男人，身着白色、红色或者橘黄色的袍子。在第一次治疗中，埃尔伍德要求亚当详细描述偏头痛症状和开始的情景，他解释生物反馈如何以及为何产生作用，然后把一个小小的测温仪绕在他手上，让他闭上眼睛，想象医生慢慢描绘的事情。首先，他要留意自己的呼吸，深深吸气，慢慢呼出，注意腹部和胸部的起伏，然后他要想象温暖的感觉从脚趾间慢慢往上延展，扩散到全身，接着再专注于双手。尽管感觉好像过了半小时，实际上他们这个最初的疗程只花了十分钟。埃尔伍德让他睁开眼睛之后，给他展示，他如何成功使自身的温度升高了一点。埃尔伍德说第一周他必须每天这样练习十分钟，把测温仪给了他，然后问他是否想看看那堵墙。

周日钟楼没有了平时的工作人员和繁忙景象，感觉有些古怪。他们看见一个清洁工在拖洗楼梯，几个人，也许是病人，正在离开一楼的小图书馆和阅览室。在去放置那堵墙的房间路上，埃尔伍德先要打开几道门锁，那房间本身也有两扇门，一扇门在铜墙后面，那里有各种用来测量电磁流的控制面板，另一扇门通往一个空间，里面只有一个玻璃座，冥想打坐的人坐在上面，对着那堵金属墙，玻璃座使他们与地面隔离。埃尔伍德告诉他从第二扇门进去，坐在玻璃座上，他自己去了另一边。

亚当试探着走进去，盘腿坐在大玻璃座上，他猜应该是这样的。埃尔伍德关上了门。亚当抬头琢磨那堵墙，眼睛尝试着适应他一开始感觉到的一片漆黑。他觉得闻到了一丝铜的气味，但那也可能只是想象，或者自己的汗味。很快他就能隐约看出墙中央的颜色。他能够听到埃尔伍德在墙后面的动静。埃尔伍德为什么不把电灯打开呢？房间周围略有点亮光，也许是从门下漏进来的，现在他能够从四周的黑暗中分辨出一团包含了红色、黄色、褐色的薄雾。尽管他在这黑暗的房间里睁着双眼，却感觉像是闭着眼在注视一个光源，似乎光亮穿透他的眼睑，染上了它经过的血液的颜色。他不由自主地想要睁开本来就睁着的眼睛。

"你在那边感觉怎么样？"他听见埃尔伍德在墙后发问，要么是声音穿透了墙壁要么是用了麦克风，他听见自己回答说"挺好"。他的声音听上去有点厌倦，但是他并不厌倦：他正在观看基金会神秘的动力源泉在钟楼地下室微微发光，这是藏在人们所有议论背后或超越这些议论的东西，是吸引他的父母以及东西海岸众多人的无名力量，召集克劳斯和心理分析师的旧日卫士从放逐中归来。他在看着一幅中世纪油画的金色背景，然后他进入了油画，朝外观看一所夜间的博物馆，然后聆听人们在墙后走动。他们是在嘲笑他吗？他重新调整了在玻璃座上的坐姿，注意到自己感觉很热，几乎想请求埃尔伍德开灯，如果有灯的话，但是他想到那样听上去就会像他被吓住了，他的确是吓住了，即使只有一点点。因为他在光明环蒙泰索里幼儿园的后院采摘过那种具有特殊力量的植物，因为他撞到了头、让时间暂停，因为他打过别人的头，因为这种使他人格解体的头痛是他自找的。他对着墙坐在黑暗中，同时处于不同的年龄，或者在各种年龄段之间来回穿梭，走过湖上的每一幢房屋。后来当他在某个夜晚穿过理查德·塞拉[1] 的一件雕塑时还想起了这次经历。

现在埃尔伍德没有任何动静了。太安静了，他们采取的隔音措施太有效，几乎达到了完全吸收回音的效果。他听见水在钟楼的管道中流动，还有电线中电流的嗡嗡声，但这其实是血液在他脑袋里流动，是空闲的听觉神经的咝咝声。他想象埃尔伍德死了，倒在墙那边的某个控制板上，在数百万英里之外——现在他是个在外太空飘浮的孩子，被发射进入轨道，不顾他的意愿；埃尔伍德曾是地面控制。他闭上眼睛克制住恐惧，墙还在那里，光幻视盘绕着穿过墙。他不由自主地想再次闭上眼睛。现在填补空虚的是怒火和言辞。无论埃尔伍德耍的什么把戏，无论他在做什么测试都令他怒不可遏，埃尔伍德让他留在这里，几分钟感觉像几个小时。他想象自己跪在这个好脾气的博士脸上，打扁他的鼻子，闻到鲜血铜一般的气味。我警告过你，操你妈的。我说过滚开点，我说过正方规划将引发愤怒的微粒四下扩散，结果就是偏头痛宣布军事管制，对民主体制造成永久伤害，导致北约的崩溃、完善规则的崩溃，使成千上万人跟戴尔和多尔一起待在罗林希尔护理院里。他的眼睛是睁着还是（同时）闭着的？他想要损坏那完美光滑的铜的表面，用他的钥匙划向那金属，就像划过来自西托皮卡中学某个敌手的车门那样，反正要弄出点印记，让它能变成个字母。

---

[1] 理查德·塞拉（Richard Serra，1938—　　），美国极简主义雕塑家和录像艺术家，以用金属板组合而成的大型作品闻名。

埃尔伍德打开门，光涌了进来，驱散了他的思绪，如果那可以说是思绪的话。你觉得怎么样？埃尔伍德问。挺酷，他说，声音满不在乎。埃尔伍德走近他，让他意外也让他感到不自在地把一只手放在他汗津津的脖子上，然后双手顺着斜方肌移动到肩膀上，肩膀因为最近在21街的大力水手健身房锻炼过而有些酸痛。你太紧张了，埃尔伍德说，这里还有这里。你为什么不试着对这些肌肉说说话，既然你如此能言善辩。请求它们，带着善意和谦卑的态度，请求它们放松下来。

有一张铁制长凳面对着钟楼，他在那儿等父亲来接他。钟显示差不多五点了，这11月的天气暖和得有点不正常，虽然缩短的白天预示着冬天就要来了。附近枫树的红叶和桦树的黄叶仿佛在黄昏薄暮中闪亮，好似它们自己就会发光。他想要抽支烟。远处传来警笛声。伴随着回荡的警笛，他听到某处树间红衣凤头鸟婉转的叫声。他想象着在这里住院，住在校园里的情景，虽然住院的情况越来越少见，因为如今医保几乎都不肯付费。然后他想象在基金会的场地上有一场巨大的辩论赛，所有参赛者都是病人，大部分都有精神问题，有些因为药物而颤抖和流口水，不由自主地伸出舌头，咂巴着嘴唇。他想象他们从塑料盒里掏出论据，但不是文字，而是乱七八糟的东西：一把伞、一只马蹄铁、一沓棒球卡，还有稀奇古怪的工具。评委是心理医生，他们必须确认哪些论点成立了，哪些论点被遗漏了。辩题：上帝派遣了小矮人来住在我的眼睑上折磨我。辩题：这不是真的。

钟楼上敲钟了。一辆汽车缓缓驶过，车里传来的收音机声音很响，但听不清楚说什么。开车人留着胡髭，他没有认出是谁，但那人认出了他，挥了挥手。他注意到有块小铜板固定在长凳上，代表托皮卡市议会以此纪念托马斯·阿提森。他关于托马斯医生的第一个记忆和最为生动的记忆，是虚假的，那是从他爸的一部电影里拿来的意象，所以这个记忆是黑白的，在他心里伴有钢琴配乐。他的确记得八九岁时跟他爸爸去汤姆博士的办公室拜访他，他爸为学校的一个项目与他面谈。他能看见那位祖父一般的男人递来装在玻璃碗里的草莓硬糖，那种带有软夹心的。他念了事先准备好并且写在一个黄色拍纸簿上的问题：你是否一直知道自己想要做精神病医生？闻名世界是什么感觉？一两年之后他又去拜访过一次，没有特别的理由。托马斯又再次递来那个玻璃碗。现在坐在长凳上，他的舌尖舔舔上颚，记起了糖块碰着硬腭的感觉。（在咨询过埃尔伍德之后，他异乎寻常地意识到自己身体的存在。）当下小小的手势和姿势有多少是过去回声的体现，是仅仅藏在意识阈之下的重复？如果你将那些不由自主的肌肉记忆置于你的控制之下，对其进行编辑，剔除出去，你的过去会有什么变化呢？现在他感觉到他保姆的舌头在当下的缺席，多年前那第一次震撼的接触。现在只有最近留下的烟草、人造薄荷的痕迹。父亲把车停靠在路边，亚当咬住了一支钢笔的幻影。

可以断我筋骨但阻断不了我的言辞。从我身上弹开去，纠缠住你。在他早年遭到排斥时它们会赋予他些许魔力抵挡侮辱。对这些俗语的需求证明了它们的虚假无力，随着他的成长，它们不再有别的用途只能助长笑声。回击得好，戴尔。如果他有时还在对自己说这些事情和其他悄悄话，那也只是为了放缓或者阻断自我意识的机制，否则就太晚了，他在某条公路或者乡间道路上为敌人设置了陷阱。就仿佛他脑袋中有个视频游戏，只不过那里发生的事情真会在这里发生。最近的是基于《间谍猎人》[1]，这是白湖购物中心的阿拉丁电玩街机里他最爱的游戏之一。同样的电子音乐。往下看，他见到一长条柏油马路垂直穿过简化的风景。这景象如此模糊，戴尔觉得很难说他究竟是在想象一些画面还是真实的地域。但是他能分辨出那辆银色的菲耶罗跑车是他的化身，正在下面飞驰，他知道如果他按下心中的一个按钮，那辆车就会在身后释放出一道油膜或者烟幕。

---

[1] Spy Hunter，1983 年发行的视频游戏。该游戏内容从詹姆斯·邦德系列电影中获取灵感。

虽然不可能知道诺瓦克或卡特或戈登什么时候会遭遇这些隐约却致命的危害，但他知道他们会的，危害会穿透挡风玻璃。有一次，在谈论了他爸之后，乔纳森医生问戴尔是否知道自己是如何获得这些能力的，戴尔说不。

但他确实知道。那还是在位于奥克利大道的光明环蒙泰索里幼儿园时候的事情，那时他才四岁，那时他的实际年龄还跟身体保持一致。虽然是 9 月下旬，但天气还算温暖，天空晴朗无云，母亲放他下车。好了，宝贝，此时戴尔不再纠缠不放或哭泣，他会径直走进科尔曼太太家拥抱她问好，然后安静地搭建或推倒积木，等待亚当·戈登和贾森·戴维斯的到来。然后他会到处跟着他们，他们也会让他跟着。那天自由玩耍时他们在后院的沙池里，亚当说他有种具有特殊能量的植物，是他在铁丝网眼围栏那里捡到的，就像毒葛或毒藤或者能使大力水手视力变好的菠菜，亚当把这种植物放在手中搓揉直到它释放出某种力量。你不用去吃它。亚当把野草给贾森，贾森又给了戴尔，戴尔用它染绿了一点手心，然后按照亚当的吩咐把它埋在沙里。然后亚当说你许个愿，会应验的。戴尔不记得亚当或者贾森许了什么愿，他们是否告诉了他，但是戴尔对龙卷风着迷，他说要用自己的力量召唤一次龙卷风，然后他们又玩了其他游戏。

在铺有米色地毯的房间里，十五个小孩的胸脯在儿童摇床里上下起伏，模拟得很糟糕的浪涛声从一个放在角落里的音响中传出。科尔曼太太和她的助手帕姆在隔壁的厨房里准备点心，小纸杯装的葡萄竖切成两半减少呛噎的危险。戴尔听见雨落在学校的金属屋顶上醒来。他悄悄起床，抱着绒毛兔子走到窗前，撩起窗帘看见乌云黑得不同寻常，而且感觉越来越低了。学校前院那棵红橡树上掉下的橡实打在窗户上，他惊了一下。只是过了一阵他才逐渐意识到他这是在观看自己施展法力。他的双手现在干净了，科尔曼太太让他在午饭前洗干净了手，但是手上的感觉既过度敏感又麻木，就像那次他触碰了火炉。在肥皂的人造柠檬香味之下还能闻到魔法植物的气味，他赶紧跑回自己的摇床，把史努比床单盖在头上，试图让他召唤来的风暴退去。他对着那只他现在已经忘了名字的兔子一遍遍地说抱歉。然后我们听见远处传来警笛声。

言 语 遮 蔽 （乔纳森）

故事开头是齐格勒去参观城市历史博物馆 —— 他在巴塞尔或者柏林 —— 周日免费。他独自站在一个属于"中世纪迷信物品"的展品前，下意识地伸手越过绳索去触碰锻铁炉和研钵以及其他出自一个炼金术士作坊的器具。他惊讶地在这些工具中发现了一个"黑色小石弹，简直像颗药丸"。又来了一个参观者，齐格勒一惊，本能地把石弹装进了口袋。后来午饭时他又发现了这颗石弹，由于一时"孩子气的冲动"，他把石弹扔进了嘴里，用啤酒冲了下去。饭后齐格勒继续他闲散的一天，去了一趟动物园。他在笼子旁边走动，渐渐意识到，吞下那颗神秘药丸的结果是他能听懂动物的语言了，动物们在恶毒地嘲笑参观动物园的人，认为他们是白痴、骗子和大老粗。能听懂动物说话倒不那么让齐格勒感到吃惊，更令他惊讶的是它们的轻蔑，极度的轻蔑。遭到猴子和麋鹿（"它们只用眼睛说话"）和塔尔羊和岩羚羊（不管这都是些什么动物）和羊驼和角马和野猪和熊的讥讽，他终于崩溃了。他扔掉手杖、帽子、领带，然后是鞋子，他瘫靠在一间笼子的栏杆上忍不住哭泣起来。故事结尾，齐格勒被人拖去了一家精神病院，我猜它同我曾经实习过的贝尔维尤 [1] 差不多。

塞缪尔斯医生是我在研究生院的心理分析师，很少开口说话 —— 除了"接着说"或者"这个再多说一些"，要不就是重复我说过的什么事情来强调其重要性 —— 因此光是他的推荐就可能会令赫尔曼·黑塞的故事浸透神秘性。我本应该是齐格勒吗？（齐格勒不引人注目，"不愚蠢但也没天赋"，一个看重金钱和科学超过其他事物的人，"是那种我们每天都能在大街上见到的人，我们从来记不住他们的脸，因为他们全都长着同一张脸：一张集体脸"。）心理治疗是像炼金术还是像其反面？

我第一次读到《一个名叫齐格勒的人》[2] 是在四号火车上，是那种图书馆专用精装本，灯光摇曳，车厢内几乎无人。我是在和简见面以后回家的路上，我们刚开始睡在一起不久。不到一年，我为她而离开了蕾切尔。（塞缪尔斯知道我俩的恋情，他是否说过我的出轨与齐格勒的手伸过博物馆的警戒线这个动作之间有种对应关系？）我的婚姻反正早晚是会破裂的，我是在读研究生的前一年结婚的，当时我俩在几天之内先后失去了一名亲人：我母亲终于死于乳腺癌，她父亲冠心病突然发作。在这样的死亡之后试图营造出一种家的感觉是注定徒劳的。我们只有共同的痛苦的过去，而没有其他什么。

我们的婚礼，我们的虚假婚礼是在市政厅里举行的，一个心

---

[1] 贝尔维尤是美国纽约的一家医院。
[2] 德国作家赫尔曼·黑塞的短篇小说。

不在焉的朋友做证人，然后是在一家令人不舒服的高级意大利餐馆里的婚宴。我们被一阵突如其来的大雨淋湿，到达时很狼狈，头发滴着水，我的衣服翻领上插了一朵康乃馨，皱巴巴的略带讽刺意味。侍者倒出来一点点红酒让我先尝尝。有那么一刻我还以为他是在拿我的年龄开玩笑，给我一个小孩的分量。然后我把酒在嘴里转动得太猛了点，溅了一点在桌布上。我尝试让它看上去像卓别林式的表演，但这些全都有种噩梦般的效果——两个孩子拼命想要扮演大人。有整整一年，我都是睁着眼睛盯着天花板度过的，蕾切尔在我身边睡着了，墙上的灰泥在街灯照射下泛黄，裂缝似乎就在我眼前延展。

我因为欺骗而感觉糟透了——至少是当我没有因为简而感到精神振奋时——很可能也因为我想要一个替代家庭的尝试失败了，就好像我又重新失去了一次母亲，好像刚听到她的死讯，虽然那本身也并非很久以前的消息，心理分析无疑也会触动一些事情。西88街一张电影海报里有她喜欢的在《纽约客》出现过的男主角，在地铁上偶然听到她可能也会用到的一句话，"代我向你姐姐问好"，蕾切尔就这么吹着她的茶——我突然六神无主，但很短暂，好像一阵眩晕，仿佛有块耳石在我内心的耳中脱落。（黑塞说，齐格勒"尤其推崇癌症研究，因为他的父亲死于癌症，齐格勒坚决相信科学……不会让同样的事情发生在他身上"。塞缪尔斯心里会想到这段话吗？）然后还有世界：那是1969年，临时拼凑的小炸弹在曼哈顿到处引爆，接连不断的校园抗议，东一处西一处的群居和狂欢侵入日常生活。我们觉得历史活过来了。简和我两人都在"大学生民主会"[1]越来越活跃。我弟弟，他情愿不要被写进小说里面，则属于"地下气象员"[2]。我父亲和我因为越战吵过一次之后就几乎不说话了。所有的秩序，个人的和公共的，都在纷纷解体。

如果我对塞缪尔斯讲述过我的论文研究，我可能会认为是这个促使他做出推荐，但是虽然我公开谈论欲望和痛苦——同简的新的情爱生活，反复梦到我母亲，梦到她对着相机挥手——却从来不在心理分析时提到我的学术生涯，塞缪尔斯似乎也没有注意到这个。如果我的研究成为我们心理咨询的一部分，跟谈论我的恋情和我的母亲等夹杂在一起，我觉得我会堵住，瘫痪，尤其是如果塞缪尔斯——为人严厉、著述颇丰、很有瑞士人的派头——哪怕是有一点点不以为然的暗示。一半时间我已经觉得自己像个骗子，我认为塞缪尔斯觉得我——最多也不过是——"不愚蠢但也没有天赋"。

好几个月以来我都在做与"言语遮蔽"技巧相关的实验，让一个实验对象在听到言语之后立即重复一遍。我让参与者戴上累赘的黑色包耳头戴式耳机，听我多少算是随意挑选的一段文字的录音（内容是我在118街和哥伦布大道交叉路口发现的扔在一堆书中的一本驾驶教学手册）。实验对象复述录音，我逐渐——几

---

[1] SDS，全称为 Students for a Democratic Society，是1960年代兴起的学生左派激进组织。
[2] Weather Underground，从"大学生民主会"中分裂出来的更为激进的左派学生组织。

乎不为人察觉地 —— 给录音带加速。令我吃惊的是，我发现很多实验对象在过了某个临界点之后，就会开始胡言乱语，而且还一致认为他们是在清楚地复述录音段落。这种情形第一次发生在我的起居室里 —— 两台盘式录音机和一个麦克风放在一张红木咖啡桌上，是父亲送我们的结婚礼物 —— 我以为实验对象（我楼下的邻居，艾伦，他也卖毒品给我们）中风了，蕾切尔冲进起居室来看究竟怎么回事。但艾伦只是坐在那里坠入 —— 或上升到 —— 言语不清的状态，虽然没有显示出任何明显的狂喜迹象。艾伦穿着他那件虫蛀的开衫毛衣，看上去像往常一样厌倦。

我的理论是，在信息超载的情况下，言语机制就会崩溃 —— 但是，如简很迅速地指出的那样，这只是对胡言乱语的基本描述而非解释。我并不真的在乎，我需要一个听上去很科学的题目，但是我知道我想做一个心理治疗师，主要是帮助问题儿童，而且我怀疑研究生中心的教授们有谁会去仔细读博士论文。我的评审委员会主席完全摸不着头脑。（我首先侧重听力进程，因为我为拍电影买了一些初级音响设备。）除了科学意义之外，"遮蔽"看起来很有吸引力，既令人不安，又有些喜剧性，其效果还因为那本驾驶培训手册一本正经的腔调而放大，那手册听上去简直像是出自黑塞之手：

　　被遮蔽的段落，任务一，每分钟180个词，左耳播放（《驾车好手》，第105—106页）

当你看见一辆闪亮的新车时，你是否曾经停下来想过，本世纪之前的成千上万代人，即使是世上最有权势的帝王也无法拥有这么一辆汽车？他们也没有乘坐过飞机、听过收音机或者看过电视。

你当然知道为什么。需要成千上万代人的技术进步，每一代在前一代人成就的基础上努力，才使这些常见的现代物品成为可能。

医药也有着同样的历史。在过去的年代，大瘟疫夺去了成千上万人的生命，人们的知识逐渐增长，新的一代以过去为基础不断发展，直到找出征服那些传染病的方法。

有智识的人们不会去摧毁这些来之不易的科技和医药成就，或抛弃我们从中获得的无价的好处。

也许不那么为人理解的是，人类为了制订行之有效的好规则进行了漫长的斗争，正是这些规则使得成百上千甚至数百万人能够生活在一起。

仿佛塞缪尔斯凭直觉感知到，在我位于108街和阿姆斯特丹大道的无电梯公寓四楼，我成为了某种齐格勒。他以失去理智为代价懂得了野兽的语言，而我则摧毁了人的语言来揭示恰好在"行之有效的好规则"之下穿行的胡言乱语的河流。

我的研究确实在简和我现在依旧称为我的"齐格勒阶段"时期起到了作用。我们没有摄入在博物馆找到的那种神秘药丸，而是吞服了一些艾伦的迷幻药，在城区巴士上，毒品在我们嘴里融化，我们去了大都会博物馆。这是 1 月下旬，城里到处是脏兮兮的积雪，路人埋头顶着风行路。我们寄存了厚大衣，支付了比建议该付的少得多的钱拿到票，登上很有气派的楼梯，逛进了中世纪油画展览厅：木板上的蛋彩画，金色背景，身材拉长的天使和圣母，脸色铁青的基督。一开始这一切都让我觉得有点蠢：严肃的保安，墙上连篇累牍的介绍文字；乳房从圣母的肩膀上冒出来，在吃奶的是看上去像小个子成年人的婴儿。

然后我们来到了杜乔的《圣母子》前，我们在此站立了几分钟，看画时我不由自主地咬紧又松开下颚。我过去从来没有在一幅古代油画前猛然驻足停留过，但这幅画作令我震惊。女人表情中的那种预知，仿佛她能够预见遥远未来重现的事件。人物下方怪异的护墙，竟然将神圣的世界与观众的世界联系在一起。我一会儿看见金色背景是平面的，一会儿又觉得它有纵深，但是真正吸引我的，真正打动我的，并非画中的内容，而是原始画框的底边曾经被蜡烛灼烧。这是早期照明介质留下的痕迹，是虔诚的阴影。墙上的文字宣称这幅画是开启了文艺复兴的作品之一，因为杜乔根据真实生活场景重新想象了圣母子，因此这是脱离神圣的一步，让油画转变为审美对象的一步，油画脱离了宗教，脱离了圣坛，保持自由，或注定要在博物馆里，在市场上流转。但是灼烧痕迹就像旧日 —— 在齐格勒和兄弟们认为传统价值观只不过源于迷信之前 —— 留下的指纹。"成千上万代人的技术进步"抹去了仪式，清空了所有意义，是没有神性的胡言乱语。我断定这就是画上那位圣母预见到的事情，她是在跟烛光告别，她知道自己受困于一幅面向未来的油画，而无论烛光曾经多么了不起，在未来都只不过是技术的一个例证。我继续凝视着，新的裂痕在表面扩散。在我的记忆中，眼泪涌了上来。

我们离开油画画廊，往回走下楼梯去找古代雕塑，这是简喜爱的。走到天光照亮的大厅，我发现我居然从那些油画中吸纳了色彩，可以将其投射在雕塑光滑的大理石上或者让其在博物馆高大的墙上嬉戏——我成了某种魔灯。我把这次愉快的幻觉描述给简听，她似乎一点也不上当，她还用她那种我称之为"巴纳德学院的腔调"[1] 告诉我罗马大理石塑像本来就涂有生动的颜色，我们从文艺复兴那里继承来的有关纯粹古典形式的形象是虚假的；雕塑本来有细致的多色彩描绘、镀金描银和宝石镶嵌。简还对我解释说，这些雕塑本来是有眼睛的，不是现在这样光滑的空洞，而是有生动的视觉器官，用水晶、黑曜石分别制作，再放入眼眶：蓝色或绿色的虹膜，乌黑的眼珠。简这么描述着，这些眼睛在一百个大理石脑袋中活灵活现，很快大厅就成为交叉凝视的目光构成的巨大网络，被它们囚禁——好似那些你在劫匪影片中看见的激光传感器。每当我经过这样一个罗马视线，脸上就有几乎难以察觉的压力，仿佛在雾中或一连串细小的蛛网中穿行。

---

[1]　巴纳德学院（Barnard College）是美国一所著名的私立女子文理学院，创建于 1889 年。

我遇见这些凝视的目光时，真的开始迷失，我跟这个那个雕塑对视，感觉到蔑视，"傲慢和严肃的蔑视，可怕的蔑视。在这些沉默庄严的眼神的语言中，齐格勒读出来的意思是，他，虽然戴着帽子拿着手杖，戴着金表穿着星期天的套装，却只不过是条蛆虫，一只可笑可厌的臭虫"。即使我没穿星期天的套装，没有留着精心护理的胡须，却在我这张集体面孔上留着八字胡，披着垂到肩膀的长发，在系扣子的格子布衬衫上套了一件二手灯芯绒夹克，穿条褪色的牛仔裤。即使没有对金钱和科学无条件的忠诚，我相信，我认定自己相信，通过对受压抑的冲动的解放、对社会力量的重新安排，这些雕塑所传达的蔑视仍然具有压倒性力量，它们的嘲讽是专门针对我，针对我的虚伪而来的。你那些习得的有关心灵及其作用的术语；心理治疗使人恢复正常的力量与你所谓革命信念之间的自相矛盾；你利用母亲的死亡来为你对蕾切尔的行为做辩护，这套行为你还会对简也来上一次。我在它们的眼睛里读出了所有这一切，也知道我并没有读出什么，在我的幻觉中看见的依旧是那没有涂过色彩的大理石。我知道毒品发生作用了，现在暴露出一些自我厌恶的筋脉。这不是真的，我反复对自己说，我深呼吸几次，开始平静下来。

直到我听见身边那对老年夫妇的声音。男人穿着黑色高领毛衣和蓝色外套，俯身去读一个相貌威严的卷发人物塑像旁边的小名牌，那是某个不那么重要的皇帝。一开始我以为这人是在说某种外语，也许是希伯来语，我懂一点，但是我听下来，越来越相信我听到的是墙上文字的胡言乱语的影子。然后我意识到感知的崩溃是普遍存在的：那个跳跃着经过我们身边的穿百褶裙的女孩，马鞍鞋敲打着大理石地面，对跟在她身后的大人们发出一连串虽然清晰但意义不明的嘈杂声。一个戴猫眼墨镜的红发女子指着一个希腊墓碑上的浮雕对她朋友说着什么，听上去像是录音倒带。我转身朝向简，但是她非但没让我安心，反而张开嘴释放出一串我研究的那些快速的胡话，只有一两个词可以辨识。"灰溜溜的，脱离了一切思维习惯，"脑袋里响起塞缪尔斯的声音，"齐格勒绝望地转过身去面对着跟他一样的人们，他寻找着能够理解他的恐惧和悲惨境地的目光。他听着谈话，希望能听见某种令人宽慰、可以理解、叫人放心的事情。"我尝试不要崩溃——我曾经失足——但是在我视线范围之内有保安在活动，他们会注意到我的焦虑不安，他们会把我拖到贝尔维尤疯人院去。氯丙嗪[1]和电击。

我同时以第一人称和第三人称的形式记住了这段插曲接下来的几个小时，这可能是因为我在很大程度上依赖简的叙述。那时简直就是地狱，但会成为我俩的史前阶段中可爱的一部分，一场喜剧——巴斯特·基顿[2]，黑白电影，动作既犹豫不决又加速前行。你可以在心里给它配上钢琴伴奏：我逃离了博物馆，没给简取回外套的时间；她跟在我身后冲下楼梯，跟随我在飘雪的公园

---

[1] 氯丙嗪，一种用于治疗精神病的药物。

[2] 巴斯特·基顿（Buster Keaton，1895—1966），美国喜剧演员。

里冻僵；我不经意地领着她走过中央公园动物园的北门（动物嘲笑着我的困境——尽管在 1969 年那个下午之后，世界上已有一半以上的动物消失）；最终我们在第 59 街出了公园，一阵突然传来的粪便气味使简注意到了附近拉车的马匹，它们硕大的眼睛被眼罩蒙住；她瞥见了一辆白色马车后座上厚重的毯子，受到诱惑，多少算是强迫我爬了进去；她告诉驾驭马车的人随便带我们去什么地方，随便什么地方，就是不要停，等我告诉你停再停。我们启程了，在粗糙的毯子下面紧紧搂着，马蹄不合时宜地敲打着路面，这是齐格勒在巴塞尔或者柏林的布劳尔加斯街上经常听到的声音，我说着胡话，有关塞缪尔斯，有关炼金术、癌症、国王、汽车以及马匹和塑像如此轻易看穿的进步与文明的谎言，而简抚摸着我的头发，试图让她未来子女的父亲闭上嘴。

*

第一次在圈养状态下成功孵化金雕是 1971 年发生在托皮卡动物园的事情，结果因为当年这一意义最为重大的动物出生，美国动物园与水族馆协会授予该动物园爱德华·H. 比恩奖 [1]，还允许托皮卡动物园改名为"世界知名托皮卡动物园"，这是只有该协会才能授予的称号。（二十多年后，在一连串动物死亡、动物

---

[1] Edward H. Bean Award，设立于 1956 年，奖励为繁殖濒危动物做出的努力。

园没能通过卫生检查后，这个称号又被收回。）当年我们来到托皮卡，在基金会做博士后时，动物园的升级是头版新闻，跟那些不起眼的犯罪行为、农作物报告和牲畜期货放在一起。（我记得参观动物园的"儿童农场"，羊的黑色舌头从简的手掌心舔食饲料颗粒时简发出的笑声。）我们在托皮卡的第一年，我的常规玩笑是将一切都描述为"世界知名"的：这是世界知名的托皮卡豪生汽车旅馆和餐厅；在你右边，你会看到世界知名的韦斯特博罗美容广场；等等。我们的基金会实际上是世界知名精神病研究所和医院，而和大部分教职员工一样，我们起初都以为托皮卡只不过是价格低廉、几乎乏味到出奇的职业生涯背景。我们大多数同事都来自东西海岸，还有几位颇具影响力的资深人士是通过各种曲折路径逃离战争从欧洲而来的。我们现在经过世界知名的狄龙超市，世界知名的考瓦利典当枪支商店。那是世界知名的迷你火车搭载着孩子们经过世界知名的盖奇公园。

我们计划完成两年的研究课题后再回纽约，但是我们遇见了埃里克和西玛，他们是从伯克利移居此地的，我们也喜欢托皮卡不排外的气氛以及没有高楼大厦遮挡的天空。我们一起在那幢东倒西歪的维多利亚时代房屋的全包围走廊上观看暴风雨，我们买下这幢房子时，没有向父亲要一分钱。（闪电后臭氧的气味，云朵染上绿色。）简发现在她感觉安静的地方写作更容易，在别人只知道我们是一对夫妻的地方，更容易设想开始建立一个家庭 —— 没有关于蕾切尔的记忆，没有先前已经存在的复杂的社交网络，附近没有潜在的难以应付的人际关系。我很想要小孩，也许部分是为了表明我的第二次婚姻与第一次不一样。

我们害怕托皮卡的保守势力，但至少起初那还是更吸引人而非使人疏远。人们以礼貌的好奇心而非怀疑态度对待我们，虽然我是一个来自纽约、留着长头发的犹太嬉皮士，我还是很擅长跟当地人打交道。我会在邻居正要拉动割草机启动绳的时候搭话，或者当修屋顶的人来做些修补工作时跟他们聊天，或者在午餐台子上跟一位常客聊天，最后我们会谈到反战运动或者妇女解放。关键是要有礼貌地同意别人的反对意见，使得跟你聊天的人觉得尽管他自己有不同意见，他还是有足够的面子来重新思考他从前认为是敌人的任何人。（这些都发生在韦斯特博罗教会的弗雷德·菲尔普斯牧师发动他丑恶且荒谬的讨伐之前，他会同家人和几个教民站在街角，举着示威标语牌，上面写着上帝恨基佬，要让托皮卡因恐同症而世界知名。）这样的事情让我那个身为"地下气象员"的弟弟感到厌恶——"你很擅长让法西斯分子觉得有人听他们说话"——但我从事心理治疗师这一行的根基就是找出办法来让人们，尤其是让沉默不语的中西部男孩和男人开口说话。

我在基金会之所以能够成功，是因为我相对而言不那么有野心。我是一个能察言观色的心理治疗师，但对往上爬的兴趣为零，我不想对同事指手画脚，也不需要在本领域有名气，这意味着在一个和其他机构一样有阴谋诡计和浑蛋的机构里，我没有敌人。我早就交了博士论文——我的研究成果很吸引人，我的分析很到位——而且我也没真想过要去发表它，这意味着，同简不一样，我从来不会公开冒犯这种或那种心理治疗观念的捍卫者。结果就是我是少有的与大家都关系不错的人，虽然基金会拥有不言自明的等级制度：精神病学家（"真正的医生"）和心理分析师在顶端，然后是心理学家——地位比社会工作者高，然后是护士和活动治疗师——艺术、音乐和健身。

　　我很招人喜欢，我也不完全明白究竟是什么原因，托马斯·阿提森喜爱我，总是找这个那个借口让我去他的大办公室，办公室里摆满初版书和各种古董书（传说有一本用人皮装订的《忧郁的解剖》）。他真的想要谈论电影。我认为汤姆博士——大家都这么叫他——在我身上看到了那种具有威胁性的反文化的不具威胁性的代表，这种反文化既借鉴也攻击精神病学的准则。我属于1968年在哥伦比亚大学冲击院长办公室的那一类学生，"是那种必须跟每一位权威人士上演一出恋父情结戏剧的年轻人"。我们谈论斯特奇斯[1]和希区柯克。（他最喜欢《爱德华大夫》；"你是否知道格里高利·派克和英格丽·褒曼在拍电影时有过恋情？"）我们的闲聊会慢慢转向汤姆博士的回忆，他的堪萨斯口音因为轻微的面瘫变得更轻，他基本上只能用嘴巴左边发音。

　　我知道机构里的谈资：1919年汤姆博士在哈佛攻读神经心理

---

[1] 斯特奇斯（John Eliot Sturges，1910—1992），美国电影导演。

学后回到托皮卡，跟他从医的父亲一起开了个家庭诊所，有点像是一个专注心智的小型梅奥诊所 [1]；1925 年他弟弟菲尔加入他们，随着汤姆因不断发表作品而声名卓著，菲尔越来越多地掌管诊所的日常事务运作；欧洲的灾难导致心理分析师一批批地到来；1939 年与弗洛伊德的会面 —— "尽管他是个傲慢的婊子养的" —— 对于他的机构的取向至关重要；基金会从一个小型疗养所变成环境疗法和培训的基地。但是我还得知了汤姆博士的早年个人生活史，这个他通常不会主动告诉别人："你是否知道'菲尔'不是他的真名？他在出生证上的名字是'玛丽'，母亲迫不及待地想要一个女儿。好几年她都一直让他穿女孩衣服。"汤姆博士是否真的曾突兀地告诉过我，他是多么讨厌小时候他母亲经常强迫他灌肠？

　　大家都知道阿提森兄弟之间持续不断的争斗；等我们到学校的时候，汤姆虽然对管理委员会及其品牌依旧有些影响力，但基本上有名无实了。有些常见的不轨行为 —— 员工你睡我我睡你（汤姆博士自己也因为同事而跟第一任妻子离婚），有时也跟病人睡，或者挪用点公款，等等。在这方面汤姆博士告诉我的事情不多，我大都已经从埃里克或者西玛或者其他人那里知道了。比这些丑闻更令人羞耻的是它的一些规则，尤其是员工居然必须接受资深同事的心理分析，这尽管是常规，也是荒谬的行为，这样的

---

[1] Mayo Clinic，世界最著名的医疗机构之一，位于明尼苏达，在美国各地也有不少分支机构。

规则确保人际界限始终是模糊的，移情始终在发生或者足够引起怀疑，会议从来都不是仅仅与表面宣称的主题（州政府最新要求填写的诊断保险表格）相关，而是不可避免地会涉及受压抑的欲望和敌意（吉布森医生没有带来足够的表格意味着她对这个群体作何感想？）。如果要挑战一位上司，谁不会犹豫一下呢，因为你曾经对其描述过自己的焦虑梦境（我自己当时的梦境是失控地嘲笑一名有自杀倾向的病人），同他一起探寻过自己感到性功能失调的原因？基金会位于托皮卡西北角上，周围环境究竟是落后还是田园牧歌风格，看你自己个人气质而定，这样的位置只会使得该机构更加自成一体。附近没有大城市让你可以乘车逃去或者排遣你的日常工作、你的矛盾。

但是成为汤姆博士的知心朋友还是有好处的。基金会虽然很大 —— 校园里有二十多幢楼，大部分是白砖建筑，还有一千多名雇员 —— 但还是有种家族企业的感觉，一家之主的宠爱还是有分量的。对我来说，这意味着，在我们成为终身员工之后，我能够借助汤姆博士的支持，开设一个很小的"电影与视频系" —— 统共就只有我和一个兼职秘书 —— 公开宣称的目的是，研究以及最终制作有关治疗主题和技术的教学影片。

起初这只是我工作的一小块内容，我的时间都花在病人身上，他们大部分是青少年。我在门诊接待一些托皮卡社区的青少年（有时还有他们的家庭成员），工作范围还包括治疗几个住院病人。但我还是很庆幸有机会将电影与基金会挂钩，这给了我借口花他们的钱购置一些设备，让我想到与我的专业有关的艺术激情，而不仅仅是一种个人爱好（家里的玩笑是，即使我一边吸毒走火入魔，一边用家里那台崭新的天顶电视机看重播的《大淘金》[1]，我也是在做"研究"）。

　　但是我越来越在自己的世界知名电影与视频系里看到了真正的治疗价值。我开始监督在校园进行的拍摄活动。环境治疗的基本概念是病人和员工应该尽量多花时间待在一起。例如，我们全都一起在餐厅吃饭，虽然坐在不同的桌边。（墙上陈列着病人画作的小型展览——日落、静物、冬景。）年轻员工和病人可以一起在体育馆打篮球，两组人都小心翼翼生怕搞砸，几乎令人发笑。资深员工经常会去本来是为住院病人开设的理发店理发，只为表明他们如何认真对待这种融合观念。汤姆博士总是会在病人面前开玩笑地说起"披头族[2] 医生"该理理发了。（基金会——有名气，相对便宜，远离东西海岸——吸引了一批不同寻常的居民。我们做博士后研究时，承担的研究任务就是对新病人进行罗夏墨迹和主题统觉测验。我第一周测试了一个日间电视节目明星、一个科威特王室的远亲，以及一个越战退伍军人——后来我们发现他住在伍德劳恩，距离我们家仅两个街区。）我的"电影节"——第一次电影节放映了以堪萨斯为背景的电影：必不可

---

[1] 1959—1973 年播出的美国电视剧，讲述西部牛仔拓荒故事。

[2] 原文为"Beatnik"，源于小说家凯鲁亚克于 1948 年提出的"垮掉的一代（Beat Generation）"这一概念。

少的《绿野仙踪》《阿比林枪战》，还有最近的《纸月亮》。来看的大多是病人，但有些员工会不时进来又出去。放映《冷血》时我看见汤姆博士那满头白发在前排缓缓闪亮。

更为重要的是，我的系给了我机会去联系原本很难接近的年轻人。我的病人之中有的遭受过严重的心理创伤或精神分裂，有的来自有着极端冲突或胁迫的家庭。这些病人问题的源头无论多么复杂，都还是多少类同。（精神病学家——埃里克属于其中最年轻的——总是让这些孩子服用氟哌啶醇。不止一位病人表现出服用这种神秘药丸的后果，"迟发性运动障碍"，即不由自主地伸出舌头、咬紧和放松牙关、咂嘴。）但是我也遇见越来越多的病人，他们的生活环境与其自身的困境之间并没有清楚的关系，或者他们的环境再正常不过了——家庭关系稳定的高智商中产阶级白人小孩，一直没问题直到出现问题；特权阶层的迷失少年。

雅各是我电影与视频系的第一位"实习生"，是来自芝加哥郊区的一名身材瘦长的十六岁男孩。他在几周时间内从过去连年在学校成绩优秀变为考试不及格。他不再做作业，开始旷课，开始浑身大麻味直到最后浑身发臭，你如果威胁要惩罚他，他只是耸耸肩。起初他的父母——两名成功的房地产经纪人——怪罪他的同龄人和漠不关心的老师，但是等他们把雅各转到一所私立学校，他却变成了某种重金属版巴特尔比 [1]（他更喜欢"黑色安息

---

[1] 巴特尔比，赫尔曼·梅尔维尔的小说《书记员巴特尔比》中的人物，拒绝吃、喝和工作。

日"[1]），没有朋友，越来越不理人，在他的笔记本上装饰五角形符号。如果他们在晚餐时要求雅各解释一下自己的行为，他就会离开餐桌，也许干脆就不吃晚餐。如果他们建议一家人去看一场《星球大战》电影，他会用好像他们在说胡话的目光盯住他们。除了玩滑板外，他总是躲在自己的房间里，他身上的伤痕表明他越来越喜欢伤害自己。他会从厨房门进来，一身血迹斑斑伤痕累累，如果他们问他怎么样了，是否需要一些双氧水，你饿了吗，我可以去热一点比萨，结果他只是耸耸肩。他会从冰箱里拿一瓶百事可乐上楼去，留下他们隔着厨房岛台望着对方眨巴眼睛，窒闷的愤怒的音乐声陡然响起。（我想象这样的场面在整个郊区各处同时发生，大场面演出，但演员并不知情，导演是一种神秘的力量，被称为或被误称为"文化"。这是我未能制作的电影之一的开头片段。）大家都身体健康，他从来没挨过打，更别说受到虐待。我们日子过得很好，他什么都不缺，我们不认为他是同性恋，反正我们也还是会照样爱他。不久后，雅各甚至都不再掩藏自己的万宝路香烟，早上叫不醒他，晚上他会对酒柜发起进攻。他们不再在家里放酒，但是雅各在自己的衣柜里放着五分之一塑料瓶的什么酒，有天晚上喝掉了一大半，偷了他们的短剑[2]，在几个街区之外撞上了一辆停在那里的汽车。病人和父母都觉得这一切发生得太快了：头一天你还在打完垒球后坐着小面包车去冰雪皇后

[1] Black Sabbath，英国的重金属乐团，1968 年成立于伯明翰。

[2] Cutlass，通用汽车公司奥兹莫比尔的一个品牌。

餐厅，吵吵嚷嚷地唱着《我们是冠军》，第二天你就在听一位法官解释说，雅各要么选择一段时间的青少年管教，要么选择精神病护理。一个朋友的朋友推荐托皮卡的这家机构，那个时候像样一点的保险都可以支付的。

我凭直觉也凭训练知道，当一名像雅各这样的男孩出现在你虽然拥挤但阳光充足的办公室时，你在任何情况下都不能要求他解释自己的行为（或者为何手臂上全是橡皮擦伤，虽然类自杀仪式在女孩子中更加常见）。雅各是最不可能做这种解释的人。如果他能找到合适的语言，就不会用症状来表达自己了。雅各站在我身后，越过我的肩头看着我的毕业证书（早些年他们要求我们必须挂出来）、我妈妈那幅装在银框里的夏加尔复制品、在《历劫佳人》里身体超重的奥逊·威尔斯[1]，此时，他已经遭遇过无数次父母和老师和教练和辅导员和法官和平庸的心理医生等等提出的不可能满足的要求，他们要求他解释，以至于他不再想得出任何其他与这些所谓专家和相关人士打交道的方式。我的目的——简坚持说那是我的天赋——是从出乎意料之外的角度切入那些只能使青少年病人更深地陷入沉默的谈话。一开始我几乎无法让雅各开口——甚至无法让他抱怨到这里来（"他们不让你在房间里抽烟肯定很令人恼火"，点头）——我开始了我自己那一套活动治疗。

---

[1] 《历劫佳人》(*Touch of Evil*)，由奥逊·威尔斯执导和主演的犯罪惊悚电影，于1958年在美国上映。此时奥逊·威尔斯已经超重。

雅各住院的第二个月，我买了一个新的BetaMax盒式录像机，我请他帮忙试用；我们花了一次咨询时间拍摄一段总是在场地南边蹦跶的白尾鹿，那里数年前开辟了一块专为动物舔食而准备的盐碱地。西边来了一场迅猛的暴风雨，我们只好跑回我那幢楼，在路上被这场暖雨浇湿了。我笨拙地试图用我的外套来保护录像机。雅各在屋檐下喘着气，对我笑了一阵。我们一起嘲笑我。经过数次合作的努力，我请求雅各到我的系里来做实习生，并且特地指出这个职位可以报告给父母和朋友们知道，也可以列在将来的工作申请上。然后我们去了一次校外，进城去了沃尔夫相机和录像店看看进了什么新货物。我注意像对待同事那样征求雅各的意见，以示尊重他的能力。我们为了做研究还去盖奇戏院看了日场电影。你觉得最后那个镜头怎么样。这里有本关于电视史的书，我觉得你会感兴趣。这里有份小册子有关堪萨斯大学的电影制片专业，可以留意将来有用。无论这有多么不循惯例，我们还是形成了一种治疗合作关系。

在这种状态下，说话和意味深长的沉默都能起到作用。雅各，谁更好些，齐柏林飞艇乐队还是犹大圣徒乐队？因为我在齐柏林那里听到了蓝调的影响，但是犹大圣徒听上去太糟糕。也许我已经太老了。（一两句骂人话对于缔结情感联系有很大作用，代表一种超出机构之外的词汇。）雅各，私立学校的孩子们是否不如公立学校的孩子酷？这样一来雅各至少必须有所应答 —— 他是第一个称呼我J医生的人 —— 如果我能够把握住沉默的节奏，我就能够让他有所反应。我的主要任务不是抽取潜在的内容，揭示促使雅各开口说话的更深层的真相。我的目的是让这孩子感到有人听自己说话。我不在乎用这样的套话。实际上，我欣赏这种说法，恰如其分，混合了身体和语义。也许这解释了他对重金属的渴望，这种渴望既在于接触，也在于声音。（如果你把音乐倒过来缓慢地播放，歌词的确如有些歇斯底里的父母所害怕的那样，泄露了撒旦的信息，仿佛里面的确有逆转伪装的秘密指令——无论那多么阴暗——而不是什么对空虚的狂怒，那反倒会容易得多。[1]）相较于我们分享的具体内容，同样重要甚至更为重要的是，要让这个迷失的孩子感到经验是可以或者可能分享的，使他能保持对这种可能性的信念完好无损，建立一条穿越静态自我的通道。真正的绝望会导致各种各样的暴力，它总是源于这样的感觉：一个人注定只能说着自己秘密的语言，看守却正在慢慢地靠近。

*

我白天见年轻人，晚上见他们的父母。晚餐后，简会躲在她的书房里写作几小时。（根据关闭的房门后传来的那台电子打字

---

[1] 有些摇滚乐爱好者相信某些摇滚乐歌词隐藏着撒旦的信息，例如齐柏林飞艇乐队的名曲《天堂之梯》，若使用音乐录音的特殊技术"逆转伪装"，从尾到头反过来听音乐，能听到不一样的含义。

机发出的声音，我能够判断书的进展如何。要抢在孕期结束之前完成——亚当骨髓中的红细胞正在形成。现在他在她体内已经可以睁开眼睛了——我能够听见一连串持续敲击键盘的声音。）她工作时，我跟克劳斯一起围着波特温[1] 的鹅卵石街道兜圈子，他住在两个街区之外，是一位身高六英尺三、动作不那么协调但举止文雅的柏林人，是基金会的资深心理分析师，1950 年代从苏黎世搬到托皮卡来定居，曾在瑞士与荣格共事。克劳斯年轻时是崭露头角的剧作家，同时还是颇具实力的业余拳击手，到了十九岁时已经两次被打断鼻梁，同年他同艾尔克结婚，她在艺术圈内因合成照片而知名。1937 年他俩有了儿子弗里茨，1940 年克劳斯试图把他们偷偷带出柏林，付钱让一辆装载纺织品去荷兰的卡车运载他们，他会在那里迎接。战后他才能一点点地拼凑出他们被出卖的经历，两声枪响在树林里经久不息，在他内心回响。克劳斯自己战争年代大半时间躲藏在鸡窝里，梦想着与家人团聚（尽管有一次克劳斯告诉我，在他的梦境中弗里茨是个女孩子），在脑子里撰写戏剧来打发时间，受困的处境给这名大个子男人造成了持久的疼痛。如果你问克劳斯这些年的经历——大多数人不会去问——你会听到笑话，大多同鸡有关，也就是通常谈天时的那种笑话，给你的戏剧增添一些内容。他的父母和三个姐妹死在奥斯维辛。当我继续追问时，克劳斯告诉我，只有我们这些鸡

---

[1]　波特温，堪萨斯州的一个城市。

活了下来，脸上没了笑容。

　　想象一下我们被一辆过路卡车的头灯短暂照亮，卡车在格林伍德大道上的环岛兜圈子：一位来自纽约的三十三岁的心理学家，曾经在克林顿街跟鲍勃·迪伦一起抽过烟，另一位是七十多岁、身高六英尺三、戴着眼镜的旧大陆的心理分析师，他曾经跟爱因斯坦是朋友。我们走在恼人的8月湿热天气里，伴随着蝉声讨论我的实习生。克劳斯肯定是托皮卡唯一穿白亚麻服装的人，一方面他无法拿这些孩子当真——他们的冰箱里塞满了食物，有空调有电视机，没有羞辱、没有国家施加的暴力——再明显不过的是，他们不知道什么叫痛苦，如果说他们遭受过什么痛苦的话，那就是没遭受过痛苦，是一种神经病变，源自太多的悠闲，太多的糖分，一种存在主义的痛风症？然后，另一方面，克劳斯很拿他们当真，的确。他们不断被告知，文化告知他们——尽管"文化"很难说是合适的词，克劳斯说，用一块跟他的西服料子同样的亚麻布做的手帕轻轻按压着额头——他们是一些个体，甚至是强健的，但实际上他们被掏空了，孤独，是没有群体的群体成员，尽管显然他们还不是成年男人，而是男孩，永远的男孩，彼得潘，男人—孩子，既然美国是无尽的青春期，是一方面没有宗教另一方面没有魅力领袖的男孩。他们甚至都没有父亲（卡特总统！）可杀，也没有父亲来告诉他们去杀死犹太人。他们没有犹太人。他们在性欲望支配下选择集体投降却没有什么可投降的，他们甚至都不相信金钱或科学，或者就是信念还不够。他们的国家打了最后一次真正的战争，但是失败了。一句话，他们吃得太饱了；一句话，他们饿坏了。这些孩子，克劳斯说，只需要一顿好抽，干些体力活；这些孩子，克劳斯还说，正在经历一种深刻的原始退化。男孩总归是男孩，克劳斯对他们不屑一顾，惯坏了的孩子总归是惯坏了的孩子，但是，他把手帕放到脖子上：非信念的深渊，这种真空不可能用东西填满（克劳斯热爱东西这个词，在我听来像德语，但其实不是；源自希腊词 stuphein，"收集"），暴力会阶段性重复出现 —— 就像蝉一样。然后，谁家的旋转洒水器浇到了我们身上，小腿前方传来一阵意外清爽的凉意。

如果我说：克劳斯，你声称问题是他们的日子太好过了，但是你又说日子太好过就是太难过，你说总是这样的，这是超越历史的深层结构，这种特权核心的真空状态也是特定帝国衰退的标志，然后克劳斯的反应就是他那标志性的寻章摘句，当他似乎自相矛盾时，就总是会引用这句话，他的谈话总是无情地发展到对这句话的引用，他对这句话爱得不行，总是停下脚步不动，笑着说出："真实的对立面，"尼尔斯·玻尔[1]写道，克劳斯引用道，"是虚假；但深刻的真实的对立面，"他停顿一下以示强调，洒水器的声音、虫鸣、割草机的轰鸣、可以感知的远离城市喧嚣的

---

[1] 尼尔斯·玻尔（Niels Henrik David Bohr, 1885—1962），丹麦物理学家，获 1922 年诺贝尔物理学奖。

宁静，一辆路过的汽车里传出来的肯尼·罗杰斯[1]，"也许就是另一种深刻的真实。"要么是 8 月要么就不是 8 月（克劳斯取下他那副不合时宜的、有圆圆镜片的眼镜，然后抹抹脸，重新戴上眼镜，重新迈开脚步），如果不是 8 月而我却坚持说是 8 月 —— 那干脆就是假的。但是如果我说生活就是痛苦，那是真实的，深刻的真实，但生活是快乐也是真实的。说法越深刻，就越能逆转。深刻的真实沉积在句法里，词语可以逆转，正如没有矛盾律和排中律来管理无意识。然后，克劳斯一时间严肃起来，碰碰我的肩膀：像玻尔这样的句子，可以救你的命。

我不太确定克劳斯给了他的病人多少帮助 —— 他的心理分析对象常常是女人，中老年或者老年女人，尽管西玛在接受培训时也是由克劳斯来做心理分析 —— 但我肯定他没有什么坏处，他让他的口音 —— 他的病人将其与了不起的精神分析权威相联系 —— 发挥了大部分作用。克劳斯在基金会广为人知的是他的"进度报告"，那是所有员工都需要定时上交的，是那种两三页的文件，提交后会在会议上分发和讨论。克劳斯因为报告的文艺腔而名声远扬或臭名昭著。这些报告将魏玛时代报刊通俗文艺栏目的腔调带到了基金会的官僚体制内。如果他不是一位心理分析师，如果斯坦福没有收购他与安娜·弗洛伊德[2]的通信，如果他

---

[1] 肯尼·罗杰斯（Kenny Rogers，1938—2020），美国知名乡村歌手。
[2] 安娜·弗洛伊德（Anna Freud，1895—1982），西格蒙德·弗洛伊德最年幼的孩子，也是一位心理学家。

不能说四种语言（虽然克劳斯令人吃惊地对自己的意第绪语不屑一顾），如果他不是上了年纪且文质彬彬，不是一个幸存者，他就会受到斥责。但是，我和同事们还是期待着他的报告，他的秘书用单倍行距打印出来，然后克劳斯经常用他那花哨的字体修改——不是为了修改打字或者事实错误，而是为了再增加一个形容词，或者改善句子的节奏。"托皮卡下了第一场雪，将室外转化为辽阔的室内，B转头去看积累在窗台上的雪花，她的思绪回到了她那位于安阿伯[1]的铺着白色地毯的起居室，回到她儿童时代的主要场景"；"鳟鱼跃起捕食苍蝇，结果却被钩住，发现自己不能自由游动，就开始反抗，结果只是在水中挣扎扑腾；同样，G挣扎在婴儿期人格障碍的鱼钩上。"有时候这些报告令我想到《驾车好手》与弗洛伊德的杂交："人类历史，就如个人历史，可被理解为穿越那些性攻击天性冲突的缓慢进程，因此我们也必须将K的去抑制和自我中心特质理解为这种世纪旅程的一部分"，等等。我可以很好地模仿克劳斯的声音，会用它来让简和埃里克甚至他忠心耿耿的心理分析对象西玛笑翻（"我们可以说这个酱汁来自一个罐子，但是那个罐子难道没有在深刻的，也许更深刻的意义上，从酱汁中获取身份认同吗？"），但是克劳斯的魅力，至少对我而言，在于他的声音听上去已经像是对其自身的模仿。克劳斯是一个沉溺于扮演克劳斯的演员，但是这种扮演的

---

[1] 安阿伯，美国密歇根州的一座城市。

效果气度大方，包含着自我贬低，令我想到卓别林 —— 当他爱慕的有钱女子走进夜总会，出于尴尬，他便为了供她取乐而扮演侍者。

克劳斯总是开玩笑，克劳斯从不开玩笑 —— 他的讽刺意味来自幸存下来的荒谬感，或者说是因为他觉得有人幸存下来就是荒谬的，即使他们还在呼吸，或者说荒谬之处在于政变之后，集中营之后，语言竟然还会比嘈杂声更有意义。他很轻松，却在深层次失去了重心，所以轻松感和深刻性在克劳斯心中崩溃了。有次在基金会餐厅里，我看见他走到一堵墙前面，调整有点挂歪了的一幅向日葵油画，那是一个病人的作品。但是不知怎么回事 —— 我又想到了一个默片明星 —— 克劳斯的动作表明这是一场戏。他没有发出任何声音，就吸引了那些桌边就餐者的目光。他矫枉过正了 —— 现在左边低了太多。他搔搔头。有小小一阵笑声。然后他又在右边矫正过了头，他假装没注意，调整了一下自己的领带，假装自鸣得意，引起更多笑声。然后，仿佛只有笑声才令他注意到自己的错误，他手托下巴陷入思索。他突然伸出食指，他没有继续折腾向日葵，而是走向墙上其他三幅画（蓝铃、蜀葵、金光菊），放低了这些画的左边，直到所有画框都倾斜同样的角度。他走回来坐下，迎接他的是一片掌声。

*

基金会剧院灯火通明，挤满了受邀参加首演的员工和病人还有各种不相干的托皮卡居民。电影胶片半分钟空白之后是弗里德里希·鲍姆费尔德[1]的《钢琴摇篮曲》，录音速度有点慢，带着静电噪音，有点走音跑调。现在是一个高个子、有点驼背的老人在博物馆，背对着摄影机，手上拿着礼帽和手杖，俯身去琢磨一对精雕细刻的青铜大门。这是柏林的城市历史博物馆，时间大约是1909年；这是堪萨斯城的纳尔逊—阿特金斯博物馆，大约是1983年。片头。高个子男人可能在巴塞尔见过黑塞，他正在表演同时也不在表演。他的服装就是他自己的服装，20世纪早期的欧洲活在他20世纪晚期堪萨斯的身体里，他的母亲经常用童车推着他走在布劳尔街[2]上。（影片是用一台法国16毫米摄影机拍摄的，是我到托皮卡的第三年在一家旧货摊上买的。沃尔夫相机和录像店捐赠了胶片 —— 快速胶片，他们留着以备光线不好时拍摄高中篮球赛用的。效果是那种有颗粒的旧时的感觉，加速移动时会颤抖，老照明工具的痕迹。）

我，齐格勒，出现在屏幕左边。摄影机由一名实习生掌控，追随我走下大理石大厅，剧院一阵（温暖的）笑声，我的着装与那时的着装并非完全吻合，我为了角色而留的络腮胡子，我的发式 —— 成年以后第一次也是最后一次 —— 理成近似一个循规蹈矩的小资产阶级一员的模样，"那些人中的一员，"克劳斯的画外

---

[1] 弗里德里希·鲍姆费尔德（Friedrich Baumfelder，1836—1916），德国古典音乐作曲家、指挥家和钢琴家。

[2] 布劳尔街，维也纳的一条街道。

音，"我们每天都在街上看见，我们从来无法真正记住他们的相貌，因为他们都有着同一张脸：大众脸。"在下一个展厅，我在一个玻璃柜上方发现了那个石弹（我们获准拍摄，但不能触碰任何东西），一个戴着在亨通街军品店买来的大檐帽的保安吓了我一跳。保安的制服不合时宜，但好在还没有那么特别，不至于危及画面。淡出。

德彪西，《大海》的一段。淡入一个餐馆内部，实际上是基金会餐厅，几张圆桌替代了长餐桌，我的实习生们铺上了白色桌布，摆放了刀叉和瓷器碗盘（不配套；有些是二手货，有些是借来的），尽管黑塞写到的是一家更随意的咖啡馆。齐格勒翻动、假装在阅读的报纸，是《托皮卡首府新闻报》（道琼斯指数又上升了，引起争议的越战纪念碑开放了），但它也是《柏林地方新闻》。在齐格勒身后的一张桌上，孔索莱医生和太太，未来诗人的父母，在吃着香肠。那两个穿着类似爱德华时代裙装的女人在喝茶，她们是病人，其中一人，简曾经密切关注过，她在电影拍完三年之后从奥马哈[1]最高的建筑上跳下，自杀身亡。在第三张餐桌上独自吃饭的那人 —— 他的动作很自然，是未受到注意者的动作 —— 是个病人，在酗酒失控之前几乎获得托尼奖[2]（需要多年的钻研才能表演得仿佛无人注意他 —— 尤其是吃饭），起初我是建议他扮演齐格勒的。埃里克笨拙地饰演一名侍者，手臂

---

[1] 奥马哈，内布拉斯加州最大的城市。
[2] 托尼奖，美国戏剧界最高奖项。

上搭着白毛巾，给我端来啤酒，我用它吞下了在背心口袋里重新发现的那枚药丸，那实际上是薄荷糖，安慰剂。我用手指刮了刮药丸，闻一闻，想用手指捏碎，舌尖上碰碰，然后，连我自己都有点惊到了，竟然把它扔进了嘴里。此刻剧院里的哄笑意味着什么？证明我的泰然自若具有喜剧效果？也许吧，但观看一位心理学家借助基金会里一位精神病学家之手，摸索并且吞下一枚神秘药丸，肯定也有某种狂欢、净化效果，此时大部分病人都在服用抗抑郁药物，它替代了许多效果更为迟缓的药物。"有智识的人们不会去摧毁这些来之不易的科技和医药成就，或抛弃我们从中获得的无价的好处。"齐格勒心满意足地嚼着他的德国香肠，那其实只是奥斯卡·迈耶公司[1]生产的"球场热狗"[2]。

　　"两点钟时，"黑暗中可以听到克劳斯的声音，"年轻人从街车上跳下来，"——这一段过渡里，我们想搭乘盖奇公园电车，但没成功——"买了一张周日票。"淡出在世界知名托皮卡动物园前门，故事地点是柏林动物园[3]，不久前从埃塞俄比亚运来了一只黑犀牛，是1909年的主要热点之一，卷云在镜头里的柏林上空几乎不易察觉地飘移。大门内是欢度周末的人们：一对对夫妇在散步，大家都是节日般的心情。卡普兰医生夫妇笑嘻嘻手挽手经过黑斑羚的笼前，他们两人都是心理分析师，很快就将离婚，因

---

[1]　奥斯卡·迈耶是一家美国肉类和冷切肉生产公司。

[2]　"球场热狗"（Ball Park Franks）是美国销售量最高的香肠品牌。

[3]　Tiergarten，位于柏林的城市公园，也译作蒂尔加滕公园。

为艾伦·卡普兰在跟心理学家萨曼莎·吉布森睡觉，他是她的上司，现在她穿着一身帝王气派的长裙和插着羽毛的帽子，都是从托皮卡剧团借来的。（艾伦和萨曼莎在剧场里坐着，离开彼此有几排位子，看见自己在银幕上再现他们在日常生活中保持的那种虚假的客套，会很奇怪吧。）然后是戴着头巾身着传统服饰的阿特瓦医生，他身后是生物心理学家埃尔伍德博士，戴着一顶礼帽似的帽子。然后是我们的邻居，唐纳德·彼得森，戴着大礼帽，披着斗篷，他八岁的女儿，安娜，因为某种原因打扮成男孩的样子，短裤和帽子，拉着他的右手。经过他身边的是威严肥胖的 J. M.，他在劳伦斯城拥有马斯街音乐店。他挽着好太太劳拉，她的脸掩藏在一把绣着百叶蔷薇的大扇子后面。

大猩猩在室内笼子里面的人造树枝上跳来跳去。现在我们看到的是齐格勒的后背，他手里拿着涂漆手杖和平顶草帽，观看着猴子。（草帽从哪里来的？没有连贯性。）在内华达和纽约，心理学家试图教会猩猩使用符号 —— 相信它们能学会语言，虽然它们的身体无法产生足够的音域 —— 但是在托皮卡，在柏林，"一只大猩猩对他眨眨眼睛，好脾气地对他点点头，声音低沉地说：'过得怎么样，兄弟？'"。过得很好。阿帕网采用了 TCP/IP 协议，产生了因特网；特朗普大厦刚在第五大道上开张；在芝加哥军人广场的停车场，人类第一次拨打商用手机电话；亚历山大·格拉汉姆·贝尔的曾孙在德国接了电话，在威廉二世的德国，艾尔克正在她的小公寓里从报纸上剪下威廉二世的照片做拼贴画，他的八字胡换成了一个职业摔角手的腿；弗洛伊德在美国，他来美国的唯一一次；普鲁斯特认真开始写他的《追忆逝水年华》，将采用旧的散文技巧描述自己第一次拨打电话，第一次见到飞机，以及汽车给景观造成的影响。"你是否曾经停下来想过，本世纪之前的成千上万代人，即使是世上最有权势的帝王也无法拥有这么一辆汽车？"

　　齐格勒从一个笼子跑到另一个笼子。现在我们听见了里姆斯基－科萨科夫[1]的不祥的《天方夜谭》。庄严的麋鹿的胶卷找到了，拼接好了。这是托皮卡动物园没有的动物。影片上的动物庄严得可怕。但是齐格勒的确透过厚厚的玻璃注视着一只狮子的眼睛，意识到了"没有牢笼的宽广无边的旷野"或人格测试。起初剧院里的人们笑着齐格勒的怪异动作，他越来越恼火，把手杖扔在树丛里，松开领口（他的帽子呢？）。但是克劳斯温柔悲伤的声音描述着齐格勒的人格解体，给这疯狂的喜剧增添了悲哀意味。大家都知道这个故事的结局，他会被人从一个世界知名机构转送到另一个。大家都知道没有外部，只有一个巨大的内部，即使是病人在拿着摄像机，在它那诊断的眼睛后面拍摄，即使动物在嘲笑笼子栏杆外的粗人。现在一群托皮卡人聚集在齐格勒身边，他失去了对文明的信心，当时离机械化战争爆发还有五年，他失去了从文艺复兴那里继承来的对古代形象的信念（无以传承），

---

[1]　尼古拉·里姆斯基－科萨科夫（Nikolai Rimsky-Korsakov，1844—1908），俄国作曲家。

对宗教和科学以及心理分析学这种"犹太科学"的信念。他失去了理智。两名身穿白衣服的勤杂人员（是学校的理疗师扮演的）从画面中拖走了——其实动作轻柔——我父亲，画面有几处烧焦了。

　　十二分钟的影片还剩下一分钟。人群散去，摄影镜头摇开，让我们看见两个高个子男人在热烈地聊天（现在没声音了，但是鲍姆费尔德的音乐再次响起），大概是在描述刚才见证的景象。其中一人是克劳斯，我们在开始的镜头里看见过他的后背。另一位是穿粗花呢的汤姆博士。他们看上去像达官贵人。他们握手，也许是在道别，也许是订立某种旧世界精神病学和新世界精神病学之间的神秘条约，然后在相反的方向走出镜头。还剩下半分钟，现在走来两名身穿带裙撑的裙子、微笑着的女子，是西玛和简，也许是家庭女教师，每人手里都牵着两个小孩。贾森（西玛的儿子）和亚当，戴尔和另外一个女孩，名字已经不记得了。（从光明环幼儿园接走他们时，他们多么激动啊，这一天可以不睡午觉了。）他们向我们走来，既快也慢，既置身于现在也置身于过去。

戴尔梦见的东西开始在灌木丛中浮现，那是烟花降落伞上的塑料小人，小小的钝锯条，他以为是飞镖，他把这些东西装进口袋里。他的口袋很大：他长年穿军用工装裤，他有三条，都是用自己的钱在亨通街上的军品店买的。沙漠迷彩服。要知道他有四百多美元，基本上都是二十元一张的。他有一打巴克[1]折叠刀，在装折叠刀和现金的抽屉里他还有一支克罗斯曼[2]颗粒气枪，他常常声称那是真手枪，有次还拿它对着混血儿贾森·戴维斯，惹得戴维斯在戴尔的眼睛上面打出了个口子来。椰子味道那么浓，他感觉像是那名年轻护士的味道，是她给那道口子缝的针，她锁骨上那条非常细的绞花项链此时出现在他的梦里，但这没问题，J医生说，口子反个方向，才会有问题。这就像当球员入场时，托皮卡高中啦啦队举着让球员冲过去的那张纸制横幅。他想要的就是这个，不是真去打球，他在中学给球员送水时，就这样想象着。（当我们的一个跑卫离场时，看

---

[1] 巴克（Buck Knives），美国一家有名的刀具制造商。
[2] 克罗斯曼（Crosman）公司是美国射击运动产品制造商，还生产销售各种气枪。

他满心欢喜地飞奔到边线那里。）现在某处有个圈套，在睡眠与清醒之间拉着横幅，人与事在其中穿越。

他会去盖奇大道的麦当劳装热水，他会突然意识到站在他前面点单的那人是他爸，乱糟糟的头发里有挡风玻璃的碎粒，所以他径直低头走了出去，回到他的施文自行车[1]旁，全速蹬车至韦斯特博罗公园的灌木丛边，到了那里才能喘口气，收拾梦中离散的内容。灌木丛为什么令你感到安全？每当他提到在那里躲藏时，J医生都会问这个问题。要知道在那里的一大蓬金银花中有通道网络，他还有食物供给，塑料袋装的小士力架和花生焦糖块可以增加能量，还有一些埋在灌木下面某个地方的肉干，他不会告诉别人，打死都不会。还有什么别的地方能和灌木丛相比？把这里想象成多少像灌木丛的地方怎么样，戴尔？

嗯，也许他可以这样想象——如果J医生不是每次咨询时间结束时都说"进来吧，艾伯哈特太太"，然后戴尔就要听他妈妈抱怨的话。最近是有关他如何毁了在狄龙超市的好工作，那是J医生好心帮忙为他安排的。因为戴尔不诚实、不可靠，我们就别谈什么普通教育文凭了。戴尔必须小心放慢呼吸，因为她的声音会变得很尖，几乎在尖叫，好像动物在喊痛，然后就哭了起来，又低沉下去：我不知道／我还能／忍受多久。他撒谎。我有糖尿病。晚上还要加班。这时候戴尔就觉得他自己

---

[1] 施文（Schwinn），美国自行车制造商之一。

也会哭出来，或者掐住她不让她出声，但他只能看着 J 医生墙上那幅小丑油画，紧盯着直到它开始改变颜色。你喜欢吗？这是一位名叫马克·夏加尔的画家画的。

那个母狗在这里的时候，不可能会像灌木丛。一开始 J 医生会说我们不用母狗、娘炮、软蛋这一类词，但是自从他再也见不到他爸之后，就不大有什么规则了。因为要知道戴尔不是个娘炮或者软蛋，无论戈登或者诺瓦克或者卡特怎样说，或者他爸在撞上中央分隔带穿过了地下挡风板之前怎样说。戴尔曾经不止一次承认是自己杀了他，这时候 J 医生就会非常缓慢地说——好像他是从老远的距离读出布告栏上的话——不，戴尔，你父亲的死亡——不是你的过错——无论如何。但是戴尔把那辆蓝色本田在脑海里掀翻了一次又一次，按下倒带，又再次掀翻。在他脑海里，他又坐在波特温长老会教堂前排座位上做礼拜，甚至在公路巡警给他们打电话之前，他就觉得心中厌烦，一个劲地流汗，感到浆洗过的领子碰着他刚刚刮过的脖子。

从他还是个孩子时起，他早上就要喝热水，假装跟爸妈一起喝咖啡，这是你的咖啡，戴尔，黑咖啡不加糖，快到上班的时候了。少有的大家一起笑的时刻。那个玩笑的意思是，他是个男子汉了。但现在他是了，十八岁，他每天早上还是这样。麦当劳会给你免费热水，虽然你很难解释你不想买他们的立顿茶。不止一次，他不得不买后来会扔掉的茶包（在盖奇大道他们会给他一个冒着热气的泡沫塑料杯，大多不会有什么麻烦，但是有次他在 21 街试着这么做时，有个他可能认识的厨师说，让那个白痴滚蛋）。他开始在狄龙超市工作时，他爸爸还没有驾车闯过撕烂了的横幅，他会坐在靠近前面玻璃幕墙的红色塑料转椅上，透过自己的朦胧泪眼看着菲尔普斯举着他们的标语牌。他会喝着热腾腾的水，用只塑料小勺搅一下，喝一小口。然后他会带着有目的的样子起身，他相信其他人会感觉得到。

　　如果你去上班，穿越景色，你身边景色的构成也会不一样，榆树和银枫恭恭敬敬站立两旁让你通过。J 医生的朋友斯泰西告诉过他哪里可以停靠他的自行车，就在边门里面，在那里可以从钩子上拿下一条绿色围裙，像这样系在后面。然后只要问我，我就会告诉你应该先帮助哪一条结账队列。几棵西蓝花一箱冰冻格子松饼奇迹面包两升胡椒博士汽水慢慢从黑色橡胶传送带上送过来，扫完条码后就轮到他把东西装入双层大纸袋，如果有人请求的话，还要搬到或者用推车送到汽车后车厢或者卡车车厢里。他常常帮助他认识的人或曾经认识的人搬运食品，他们会跟他说说话，这没问题。鸡蛋和牛奶要用单独的塑料袋装，别问我为什么。空的购物车和围栏里另一个空的购物车相撞，带来一种满足感。一小时 4.25 美元乘以 30，多到超出想象，如果再用 30 乘以他计划工作多少年多少个星期。有件事是可以肯定的，他会买下罗恩·威廉姆斯那辆银色菲耶罗，甚至会让他妈妈用车，如果她遵守相关规则的话。

　　第一个月做了一半时，有一大罐什么东西扫不出码来，他帮着装袋的那个娘炮迈克让他去核对一下价格，这意味着他先要找到对应的走道，然后是货架，然后是那罐东西对应的无论什么样的标签上无论什么样的数字，然后把这些都记在脑子里，再交给迈克，这时候他应该早就扫完了其他商品，顾客肯定生气了。斯泰西从来没说过核对价格是他的工作，等他找到了相应的走道，他已经看见自己走回去，无法解释为什么注明价格的标签会等距离处于两种相似但却不同的罐头之间，也无法解释为何等他仔细去看时，这些不同之处模糊了，标签的颜色跳跃转换直到他再也分不清这个多少钱、那个多少钱。如果他站在那里的时候字母和数字没有像蚂蚁在人行道上爬行、像树枝在水上漂浮，如果不是别的购物者开始对他大笑引得他转身去追他们，他本来是可以将这些字对上号的。只有当他这样站在货架前浑身冒汗时，才意识到1996年整整一年狄龙超市都在循环播放着背景音乐。

　　然后是四年级时格雷纳太太要求他朗读《圣诞怪杰》，发出声音来，我们可以等上一整天，大家的笑声，然后是七年级选拔赛时，斯卡克尔教练一把抓住他的面罩把他摔在地上，因为他笨得像猪，耳朵嗡嗡响，刚割过的青草的气味。他还坐在一个办公室里，艾伦医生对他父亲说，想想九岁或十岁的人有着十来岁人的身体，几年之后他被卡特要了，有个故事讲到抚摸贝基·雷诺，你知道抚摸是什么意思么，篝火旁同样的笑声，桑橙树枝噼啪冒着火星。所有这些数不清的时刻只要有一个出现，就都会出现，他嘴角的微微抽动反映了这一点。

你必须躲开这些空间里蓄积着的时刻，无论它们存在于何处。因此他低着头去了更衣室，把围裙挂起来，骑车去四个街区外的军品店，那里他可以远远坐在后面，拉开又弹回一个50口径弹药罐，直到柜台后的斯坦终于头都没抬一下地说"别弄了"。戴尔热爱防腐润滑油的气味。斯坦又矮又胖，尽管缺了一个拇指，还是可以像所有海军陆战队员那样一把蒙住你的耳朵鼻子，可以弄死你，或者用手掌把你的鼻子挤进你脑袋瓜子里去。戴尔有时相信他已经吸收了这些格斗技巧，但愿他不会用到。同样，戴尔还觉得斯坦叙述过的那些经历，他多多少少也都有了一些，就像一位老师曾经告诉戴尔，闻到某种东西的气味就意味着吸入了它的一些微粒。所以如果斯坦说到处都是婊子，你几乎都不用花钱，只要吐口痰在屄上润滑一下，那么下次戴尔告诉在兰道夫球场打篮球的一群中学生说，他曾经操过一个婊子、吐过痰等等，就并不真觉得自己是在撒谎。他用不着付钱给她，虽然他付得起，"我有四百多美元"。如果你说件事情听上去像那么回事，那就足够真实了，所以他不觉得自己在撒谎，虽然他后来常常会觉得撒了谎。从他一出生，他妈妈就要求他，在别人还不可能知道的时候就承认他在撒谎。

军品店就像灌木丛，但也不像。像，因为戈登或者诺瓦克或者卡特这样的人可以在这里找到他，这里由斯坦——他认识戴尔的爸爸——做主。如果你安安静静的话，可以随便待在这里。像，因为这里就像灌木丛一样是个黑暗的地方，戴尔掌握了战术信息，甚至知道那把虽然古老但却装满子弹的鲁格手枪锁在柜台后面什么地方。不像，因为斯坦愤怒的微粒会沾染到他身上。他们都说想要好小伙子，敏感型的，然后一下子整个团队都完蛋了，对吧戴尔。我不是种族主义者戴尔，但他们难道不是哭着喊着自找的吗。斯坦话多时，他的名字总会夹杂在这些话里面。中学一年级之前那个夏天他们怂恿他吻曼迪·欧文，发誓说她想要他吻，就是太羞怯了不好意思说，她大喊大叫满脸通红伸出双手在前面摆动，那样子就像蜜蜂落在他那过敏的妈妈身上一样。那笑声。他甚至在张开手碰上她的脸之前就有罪了，他们的拳头雨点般落在他身上，满嘴是土，他想说对不起，曼迪。他从幼儿园时起就认识她了，她家只隔了三个街区。他们不知道那滋味有多么糟糕：尝到自己的鲜血、割过的青草味，不能回家去拿把刀或者枪，不能在心里想象把他们的车全部掀翻。等斯坦的愤怒攫住了他时，曼迪就只不过是个婊子，举着圈套让别人钻进去。要知道他会这样想很多天，直到他不再这么想。

　　J医生不会为这工作生气，他身上就没有愤怒的微粒，就这么简单。不止一次戴尔好奇J医生是否会因此而像个软蛋。我这头没问题，接下来我们可以再试试，如果感觉没问题的话。J医生关心的是戴尔是否至少有些许轻微的幻觉，这跟捏造故事还不一样。戴尔，J医生说，戴尔，直到戴尔的目光离开油画，转而与他对视，我的意思是这听上去有点像你看见了并不在那里的东西，就像你爸爸那样。爸不会看见不在那里的东西，戴尔想，又回去凝视在银色画框里漂浮的小丑。虽然他爸会咒骂不在场的人，用拳头打穿地下室的石膏墙壁，后来戴尔只是觉得他爸醉酒时就会这么做。或者你只是在告诉我你想到了你爸爸，感觉好像他就在那里，但是你知道实际上他并不在场。如果你觉得你看见或者因此也听见什么并不可能出现的事情，戴尔，也许你可以对自己说，或干脆大声说出：这不是真的。这不是真的。你想不到这对我认识的一些人帮助有多大。

那　些　男　人（简）

你是否记得两个冬天之前，我们发现你爸爸和我并没有购买去佛罗里达的机票 —— 头一天晚上我想打印出登机牌，才发现我其实压根就没买过票？我清楚记得通过旅程网站[1]购票了，但是因为我们每年1月都去萨尼贝尔[2]，我肯定是想到了前一年的事情。爸爸在旅行前几个月曾经问到过机票的事情 —— 是直飞还是要在芝加哥转机，机票多少钱 —— 我回答说，是的，是直飞，价钱跟去年差不多，我并没有在撒谎。但是我感觉到了这种微微的不安，或者说回头想想我知道我感觉到了，我有这种感觉，好似就在意识的临界点之下，或者有时浮现在意识里，然后又沉没下去。我猜我从来就没买过票，我只是想要买，然后记错了，以为买了。每当想起旅行时，我都感到轻微的担忧，轻微到不需要我真正去对自己解释为什么 —— 也许我在为别的什么事情焦虑；也许我只是讨厌乘飞机；也许想到旅行就让我想起离你和女孩们有多么远。通常，我这种典型神经过敏的人总是会在飞机起

---

[1] Orbitz，美国老牌的在线机票、酒店和旅游订票网站。
[2] 萨尼贝尔，佛罗里达州的岛屿。

飞前数周在电脑上再三核对机票，再次确认时间，确认座位没问题，但是这种微妙的担忧，这种算不上是意识的意识，阻止了我搜索邮件查找机票，结果是直到旅行的头一天，爸爸建议我办理登机，打印登机牌，我才发现 —— 我无法再逃避发现 —— 我根本就没买票。我简直不相信有这种事情，我一直喊着，查找着邮件，但其实我在某种程度上一直知道。但不完全是这样，或者说不只是这样：我想我是觉得只要我避免去查找机票，机票就会在那里；只有当我搜寻存档邮件时，机票才会消失，仿佛过去一直在那里悬浮未决，我可能会操之过急。你知道我什么意思吗？我们只好付了很多钱才买到第二天的机票。幸运的是他们还有座位，虽然我猜通常总还是会有往返堪萨斯城的机票的。

这有点像是去恢复记忆中我父亲曾经做过的事情。我对那件事情是知情的，我的身体里留着它，但是我不知道我知道什么，尽管我知道我知道一些什么事情，我害怕完全知情，害怕它，好似一旦知情，一旦深究记忆，就会使我一直压抑住的事情成真。我觉得西玛是第一位凭直觉感知我身上这种不被知悉的认知轮廓的人。她帮助我看见缺失的东西具有形状，是我人格拼图的一部分，是她使边缘可见 —— 我不让自己去知道的事情侵入我经验的其他领域。一旦边缘可见，我就会 —— 实际上我不可能不去 —— 面对我一直既知道又从来不知道的事情。

你不大会记得那时西玛什么样子了，那时你才四五岁，她一开始是我的好朋友，后来又是我的心理治疗师，尽管我们说我们只是在"咨询"，这是边界的模糊，不用说，这是有问题的。我们本当知道不该那样的，我们的确知道。我不拿这个做借口，但是在基金会里，人们对于专业、个人和心理治疗之间的关系有那么多漫不经心的越界，因此在某种程度上我们觉得这是正常的。不过我们也觉得——我们也的确是——在这些越界通常被用来加强父权关系的环境里，两个女权主义者形成的一种心理治疗同盟。起初我找艾伦·卡普兰做心理分析，你记得他是邻居，因为如果你不去做心理分析，你就会在基金会里显得格格不入，意味着你避免认真反思你自己的心理动力什么的，我必须忍耐这些极度性别歧视的垃圾。有次员工会议上我提出了男女薪资不平等的问题，那天晚些时候，我坐在卡普兰的沙发上，他鼓励我思考我对工资少于男性的关注是如何与阴茎嫉妒有关。他看见了"阴茎抗争"的证据。有次我问一位资深分析师为何他称男性博士后为"博士"，对女性博士后则直呼其名，然后我又在那张沙发上接受了关于阴茎嫉妒的教训。拒绝阴茎嫉妒的诊断则是阴茎嫉妒的明证；总之全是阴茎嫉妒。（我该去为你找出那份泄露出来的备忘录，其中一位资深分析师在汤姆博士面前称我为"吼叫的悍妇"。你可以稍作修改放在你的书里。）这听上去像是捏造的，但的确是真事。跟西玛一起工作感觉像是对那种文化的某种抵制，是某种与我过去的一些经历达成妥协的方式，而用不着让基金会的未经反思的弗洛伊德传统来设定妥协条件，何况当女人的经历与那个伟人的理论不符时，就会被他们视为病理问题。

尽管如此，那也是多重因素决定的糟糕一大团。西玛跟克劳斯做心理分析，他就像你爸爸的第二个父亲，或者更有可能爸爸就像克劳斯的第二个儿子。在埃里克和我们之间总是有些紧张情绪，因为我俩都认为他用药太猛了些，虽然我们喜欢他。他就是对心理药物有种极度不加评判的信念，将其视为万能药。然后你和贾森当然是最好的朋友，差不多打一生下来你俩就在一起，就像亲兄弟。我们两对夫妻都立下遗嘱，万一发生悲剧时，将彼此作为自己小孩的法定保护人。（顺便说一句，你跟纳塔利娅真的要立个遗嘱了，别再拖延。）然后又发生了爸爸和西玛之间的事情，这又同克劳斯有关系，如果你想知道详情的话，就要去问他了，好多年之后他对我坦白过的，大约是在戴尔·艾伯哈特那件事情的时候，他想要纠正——但是我当时只隐隐约约知道那件事情，又是一件我知道但又不知道的事情。如果你想要我完全说实话，那我不能肯定我跟西玛的关系——顺便说说，她是托皮卡所有男人和女人里面，最有魅力的人——完全不包含性冲动。换句话说，并非没有性冲动。而且，事实上，尽管我俩在方法论上有区别，西玛却是我的书稿的最有眼力的读者，这意味着我感到又在另一个方面依赖她，或有恩于她。这还意味着她觉得，虽然她不会承认，她对这本书也有某种所有权。她当然与这本书的成功之间有种复杂的关联。

　　搬到托皮卡一两个月之内，西玛和我就开始在一起长时间地喝酒和谈论在基金会的过去一周，争论我们各自的理论观点，还

092

会畅聊我们的过去、我们的童年。我们很快就有了强烈的亲密感，有种令人眩晕的东西。我们就像夏令营的孩子或者刚进大学的学生，带着不顾一切的兴奋纠缠一个新朋友。我们会一起坐在格林伍德大道长廊的秋千椅上抽烟（我记得西玛抽的那种印度尼西亚牌子的烟，过滤嘴上有一点糖），用果酱瓶子喝质量很差的酒 —— 西玛是很优雅的人，这在她就算是穷人的生活了 —— 我们谈论绯闻轶事，笑声不断，还坦率地讲述自己的成长经历：家里有个很厉害但还算宽容的母亲，父亲糟透了。她父亲从没来过托皮卡，他是洛杉矶一位受人尊敬的外科医生，我猜是心脏外科吧，他是伊朗移民，同原生家庭几乎完全断绝了联系。他一心都在西玛的哥哥阿米尔身上，他也有望成为外科医生，这让西玛觉得自己完全不存在。（你知道我爸爸是如何宠爱汉娜的，她很可能希望你的书里面不要提到她。父亲甚至懒得去掩饰他的偏心。）阿米尔则一团糟，二十多岁时就企图自杀 —— 至少西玛认为那是企图自杀；家里人则坚持说那只是肆无忌惮的派对胡闹而已，这让西玛气得发疯。我记得西玛有这种边哭边笑的怪异习惯。我能看见她一口整齐的牙齿在暮色中闪闪发亮，她告诉我她家人开车从加州大学洛杉矶分校医院带哥哥回家，父亲在他们那辆奔驰车的方向盘后面，一个人滔滔不绝说个不停，说一个学医的人应该知道不能把阿片类药物跟酒混在一起喝 —— 他说的是她那个吃了大量镇静剂企图自杀的哥哥，仿佛那只不过是又一个学业上的失败，没有弄懂化学什么的。我简直无话可说，西玛笑着告诉我，慢慢喝着酒，泪水从她高高的颧骨上滚落下来，我简直没办法吭气。我这么说的话你会笑我的，西玛这样又哭又笑 —— 她又点了一根香烟，我能看见她用手遮住的火焰照亮她的眼睛 —— 就像那种美好的天气，晴天却又下着雨，我猜是因为风从数英里之外的乌云那里把雨带了过来。

直到西玛和我都有了小孩 —— 你同贾森，只差了多少，四个月？ —— 我们关于我父亲的谈话才变得更紧张起来。部分原因无疑是生育孩子勾起了我们有关自己童年时代的回忆，现在你自己有了两个女儿之后，也知道这是怎么回事了。但是也因为外祖母和我父亲开始时常从凤凰城来看你，西玛注意到了我所做的一些微妙奇怪的事情 —— 我的意思是，不仅仅在于我因为父母在场而感到恼怒。例如有天晚上我们邀请西玛和埃里克过来吃饭，爸爸做了他拿手的鸡。她注意到我父亲在场时，我根本无法离开你身边。她说就有点像那个布努埃尔[1]的电影《泯灭天使》一样，来参加晚宴的客人饭后去客厅里待着待着就神秘地无法离开了。只不过这次只是我一个人无法离开：你和贾森在我们起居室的小摇篮里，我们在那里吃点心。西玛观察到我起身去把一些盘子和杯子拿去厨房，然后，我刚走到房间边上，又马上转身回来坐下，把盘子放在咖啡桌上，"我等下再来收拾"。显然这是无意识、无道理的 —— 即使不信任我父亲，在那种情况下也不至

---

[1] 路易斯·布努埃尔·波尔托莱斯（Luis Buñuel Portolés，1900—1983），西班牙著名电影导演，擅长运用超现实主义手法。

于担心 —— 但我就是不能让你俩一起离开我的视线。在某个时刻我问西玛，你想抽支烟吗。要的，她说，我们起身走到门口，然后："其实我不想抽烟，你去抽吧。"我又坐下了。如果爸爸注意到了这个，看见我表现得奇怪，他可能会合情合理地认为，我父母在身边让我有压力，这对任何人来说都是足够正常的，我父亲通常不是个容易相处的人：他不断地抱怨，对别人没有什么兴趣。西玛后来告诉我她独自出去抽烟时 —— 那个时代不一样，带孩子的母亲抽起烟来无所顾忌 —— 她坐在长廊上荡着秋千椅，透过大窗子看着我们大家在起居室里，看见我搬来一把椅子坐在我父亲和你的摇篮之间 —— 她就知道了，而且她明白我尚未察觉自己其实也知道。也许从外面短暂地观看，有窗子做框架，转换成一幅油画或者默片，在她看来就一目了然了。

—— 你一直叫他"我父亲"而不是"外祖父"，虽然你说"外祖母"而不是"我母亲" —— 好像你还在保护着我，不让我跟他有任何联系。

这很有意思。你可能说得对。现在我以第三人称的视角记起那晚的事情，仿佛我是从西玛在长廊秋千椅上的有利角度来看起居室 —— 我记错了，以为那一刻就是我开始回忆往事的时刻，但其实不是的。父亲来过之后，西玛提到了她观察到的事情，我只是耸耸肩没当回事。我没有反应，我自己心里确认了一下，但似乎并没有触及任何真实，我觉得我还在给婴儿喂奶，不能让这些意识露出头来。我告诉西玛，他在身边时，我的确觉得自己有点不对劲，我肯定我是在以各种方式表现出症状，但我也不相信我小时候发生过任何事情，虽然父亲很冷漠，完全心不在焉，但我也不认为他会以任何不当的方式触碰我。好在西玛没有追问。

她和我继续谈论我们各自的父亲，泛泛地谈论父亲，但直到几年之后，深藏的过去才重新浮现。我父亲在凤凰城中风——那时你在兰道夫幼儿园，不是在光明环，我记得你看见他的脸有点瘫痪，右边，因此他看上去还是老样子，但又不一样，你真的吓呆了，仿佛他被自己的分身替代了。起初你不肯到他身边去，他本来就不是小孩总是会跑到身边去的那种外祖父。中风并没有那么厉害，但这只是一个漫长过程的开始——我开始寻找恰当对待老去的父母的方式。因此气氛很紧张。接着我妈妈又出了那两件事，那时还没有谁用"引发"这个词。

有天晚上爸爸和外祖母带你去租一盘录像带。他们没有有线电视，你又急着要看动画片。你们带回家一部迪士尼电影和另一盘录像带，《怪猫弗里茨》[1]。（心理分析师可能会注意到"弗里茨"是克劳斯被杀害的儿子的名字[2]，我猜克劳斯在心里总是将你爸爸同这个儿子联系在一起。）外祖母有个小电视机放在厨房里，是她早上看新闻用的，爸爸用小电视机来放这个录像带，然后就离开了。后来，我进来看看你，结果在屏幕上看见了什么呀——

---

[1] 《怪猫弗里茨》（ *Fritz the Cat* ）是一部 1972 年由拉尔夫·巴克西（Ralph Bakshi）编导的美国成人喜剧电影。

[2] 克劳斯的儿子名叫 Fritz，与"弗里茨"拼写相同。

我花了一分钟才弄明白我是在看什么 —— 那是某种拟人化动物的轮奸场景。居然是他妈的 X 级色情动画片！我甚至都不知道世界上还有这种东西。我站在那里彻底惊呆了，瘫痪了 —— 你在嚼着微波炉里烘出来的爆米花，我想你压根不知道那电影里面演的是什么 —— 然后我母亲走进来，看了一眼电视，看了一眼这个动画群交场面，说"噢，天哪"，然后又平静地走了出去。我清醒了过来，关上那东西，告诉你去找外祖母玩，你没有吭气就去了（你知道有什么事情不对头）。我大声喊你爸爸来，他急忙跑来，我把录像带放回去给他看。他当然是吃了一惊，尽管他似乎觉得这一切很搞笑。他不知道是怎么回事。他说你把录像带盒子给他，他只是看了一眼电影名字。他非常抱歉。

那天晚上我没法入睡，并不是因为我担心那个动画片会对你有什么伤害，也不是因为搞混了录像带而生爸爸的气。不是的，我是因为那句"噢，天哪" —— 是因为我妈妈进房间来，看见一个小孩面对性暴力场面时表达惊讶的语调跟看见一双鞋子上的价格标签时一模一样，并带着完全同等程度的温和。我怒不可遏却不明白为何愤怒。一整晚我都浑身冒冷汗，听着你在我们床旁边那张充气床垫上低声说梦话。第二天我几乎没法抬头去看她。我告诉爸爸我的感受 —— 我知道那很疯狂 —— 他一心只想着为那盘录像带承担责任，他认为我只是因为父亲中风、父母衰老等等而感受到紧张压力。但是我决定跟她谈谈，或者是我再也忍不住了。我们坐在他们屋后那个小石头花园里，身旁全是你喜爱的多肉植物和仙人掌，我说："妈，你看见那个可怕的录像时，为什么不怎么惊讶？你为什么就这么离开了？"她的回答并非没有道理："哦，我觉得那是你的事情，你是母亲。""嗯，"我说，"如果我没在那儿呢？"她可以有一百万种方式回答我的问题：她可以说，"如果你和乔纳森不在的话，根本就不会去租那盘录像带"；她还可以说，"我当然会去把它关掉"。但是，她变得很体贴，似乎在很仔细地思考这个问题，然后说道："亚当会没事的。"我不记得我是怎么回答的，或者我有没有回答。我脑子里的录像带就这么停止了。

第二件事情发生在几天之后，是我们那次回家的最后一天。我多少摆脱了动画片的事情——至少我不再生气——外祖母和我一起看她收藏的一些从来没有装过框的油画和印刷复制品，她想知道我是否愿意带几张回托皮卡。外祖母的做法跟你讨厌的我现在的做法一样：每当我称赞一幅油画或者什么，她就会说：拿去吧，给你，你拿去我很高兴——好像她已经在跟这个世界告别，切割。所以这并非那种自由自在的交谈，尤其是因为有我父亲的中风在先。我们关于这些艺术品归属的交谈也是一种关于死亡的交谈。（这次回家我父亲在哪里？我猜他只是在自己房间里，要不就是在跟你爸爸聊天，我猜爸爸在做一些录音。我几乎根本不记得他在那里，虽然我们就是因为他中风才回家的。）但是艺术也是我同外祖母喜欢谈论的话题。你知道她很穷，她有多么精打细算啊，而且她根本就没读完高中。我很高兴她热爱艺术，她看重一些东西，与价格无关，就像你说的那样，我真心佩服她的趣味——大概 1952 年在米德伍德[1]一次车库售物时，一幅油画吸引了她的目光，时间久了，我们都意识到她找到了一幅小小的油画杰作，是你多花点时间就会觉得它越来越有深度的那种东西。我最珍视的记忆之一是跟她一起去大都会博物馆。她尤其喜欢古代雕塑。"让我心情舒畅。"她会这么说。大理石让她心情舒畅。你知道，她为各种艺术家工作——帮他们购买画材，记账——并得到他们的油画，作为报酬。总之那天我们在车库里翻着一些她紧紧夹在大张纸板之间的印刷复制品，我妈妈突然说："我有件事情要坦白。"

"我有件事情要坦白。"——听上去好像她在引用从电视上听来的什么话，那根本就不是她会用的措辞。当然，那个车库里热得难受，但是她说这些话的时候我身上发冷。"好，说吧。"我勉强说道。"你知道我曾经为拉西特工作。"（我们家里那些夏加尔式的画全是拉西特画的，爸爸比我更喜欢。）"嗯，他有一幅画——只是一小幅水彩——我特别欣赏。实际上是他让我注意到的，因为那上面有很多玫瑰色彩。他说因为我名字叫玫瑰，他觉得我可能会喜欢它，我喜欢，实际上——我猜是因为它没费什么力气就达到了那么多的效果，这是他最擅长的，用一点色彩和形状就构造了整个世界。""你到底要坦白什么？"我说，耐

---

[1] 米德伍德（Midwood），纽约布鲁克林的一个街区。

着性子。"嗯，"她说，"他给我看这一小幅玫瑰油画，我好喜欢，问他我是否可以要这幅画拿回去自己收藏，结果让我吃惊的是，拉西特说：不，他要自己留着。我想也许他要给我留着，作为礼物而不是作为报酬给我，这样就不会跟欠债有什么关系。但我真的不知道，因为他那时已经很大年纪了，再也没提起过这件事。""妈，"我说，没来由地感到恼火，"你到底要说什么？""好吧，"她说，"所以等拉西特死了，他的儿子让我把他的作品列一个清单。他儿子给了我钥匙，我可以随意来去，把东西都整理好。待在那个没有他在场的公寓和画室里感觉非常奇怪。结果我——我偷了那幅玫瑰油画。我没有把它写在我做的目录里，我直接把它装在一个棕色纸袋子里带回了家，我像个小偷一样带着它跑下楼梯，我实际上就是个小偷。我断定他儿子会把这幅画给我的，他很感谢我所做的一切，也许拉西特本来就想把它给我。我也肯定可以买下它，他儿子把画卖给我不会要很多钱的，拉西特也不是那么走俏的艺术家。我这辈子从来没偷过任何东西，那以后也没偷过东西。我从来没有告诉过别人这件事情，包括你姐姐，现在那幅画在她手里。"

我记得我靠在他们那辆大沃尔沃房车上，透过衬衣能感到金属的热度，我需要那种感觉固定在身体里，让这个故事沉淀下来。我糊涂了，又因我为何感到糊涂而糊涂。这就仿佛我同时听到了好几个故事，好像我一只耳朵听的是外祖母的故事，另一只耳朵听的是另一个故事。然后我说——我记得我的声音很平静——"你要坦白的就是这个？"她看上去有点困惑，说道："是的。"然后我说，我的声音很平淡了，好像是有别人在通过我说话："这难道是你做过的最糟糕的事情吗？"她想了一会儿，不再困惑，仿佛这就是她期待的问题，说道："是的，我想是的，我觉得这是我做过的最糟糕的事情。"

我们回到托皮卡以后，我去西玛家——急匆匆跑过去的——埃里克在外面开什么会——我把那些故事复述了一遍，仿佛其涵义不言而喻。我摊开手脚坐在他们的黄色大皮沙发上，她坐在我对面的一张扶手椅上，完美的橄榄色长腿搭在扶手上，我们像以往一样喝酒抽烟，西玛只是听着，但愿我能够告诉你西玛是多么擅长保持沉默，她揣摩着，不知怎么就让你感到她的确在听你说话，不管你说到哪里都迎合着你——也许所有这些话在你听上去都是陈词滥调，但是你知道，我有时觉得你也有这种能力，当你不想和人辩论时。她只是坐在那里微笑，那种非常凄美也非常善解人意的笑容，她所做的，而且一部分是通过什么都不做来完成的，就是让我听见我恼火的心境并非不言而喻，我妈没有能够"保护"你不看那录像、在她心目中偷走那幅画是她做过的最糟糕的事情让我感到的愤怒还没有融入连贯的叙述。西玛为我营造了一个空间，使我能听到在我说的话下面有更深的层次，那些我还没说出的话。

然后在她的沉默造就的空间里，有些变化发生了：我的话语开始破碎，在情感压力之下四分五裂，成为前言不搭后语的叙述，就像是有些你欣赏的诗人在我听来支离破碎那样，或者我猜想是像佩林 [1] 或者特朗普听上去的那样，废话连篇却说得好像很有意义似的，是某种辩论或者信息似的，尽管我说话的速度比政客说话快得多。我语速加快，仿佛在追赶正在隐退的意义，好像是我中了风。西玛接下来向我指出我一直在说"训练"这个词——比如我会说，"我妈为什么要把那幅画给汉娜，嗯，我接受的训练告诉我——"，然后说到一半停了下来，开始谈论另一件完全不相干的事情。

　　——因为这发生在火车上。

　　我父亲和我从西雅图回到布鲁克林，我们在西雅图拜访朋友，我当时六岁。突然外祖母必须去洛杉矶，因为她姐姐生病了。她带着汉娜，把我单独跟我父亲留在一起，这才是她做过的最糟糕的事情。然后在某个时刻我的话根本不再像说话那么连贯了。我哭了起来，哭泣淹没了我。我没有想到会哭起来，就像肌肉痉挛那样不由自主，令人震惊。一开始我还在笑，笑的是我居然会哭起来，居然还有这种力量，而且来得出人意料，让我情不自禁地笑了起来，然后我就完全听之任之了。当我完全放松时，有种叫人难以置信的解脱感：语言在纯粹的声音中终结，语言达到了极限，一种新的语言将会构成，将会由西玛和我来构成。我记得当时我透过泪水看西玛，她并没有到我身边来，她坐在那

---

[1] 萨拉·佩林（Sarah Palin，1964— ），美国共和党政治人物，2008 年总统候选人约翰·麦凯恩的竞选搭档。

里 —— 坐得笔直，非常平稳 —— 充满同情，但是她不会靠近、拥抱或搂住我，而且我想 —— 真奇怪我居然还能想事情 —— 她做得对，她坐直了身体，待在那里，等待着。我记得当时我想，我们这已经是在开始治疗了。

*

从家庭体系的角度来看，人们因不再使用固定电话而失去了很多。想想在手机之前，在任何一种来电显示之前，你孩童时曾经多少次接电话，跟姑母姨妈或者叔叔舅舅或者家里的老朋友交换一两句话，无论时间多么短暂。即使只有五秒钟的问候，你怎么样，学校还好吗，你妈妈在家吗 —— 那还是意味着与一个更大的共同体的真实声音接触，而该共同体则因为这种情形的重复而得到巩固。现在你从来都没机会跟任何人说话，除非他们直接打你电话。我喜欢跟你的女儿们视频，我并非只是为过时的技术感到惋惜，但我认为这的确是一种深刻的变化，即使是比较微妙的变化。也许你可以就此写点什么。

这也意味着那些男人开始给你家里打电话时，常常是你去接电话，很可能不止一次当我说"亚当，我接了"，你还没有放下电话。（这对你在布鲁克林长大的女儿们来说，听上去多么陌生啊：两个人拿起，的的确确是拿起，托皮卡一个大房子的不同房间里同一条电话线的听筒。）电话号码簿上一直有我们家的号码，这对我来说事关尊严。从电话簿上删除我们的号码似乎有点过于偏执或自命不凡，但我或许本该让他们删除的。我不知道究竟有多少男人在打电话来，但我猜许多电话都出自同一个人，只是伪装了一下声音，但肯定还是有几个人的，尤其是在我参加了奥普拉的节目之后。我觉得大概平均一周有一次电话。他们一开始总是彬彬有礼，声音很正常："请问简·戈登医生在吗？"但是等我说，"我就是"，或者你去叫了我，我说"喂"之后，那一头通常就立刻压低了声音或者变成了嘶嘶声，然后 —— 几乎无一例外 —— 我会听到"婊子"这个词。有时他们就是想让我知道我是个婊子，毁了他们的婚姻，或者像我这样的婊子才是今天女人们的问题所在，一伙女权纳粹婊子，或者我应该闭上我的婊子嘴（停止写作）。他们说完要说的话就挂了。但有时也有威胁，包含各种不同程度的具体细节：我是个婊子，小心点，婊子马上就会有报应的，婊子在校园里走路时可能会被枪杀（只有一个人这样说，但是他打了几次电话），等等。还有各种关于强奸这个主题的变异：我要强奸你；有人应该强奸你；你可能被强奸过；如果你不是长得这么丑的话，你会被强奸的。

对于这些电话，爸爸比我更恼火。我只是觉得如果有人真要袭击你，他们不会先打电话告诉你，尽管为什么我会这样想，我真不知道，尤其是考虑到我工作的对象还总是被打得鼻青脸肿的女人。当然这令人不愉快，但是这些人也很可怜 —— 我想象他们坐在安乐椅上，鼓起勇气来打下流电话，也许说完了就兴奋得自慰一把，如果不是边打电话边这么做的话 —— 我真的没法把他们当真，如果当真，也不过是把他们当作男性气概丑陋的脆弱性标本。（当然，如果说我们还算学到了一点东西的话，那就是这种脆弱的男性气概可以有多危险。）也许我就是不愿让我自己感到恼火，因为无论如何我不会让他们觉得我听起来受到了伤害或感到生气、害怕，那只会令他们得意。我从来没问过"你是谁？"，我从来没说过"你敢再打电话来试试"，我从来没说过"我要叫警察"，虽然爸爸坚持要叫警察；他们说他们会"监督事态发展"，天知道那是什么意思。但我发明了一种巧妙对付这些电话的办法，我现在还很自豪。

如果某个人打电话来，我一说"喂"，他压低了声音叫我婊子或无论哪种变着法子的称呼，我就假装听不清楚："对不起，你能不能大点声音？"通常接下来那家伙就会困惑地大点声音重复一遍他刚刚说过的话，虽然我能够听得清清楚楚，我还是会照样彬彬有礼地、尽量不显露我知道电话的性质地说："抱歉，线路不大好，您能再大点声音吗？"我会一直这样，一直彬彬有礼地叫这个窝囊废大点声音。他可能会重复一两遍他的话，但最后他总是会为自己的声音感到尴尬 —— 或者他担心被人听见。我很好奇这些男人有多少是有老婆或者女儿在隔壁房间里的 —— 最后他们的声音会犹疑不定或者断开，更常见的是他们就干脆挂了电话，仿佛有一阵羞耻感突然涌来。有几次这种电话打来时爸爸也在听，我们要忍住不笑出声，我们感到打电话来威胁的人在徒劳地鼓足勇气来使用自己成年人的嗓音。

然后是商店里的男人，狄龙超市里的男人。你是否记得？你还在上幼儿园时，几乎每个周日你同我都去狄龙购物——不知为什么你喜爱日常食杂购物——我推着车子兜圈时，经常会有男人或者女人走上前来。如果是女人，那总是表示感谢，常常很令人感动："您的书挽救了我们的婚姻""您改变了我的生活"，等等。女人和我经常会"按一按手"。我记得在俄罗斯小说中读到某某会在心情激动时"按一按"熟人的手，过去我从来没明白那是什么意思。但我现在同这些女人就是这样做的。我们不会互相拥抱，这种事情不会发生在美国中西部，但如果只是握握手，那又似乎非常男性化，公事公办，感觉还不够。所以我们拿起彼此的手，用了一点力气，通过这种接触传达团结一致的心情——然后继续购物。但是男人：他们不会在公众场合叫我婊子，有时候他们什么话都不说，只是用一个眼神或者窃笑来表示他们知道我是谁。但是也的确有一两个人走近我，非常有礼貌地："您是戈登医生吗？"等我说"是的"，我得到的通常会是这样一些话："我猜你很自豪，毁灭家庭的人""我可怜你的丈夫"等等。我会说，"祝你快乐"，就这样。（还有菲尔普斯也开始发来传真：其中一张有我的照片，画上了两只角，他称我是"耶洗别式男女通吃的婊子"[1]，还解释说我用自己的"布道坛"鼓励该

---

[1] 耶洗别（Jezebel）是《圣经》中的人物，公元前9世纪以色列亚哈王的妻子，推行偶像崇拜，迫害先知。

死的鸡奸者。我想我们家哪里还留着一张这种照片。但是，反正如果基金会里有任何人受到关注，菲尔普斯都会攻击，因为我们作为一个机构，拒绝认为同性恋是犯罪。）

这令人不愉快，但也不过如此而已：不用说，许多女人的遭遇比这糟糕得多。坦白地说，我写的书能有这样的影响力，这样的效应，我还觉得受宠若惊呢。即使被人认出来会有讨厌的一面，却也能带给你小小的刺激，我为这本书引起的轰动效应而惊叹。但是任何形式的名气，就如同出生或死亡一样，都会改变每一种人际关系。一开始我对此还很天真，但后来学乖了。我觉得我本当尽量保护你远离那些男人。你那时也有几段插曲，我认为跟他们有关，或者更宽泛地说跟这一系列变化有关。

一次发生在狄龙超市。我总是让你去找到我们一起准备的购物清单上的东西，再拿到购物车里来，我们再一个个勾掉——你喜欢承担这种责任，很有长大成人的感觉。"OK，我们需要盐。"我会说。"盐放在哪里呢？"然后我会大致给你指一下方向，你会自己认出家里用的那种莫顿牌瓶装盐，或者，如果有必要，你会用那种操练过的可爱的一本正经问在那里工作的人："先生，您能告诉我哪里能找到盐吗？"你听上去几乎像个英国人。总之，有一天我让你去找牛奶——2%脂肪含量，带蓝盖的那种——你跑去找。但是你有好一会儿都没回来，我感到担心了。等我找到你的时候——大概是五分钟之后，虽然感觉像是半个小时——你在另一条通道上徘徊，在哭，哭得几乎喘不过气来，我好久没见过你这么难过了。

"墙后面有人，"你终于勉强说话了，"那边有人躲在墙里面嘲笑我，想要抓住我。"我糊涂了，也很害怕，怒不可遏："是什么人敢抓你，还敢碰你。"我真的不知道你到底在说什么，但最后我还是说："告诉我在什么地方。"你领我去乳制品架位。"那些抓你的人在哪里？"我问道，你只是指着牛奶架子。我不知道究竟怎么一回事。"那里没有人。"我一边说着，一边笑着让你放心，虽然我自己一点也不放心，然后我打开玻璃门给你看，从架子上拿了一加仑牛奶。这时我才听见了架子后面的声音。我感到一阵眩晕，是你的惊恐引发的，然后我意识到是有工人在架子后面给牛奶上架，架子背面是某种可以移动的分隔部分，开向仓库，我不知道他们是否嘲笑了你，是否甚至还开玩笑地按住你想要拿走的那一加仑瓶装牛奶，或者他们只是自顾自干活聊天，但是现在我明白你看到什么了，你为什么吓住了。我镇定下来，尽量缓慢清楚地解释这种情形。你不再哭了，但还是不开心。我所形容的事情 —— 有人（还有女人，我强调说）在墙后面干活 —— 在你听来还是很叫人恐惧。而且 —— 这是我身上的分析师在起作用么？ —— 对你来说更糟糕的是你当时要拿的是牛奶，你正在扮演大人，你想要获取的是我曾经用哺乳方式给你的营养物品。

接下来几个月你做了好几个同它有关的噩梦 —— 墙里可能有人，邪恶的人。然后是这些从不可见的线路上打电话来的男人。克劳斯对此有一个优雅但又可笑的马克思主义解释，他说这证明你对异化的劳动有种早熟的直觉，但显然你捕捉到了在周围流布的有害的男性气概。爸爸也好奇你是否感到他无法保护这个家什么的，你是否开始拿爸爸的温柔跟我们周边的万宝路男性文化对比，而且这种对比现在变得更加糟糕起来，因为我成了挣钱养家的人，我出了大名，人们总是问爸爸对此感觉如何，仿佛这会有损男性气概，仿佛这是他的损失。我也觉得你完全明白无论我的书和人们的关注引发了什么，都是不稳定的因素，涉及一些大的变化。总而言之，那些梦没有一直做下去。接着又发生了口香糖的事情。

我打赌你不会把这个放在你的小说里。有天晚上爸爸和我在看个电影，你已经上床好几个小时了，就我们所知，你睡得很熟。然后，你出现在门廊上，光着身子，镇定自若，我问："怎么回事，亚当？"你完全若无其事，好像我们刚才还在聊天来着，说道："哦，我去上厕所，去拿口香糖，口香糖掉了下来。"最近你得到我们允许，可以自己留着一包口香糖，条件是在嚼口香糖之前要先问我们。你热爱口香糖。爸爸有点打瞌睡了，并没有真在看电影，他没有睁开眼睛就说："嗯，你清理干净了吗？"你没有回答。我感到有什么不对劲的地方，打开了床旁边的台灯，说："到这儿来。"

等你到了我身边，我才发现你用口香糖仔仔细细包裹住了你的阴茎和阴囊。我的意思是，你肯定先嚼过，再把它展平，把你自己包得严严实实，什么都没有暴露。"噢，上帝。"我说，碰了碰口香糖，已经硬了。"怎么回事？"爸爸说，现在他完全清醒了，开始担心，翻过身，停顿了一下，然后我俩都大笑起来，我们忍不住。既然我们在笑，你也笑了。你没有惹上麻烦，感到放心了。

"这怎么回事？"我问道，抱起你来，把你抱上床放在我俩中间。你告诉我们编排过的话："口香糖从嘴里掉出来，粘在我身体上了。"你这个阶段所说的"身体"几乎完全只是指你的阴茎。如果你说"我的身体发痒"，你指的是你的阴茎。"亚当，这不可能只是从你嘴里掉出来的。"我说。"你包得真好。"爸爸说，开始着手剥离的过程，"肯定花了很长时间，用了很多片口香糖。"但是你坚持说你去上厕所，就这么嚼着，结果它从你嘴里掉出来了，接着，哇，你就得到了这个包装得天衣无缝的小包裹。

一开始这很滑稽，直到我们意识到没办法把它剥开。你完全盖住了尿道，没法拉尿，那问题就严重了。过了一会儿——爸爸还在笑着，但是我开始担心了——我们打电话叫醒了埃里克，因为他是"真正的医生"，我们问他该怎么办。接下来是一小时左右的喜剧场面和惊恐之间的来回倒换，我们用了凡士林、花生酱、橄榄油——我不记得最后是哪一种起了作用。但我们还是把它剥了下来，心平气和地说了你一顿，说我们都暂时不吃口香糖了，然后就睡觉了。

爸爸觉得这只不过是小孩子在探索自己的身体，就这么回事。我却忍不住要想这是否某种模拟阉割一类的事情，试着不做一个男孩，不做男人，不成为那些男人之一。现在看来你还是非常幸福，学业很好，交了很好的朋友，等等，所以我们就不再认为这个举动有什么特别的意味。但我本人还是因为口香糖事件而感到非常困扰，它变得越来越不那么滑稽，越来越让我担心，当然我从来不会让你知道。这与你无关，而是与我有关——有关我同西玛越来越高强度的"咨询"，以及这些咨询打捞出来的事情。我虽然知道——我的意思是，就父母能够知道这种事情的程度而言——你从来没有被人不恰当地触摸过什么的，但我仍旧担心你是在表达什么，是一种恐惧，即使不是创伤的话。顺便说说，我觉得这些也可以部分解释为何我对那个安娜·彼得森那么无情，那么不可理喻。当时她临时照看你，我正好撞见你们在接吻什么的，那是好几年以后的事情了。我的意思是，安娜需要有人好好教训她一顿，要她好好考虑一下后果，但是我差不多吓得她和她的父母屁滚尿流，说得她好像是个危险的性捕猎者，她没有去基金会住院或去坐牢，算她运气好。

然后你八岁时的确经历了一次创伤，这么说有点滑稽，因为创伤本身就是指一种经历的崩溃。我指的是脑震荡。现在你自己也是父亲了，应该能够想象我们的感受，或者想象那是如何难以想象。我知道你记得那次摔跤，你摔过几百次了，但是那次你摔到了头，是在伍德劳恩后面的巷子里。是你自己走回家的。现在回想起来，最可怕的地方是我居然差一点忽视了它，让你独自待着。你是否记得我当时在打电话？有人采访我，我不记得是谁了——某家报社吧，我用的是厨房的电话，手里绕着电话线。你走进来，看上去有点迷糊。我用手捂住听筒，问你是否没事，你说，"我从滑板上摔了下来"。我问你是否弄破或者擦伤了哪里，没有。我迅速打量了你一下——你身上没有伤痕，头上肯定什么都没有。你也没有哭，我告诉你如果想喝果汁的话就从冰箱里拿一盒，你可以在楼上看一会儿电视。

采访时间不长。然后我开始翻看拿到厨房桌上的邮件。我现在还很愧疚地记起，仿佛我知道有哪里不对劲，但我不愿意承认，因为那样的话就会是真的了——就同上次去萨尼贝尔的机票一样——但这也许是我想象的。我的确记得的是我终于登上楼梯口，看到没有打开的果汁盒躺在地毯上，我立刻全身心地意识到出了问题。我现在还仿佛看见那个红色的盒子，塑料吸管在塑料封套里动都没动过。这肯定不对劲了。你乱扔东西时也不是这样的，你不可能是忘了它（你刚刚才拿出来的）。如果你决定不想要的话，至少会把它放在一个架子或者别的什么上面。我知道这是你与某物失去联系的结果——我手里拿着的是什么东西？——或失去了与手本身的联系。看见平平常常的一样东西从日常生活的轨道中甩了出来，这会让你突然发狂，这情形很难解释。我跑了起来。

你在自己的房间里，在床上，穿着衣服，呕吐在衬衫上了。我必须摇醒你——上帝啊，我断定我最不该做的事情就是摇晃你。我肯定是大声叫喊了你的名字，你的确醒过来了，谢天谢地，我直接抱你下楼，抱进了汽车里，把你用安全带系在后座上，飞快地开到了圣弗朗西斯医院。这个时候你已经痛得哭了起来，闭着眼睛。我说都会没事的，一边透过泪水看路开车，不说话时就咬着舌头，已尝到了鲜血的味道。难以相信我居然自己开车带你去，而不是叫辆救护车。我惊讶于我居然没有撞车把我俩都弄死。

我们基本上把后来发生的事情都告诉过你了，你肯定是以第三人称记住了这件事。爸爸尽快从学校赶了过来，你需要做CT，你又痛又害怕，进入失控状态 —— 你以为身边的人都准备伤害你，你把静脉注射针管从手臂上扯出来，你完全语无伦次 —— 用词不对，词语含混不清，然后就是一连串即使还算是可以听清却让人无法理解其意义的声响。你的视觉严重损伤，平衡也不行，因此语言表达和动作都很奇怪，不受你自己掌控。很显然，别人没有办法用言语让你安静下来，于是他们只好开始给你注射镇静剂，我才八岁的小男孩。因为没有别的办法了。三个大人按着你，很长的针头。然后在某个时刻你放松下来，失去了知觉，我想：好了，现在他在休息了，药劲一两个小时就会过去，一切都会好起来的。但是我听见一个医生对爸爸说，"现在是一场等候竞赛了"。扫描显示你肿得有些厉害，我们不知道你会什么时候在什么状态下醒过来。

很快我就在做一种接近祈祷的事了。我在对更高的主宰许下诺言，同他讨价还价，我上次这么做还是我很小的时候。如果家里有人必须死的话，那让我去死吧；如果亚当没事，那我保证会做这，保证会做那。我唯一记得的诺言是：我再也不写作了。我觉得——因为你到厨房来的时候我正在接受采访？因为无论我平时持有什么样的政治观念，我还是为既当妈又有一个事业而感到内疚？——你处于这种状况是因为我，我对不起你。"我为你的丈夫感到遗憾，我为你的儿子感到遗憾，"那些男人在我脑子里说，"你如果不是受到阴茎嫉妒的驱使写了这本书"——卡普兰说，汤姆博士说，男性同事的合唱——这些事情就不会发生了。坐在重症监护室那张糟糕的塑料椅子上，我被打败了，感到绝望："你们是对的，你们是对的，我是个糟糕的妻子，糟糕的母亲，糟糕的女儿，破坏家庭的人。（毕竟我曾破坏了你爸爸的婚姻，而且我还曾经——非常年轻的时候——跟另一个结了婚的男人好过，这算是一种模式吗？）保佑他没事吧，我会好好听话的。"

你失去知觉十五个小时。那些机器可怕的嘀嘀声。外面狂风暴雨，医院一度使用了备用电力。我记得大厅里的灯光变了颜色，从那种冷酷无情的白色变成不祥的红色。然后，大概凌晨两点时，爸爸轻声叫我，我朝你看，发现你眼睛睁开了，看上去很镇静。我们还没来得及鼓起勇气说话，你先说话了，很有礼貌："你好。"爸爸说："你觉得怎么样？""很好。"你说。"你知道自己在哪里吗，宝贝？"我说，忍着不哭出声来。"医院里。"你说，有点笑起来，觉得这个问题很蠢。这时护士进来了——可能是她听见我们在说话，也可能是爸爸用那个传呼机呼唤她来的，要不就是她在查房——她说："呵呵，看看谁醒了。"然后她问了同样的问题，你知道自己在哪里吗，你做了同样的回答，这次笑得声音大了点，仿佛这是个愚蠢的玩笑，明知道你在哪里还要问。然后，她指着我和爸爸说：你知道这些好人是谁吗？你看着我们，温暖地笑着，说道："不知道。"

我的视线模糊了，仿佛世界变成了一个略有不同的版本，一个没有我的版本。我的孩子会没事的，但代价是他不再是我的了。"你会知道的。"护士说，带着令人宽心的自信，"你很快就会记起这是你的妈妈和爸爸。"你说："哦。"想了一会儿，接着问，"你们叫什么名字？"这是个几乎无法回答的难题。我的意思是，你从来不曾叫过我们的名字，对你来说，那不是我们的名字，尽管你当然知道。"我叫乔纳森。"爸爸说，有点尴尬，"那是你妈妈，简。"不知为何那听上去不像是我们的真实名字。护士对你说："你叫什么名字，宝贝？"你张开嘴想要告诉她，然后停顿了，可怕的停顿。"你叫亚当。"我说。"亚当。"你重复了一遍，好像你在试试，试试是否合适。然后你说你要打个盹，闭上了眼睛，又睡了起来。我们看看护士，她说："现在休息是好事，会恢复的，他会没事的。我来呼叫医生。"

几个小时之后你又醒了，自己在床上坐得好好的，说你饿了，这都是令人放心的迹象，但是你又问了我们的名字。这次霍利·艾伯哈特是值班护士，她进来问你一些问题。霍利·艾伯哈特，你记得，是个胖大的女人；现在肯定也一样，我猜。她穿了一件针织套头衫，上面编织着字母——也许只有 ABC 几个字母在胸前，我记不清了。让我们感到惊讶的是她没有穿制服，结果发现她穿这件套头衫是有目的的。她坐在你身边，说道："亚当，亲爱的，这是什么——"她指着右边巨大乳房上巨大的字母 A。很长一段时间你看着她似乎正在奉献出来的乳房，然后又看看我们，仿佛寻求指导。爸爸和我意识到你没弄明白她究竟是要你辨认她几乎托在手里的身体的某个部位，还是要辨认字母，你不想失礼。爸爸只好用咳嗽来掩盖笑声。我们看得出来你认识字母，但是不大能肯定问题是什么，还以为你会说："那是你的波波。"那是你会用的词。但是最后你非常试探性地说："A？""对的。"她说。然后你看上去放心了，没有犹豫就回答了所有其他问题。现在是我在咳嗽和大笑了；总之这让我们大大松了一口气。

某个时候，也许是上午，埃里克和贾森来看你。贾森给你带来了棒球卡，我记得那些装着口香糖的小盒子。他们还带了一些你可以吃的食物。医生说你暂时还不能摄入任何东西。你欢迎贾森，但是我们问你他是谁的时候，你说你不大肯定，贾森觉得这很有意思。我们成年人觉得很惊奇，虽然你不再记得与你的生活有关的事情，但你们俩似乎对此满不在乎。埃里克让我们大家都放心，现在好几个医生也已经说过让我们放心了。爸爸又问你："你记得我们的名字吗？我们是谁？"你说："乔纳森和简，爸爸和妈妈。"但是显然你是在背诵新获得的知识，尽管也许开始沉淀，与你恢复（从哪里恢复？）的记忆联系起来了。你同贾森一起看卡片，很骄傲地给他看你的静脉注射针头，还有那些电极。爸爸和我突然意识到我们好久没吃过东西了，开始大吃起杯子蛋糕或者埃里克带来的随便什么东西。然后西玛到了——我不知道为什么她是单独来的，也许她只是在停车——我们拥抱在一起，长久地紧紧拥抱。我们还抱在一起时，你从卡片上抬起头来，再随意不过地叫她的名字同她打招呼。

*

你同一个有一阵没见面的朋友吃午餐，她刚开口说话就带上了一点酸溜溜的笑容："哇，简直不敢相信你为我挤出了时间。"你问了几次她最近在忙什么，她却一直把话题引回你和你的新书巡回推广活动，强调说她的生活很普通，没什么有意思的事情。你去参加员工会议迟到了五分钟，因为你把咖啡弄在衬衣上了，只好先去盥洗室徒劳地用纸巾擦拭一遍，然后就有人嘀咕："她居然会来，我都感到惊讶呢。"一个同事提到他获得了一大笔资助，你向他表示祝贺，但对方又露出那种隐约的酸溜溜的笑容："当然，我知道这听上去对你来说不算什么。"你赶紧分辩，但不知怎的弄得更糟糕。在案例分析会议上，心理咨询师谈论一名病人拒绝考虑强化治疗，首席心理学家讥笑着说："她只需要读读简的书就好了，肯定会治好她，节省很多时间和力气。"引起一阵哄笑。你同牙医约好了时间，又改了期，因为有学生家长会要参加。前台接待员恼火地叹了口气："对呀，我们就是来伺候您的，戈登医生。"在会议上，你恭敬地问了一个有关课程安排的问题。老师会说："我们也许没那么花里胡哨没那么新奇，但我们还是知道如何教学生语言艺术的。"

即使爸爸，他平时总是很支持我、很为我自豪，但是如果我忘了洗碗，那是因为现在我以为自己了不起，不屑于干家务活了 —— 尽管我这一辈子都是丢三落四的。如果我对什么事情不耐烦，那是因为我变了，因为大家都告诉我说我有多么了不起，尽管也有人告诉我说我憎恨男人、背叛智识。他厌倦了总被人家问当"简·戈登先生"是什么感觉，厌倦了被人称赞"在家当妈"。人们总是说一个人"因为名气而改变"，或者称赞她没有改变，但是这种表达本身就有问题：无论好名声还是坏名声，都会改变一个人周围的一切，改变她所处的每一种关系，无论这个人做什么。当然，在掌控你的新现实方面，你可以做得更好或更糟。谢天谢地，我名声最响的时候还没有互联网，所以我用不着坐在那里谷歌我自己或者阅读推特和评论区 —— 那里肯定挤满了男人。

但直到我们家去纽约旅行时 —— 你那时读六年级或七年级 —— 我同西玛的关系，至少对我而言，感觉基本没变。书是题赠给她的。她似乎真心为我感到高兴，起初她是我最坚定的捍卫者，为我抵御那些不可避免的指责，他们说我牺牲了理论严谨来迎合大众。西玛当然比所有人都更理解为何我致力于通俗写作。首先，因为我相信我能够帮助很多人，通过尽可能清楚地描写三角关系或兄弟姐妹动态关系，将这些概念转化为实用建议，这是我作为治疗师的强项。西玛知道，我还对任何听上去神神秘秘的东西，对专业行话——尤其是，但不仅仅是心理分析领域的——被用来贬低女人、说她们歇斯底里的那一套有种深切的、深入骨髓的反感，这跟我父亲有关，涉及所有那些偷偷摸摸和明目张胆的虐待。现在硬核学院派人士和理论家发现贬低我很容易：如果你的书被《纽约时报》称赞，那你只不过是贩卖商业包装的理念，人们不应该把你当回事。当然有关这种或那种论述的得失应该有真正的辩论，反智识也可以像势利行为一样糟糕，但是值得注意的现象是，如果学校的一个老男人或他的盟友出现在《时代》周刊上，那是因为他的工作具有超越性，但如果一个像我这样阴茎嫉妒的泼妇也得到关注，那就是因为我把一切都降低成了心理学媚俗文学。

西玛和我停止了"咨询"——也就是说我们不再专门安排会面时间来谈论我的父亲，我坚持为这种会面付费，为了区分专业与个人关系。现在令人痛苦的明显事实是，我们都深陷困惑。我们停下来了，但都深陷各自的角色：我是病人，她是医生，我们没办法转换回去——我成为说话的人，她是听我说话、温柔指导、提出忠告的人。总体而言这就是托皮卡：我同西玛谈论我复杂的经历，有关我那本书的遭遇，书对我人际关系的影响，包括我跟爸爸的关系；西玛在克劳斯的躺椅上谈论她与我的事业之间的关系（以及她与我与我的事业之间关系的关系）；克劳斯又把一些内容转告爸爸——虽然是以某种隐秘的甚至是不由自主的方式——散步的时候（或者在他的起居室里，因为克劳斯开始变得没那么好动了，他会在起居室里抽烟斗）——我可以一直列举下去。唉，真是一团糟。就是在这样的背景下，西玛和爸爸两人的关系失去了控制，但这个你要去问他了——

如果我想知道细节的话。

如果你想知道细节的话。我很想知道那次纽约之行在你的记忆里是怎么回事。回想起来，那个主意太糟糕了。我在第 92 街 Y[1] 有个活动，是关于我作品的对谈，他们问我想要谁来做主持人。我觉得请西玛做主持人，顺便度个假——我的出版商会为她付机票钱——会是一种向她致敬的方式，也会很好玩。我提出建议，她立刻说好，但是我猜她几乎立刻就开始感觉自己像是我的随员，第二提琴手——随便你选择用哪个词。他们做的宣传小册页没提到她的名字（"对话简·戈登"，菲尔普斯们弄到了一张，做了标记，到处发传真："耶洗别·戈登为同性恋辩护"），我坚持要写上她的名字，结果他们又把名字给拼错了。我的出版商把我们一家人安排在一个豪华酒店里，西玛不想自己掏

---

[1] 第 92 街 Y 是纽约一个文化和社区中心，位于第 92 街东和列克星敦大道拐角处，全称是第 92 街青年希伯来协会（92nd Street Young Men's and Young Women's Hebrew Association）。

钱住那里，想要住一家不那么贵的地方，我提出付差价，她又觉得受到冒犯。然后我想要大家都待在一个便宜点的地方，我们可以在一起，但是她说那太荒唐了，坚持要我别管。这都是我们从堪萨斯城起飞前的事情。

　　Y 那天坐满了人，尽管天气很糟糕——是 1 月；那晚下着雨夹雪。我在公众面前说话总是紧张（我大概吃了一颗安定），但是我有点惊讶的是西玛居然也紧张。她在绿房间里走来走去，不知不觉地把烟灰弹在一小碗盐渍杏仁里而不是烟灰缸里，问我她看上去怎样，过去她从来不这样。她把问题过了一遍又一遍，虽然我们有足够的话题。（爸爸和埃里克跟你们两个男孩在一起。我不记得你们去了哪里——总归是什么旅游景点；也许你们是在硬石餐厅吃的饭。）有人介绍了我们之后，我们在台上就座——有两把椅子相对摆着，一张小桌子上放着一罐水，固定麦克风——西玛转头看我，提出第一个问题，我在她开口说话前的那一瞬间发现她的面容变了。现在她的面容有了一种冷漠，笑容有了距离感，一丝丝怨恨。很微妙，却因为微妙而更深刻——你熟知的面容即便只有一点点改变也极其令人不安。想想爸爸第一次也是最后一次剃掉胡髭时你有多么惊慌——也许你那时还太小，不记得了，他为了拍一部电影才剃掉的，就是动物园那部电影，你不让他靠近你。或者就像外祖母在生命快要结束时，最令她烦恼的幻觉就是以为别人稍稍改变了她的油画，稍稍动了动她的家具——变化小到除了她之外别人都没法察觉。

小小的改变掺杂着神秘莫测和恐慌。别人看不出改变，改变的人自己当然知道，就看你敢不敢指出他或她的改变，它细微到只有你才能注意到。

　　然后她的第一个问题有关我的父母，我们从来没有预先提到过这个问题。虽然是有关我的父母，但在我听来就是有关我父亲的："我们心理分析师当然对父母着迷，"西玛说，显然是一直打算要这么说的，"所以我想，我首先要问问你的父母亲。"有关我早年的经历对我成为心理治疗师的决定和我的工作有何影响。在外人看来这是完全合情合理的问题，但是我却觉得遭到了突袭，她是在挑战我是否敢透露性侵的事情吗，谈论我如何同她一起恢复了记忆？或者我只是无来由地恐慌？那感觉像是西玛——或者说是她的分身——在威胁我，在提醒我，她跟我的"粉丝"不同，她了解我的真相。"他们不会相信你，即使我自己也不能肯定是否相信你。"我在她的脸上读到了这些，无论这听上去多么疯狂——也就是说一时间，我将西玛看作了性侵的父亲，他在挑战孩子是否说了实话。我既在那个讲台上，也同时回到了1950年代的布鲁克林。有那么一瞬间，我回到了那趟火车上。

　　但是接下来我听见自己回答她的问题，很自然地说话，谈到我成长时期家庭中的互动模式，开几个玩笑，听众——几乎全是女人——笑着，很温暖。我游回到自己的身体里。恐慌和眩晕的感觉过去了，对话进行得相当顺利，我记得自己对听众问题的回答也的确很恰如其分。

我在大厅的一张长桌旁给我的书签名，西玛尴尬地坐在我身边，尽管没有什么需要她签名的。结束后，我们走入冷风中，去找点东西吃——一家希腊餐馆，灯光昏暗。我们坐下，叫了红酒之后，我立刻感谢她同我一起做活动，做得这么好。过了一两分钟，我说："你第一个问题让我吃了一惊，因为我们从来没有谈过要那样开头。"这时我才意识到她的面孔没有恢复原状——她带着新的面孔下了台，把那张公众脸庞带入了我们私下的交谈中。"你什么意思？"她问。"我只是说我没有意料到会有这个问题，让我没了方向，因为你知道那个问题的大部分真实答案，但我还没准备好和公众分享这些。"她没有吭气。"我只是说，"我继续说下去，"我感到惊讶，很好奇你是怎么理解的。""嗯，"她说道，带着她那种新的笑容——那种标志性的温暖和悲伤的混合消失了——"如果你想要探讨我今晚的表现如何令你失望，我们全家飞到这里来帮忙吹捧你，结果却让你觉得不自在，那没问题，但是让我们等到明天，行吗？我很累了。"

我对那次旅行接下来的记忆——我们还有两天不在路上的日子——简直像噩梦一般。爸爸和我早就决定带你去看看我在弗拉特布什 [1] 长大的房子，离你现在教书的地方那么近。西玛和埃里克说想跟着一起去。我想让他们不要受这个计划的拘束——我不想让这次旅行的任何其他部分再与我有关——但结果只是

---

[1]　弗拉特布什（Flatbush），纽约布鲁克林的一个街区。

更加冒犯了西玛。我猜她以为我想摆脱他们。他们还是来了，但不想走过去——冷风扑面，我们只是站在靠近 J 大道的第九街人行道上，看了看外墙，爸爸拍了张照我们就离开了——当然，从上东区的酒店去那里来回一趟的时间长得没有尽头，然后你同贾森开始吵嘴——也许你们小孩子感觉到了大人之间的能量——你们两人基本上模仿了游览大城市的放肆游客，在火车上大喊大叫，推推搡搡。你想要去某个跟垒球有关的商店，贾森想去世贸中心顶层，你俩叫人烦透了。没什么大不了的事情，但我突然感到精神瘫痪：如果我坚持听贾森的，西玛会觉得我是在屈尊俯就；如果我提议什么满足你的愿望的事，那就更证明我自命不凡；如果我觉得我们可以分开一阵，晚点再碰头，西玛会觉得被抛弃了。所以我干脆就不说话，保持被动，结果这也许看上去像是在生闷气。

结果爸爸出了主意，建议我们晚上让贾森过来，让西玛和埃里克出去吃饭，爸爸还认为应该让我们出钱，表示感谢。我告诉他不管什么计划我都接受，但我希望我们能表明这是他出的主意，不是我。埃里克和西玛勉强同意了，你们男孩子很兴奋，因为可以待在酒店里叫客房服务，看电视。这个主意也让我松了一口气——我想离开西玛一阵子。他们吃完饭后——吃饭的地方离我们酒店不远——会过来接贾森。

你们又继续闹了起来。也许你想要看《终结者》，贾森想要看《终结者 2》什么的，我也不知道。我把管束你们的任务留给爸爸，但爸爸似乎心不在焉，对你们的争执视而不见。我觉得你们两个叫人难以忍受，我发现我对自己说："简直不相信我是一个这样满脸青春痘、戴着棒球帽、痴迷运动的托皮卡前青春期少年的母亲。上帝帮帮我，让我度过接下来的六年吧。"我们给你们叫了"百万美元汉堡"，这让你俩安静了几分钟。然后你俩又开始闹腾，扭打了一阵子，尽管至少你们现在是笑着的了，似乎玩得挺开心。我决定花很长时间冲个澡——浴室赏心悦目，可以水疗——让你们三个人自己去打理自己。

一开始我还以为叫喊声是电影里的内容，然后我意识到有什么事情不对劲了，我关上水龙头，匆忙穿上了一件酒店的浴袍，打开门，看见你俩在动真格的，爸爸想要分开你们俩，但有点费劲。一瞬间我看见你同贾森从小孩变成了大人，现在你俩真的使出了力气，这是真的愤怒，真的暴力。你俩扭成一团，想要把对方甩在地上，不知是故意的还是不小心，你的手肘狠狠撞到了贾森的嘴唇。他尖声叫喊起来，你后退了一点。爸爸抱住了他，把他放在床上，只能慢慢地把他的嘴唇从牙套上剥开，出了很多血，所幸牙套没有穿透嘴唇。你退到了房间的一个角落里，嘟囔着某种混合了男性气概的胡言乱语——"我警告过你，婊子养的；白痴，我说了滚开点"——但是你眼睛里有泪水，又变成小孩子了。

一个半小时之后，西玛和埃里克（两人都有点醉醺醺的）到了酒店大厅，发现我在等他们。"一切都好，"我说，"但是贾森和亚当闹翻了天，贾森撞破了嘴唇，可能需要缝几针。他们都在医院里，离这里就几个街区。"埃里克问了一连串问题，我尽力回答了，但是西玛在最初的一阵担心之后，就完全冷漠了。"我绝不应该信任你，让你来照管我的孩子。"我在她变成面具一般的脸上猜到或读到了这样的意思。我们去医院的路上我一直道歉，我越来越想要看到西玛显露任何人性的迹象，但她仿佛是跟不小心撞到她的陌生人在说话，只是反复说着："没事，别提了，男孩子总归是男孩子。"

你和贾森——他的嘴唇肿得像漫画里一样——和好了，你俩接下来相安无事，随后的旅行平平淡淡，但我还是感到非常难受。尽管当时我还不敢相信，但这的确是我同西玛友谊终结的开始，尽管好几年我都尝试想要接近她，请求她告诉我，我究竟做错了什么。在打电话时，或者在她家门廊里，或者甚至在她愿意屈尊同我一起在啤酒牛排餐馆吃饭时，我都曾大声哭起来：告诉我究竟该怎么办才好。我提议我们去见一位心理治疗师，或者请一个朋友来调解，总之我能够想到的任何事情，但这全都是徒劳。"简，你太小题大做了，我们就是疏远了一点而已，因为你一心忙着你的事业。"等等。这是我唯一失去的成年之后的友谊。我没法告诉你我当初多么痛苦，现在多么痛苦，部分是因为还罩上了过去创伤的阴影，是她曾经帮助我正视这些阴影的。我的意思不是说我父亲对我做过的事情跟西玛抛弃我这件事是类似的，我的意思只是，当我感受到后者，就必定会想到前者，鉴于我俩关系的性质本来就是介于治疗师和朋友之间界限模糊的关系。我们好几年没说过话了，直到戴尔那件事情迫使我们又重新短暂地联系。

关于那次旅行，我唯一清楚记得的其他内容是，那晚西玛坚持要他们来照管你和贾森，让爸爸和我出去玩。"我们盼着要看贾森会怎样报复亚当，"爸爸开玩笑说，"我们干脆同你们在医院碰头算了。"大家都笑了，但有点尴尬。我同爸爸出去的整个时间里，我都在想象你们两个孩子又打架了，你的头撞在什么东西的角上，又一次脑震荡。

但是爸爸却为我们可以单独在城里待几个小时而兴奋得发狂。他决定我们要去大都会博物馆，我并不特别想去，也许因为我小时候经常去那里，没心绪重温任何儿时记忆，但是我也没有更好的主意——太冷了，没办法就这么在外面瞎逛。他想要再去看看几幅我们最喜欢的油画——巴斯蒂昂–勒帕热的《圣女贞德》；你喜欢的那幅杜乔，小孩正在拉开母亲的面纱。爸爸还同他第一任妻子在一起时，经常跟我去大都会博物馆，现在回想起来，那天下午他那样莫名其妙地精力旺盛是因为他跟西玛的关系越来越纠缠不清了——我的意思是我俩都回到了我们关系的重要场景，还有他个人经历的重要场景里——他面对婚姻忠诚与否的挣扎。总之，大都会是我们这对夫妇故事中的一个重要环节。那一天我们吃了致幻蘑菇还是什么致幻剂，在博物馆里闲逛，他差不多失控了，但那是另外一个故事。现在，二十二年以后，我们手挽着手在各个画廊里走过，我感到失去了自我，虽然和毒品无关——有一种淹没一切的感觉，感觉相互参照的框架正在滑脱，感觉过去和现在朝向彼此倾倒坍塌。我感觉像一个孩子，需要妈妈或者西玛来保护她躲避父亲，又像一个母亲，没能保护好自己的孩子，他有可能成为那些男人中的一个。（我没有遵守你失去知觉时我许下的诺言，我没有学乖。）我同时跟外祖母在一起，大理石可以安抚她（"简会没事的"），又跟爸爸在一起，不久前刚帮着他一起毁了他的家庭，现在又是一个著名的人际关系导师，自己都无法与自己的任何亲人发生联系。我不断瞥见拉西特的画，时不时看见他的玫瑰油画，那是另一个时代的低语。我们终于找到了杜乔——我觉得所有的画廊都重新调整过了——爸爸的语速达到了一分钟一英里，突然我不再去尝试理解他了，但这其实不对劲。他在描述他拍过的或者准备拍的电影，还有他母亲早年骑马的照片，还有他父母亲拥有的雕塑，还有中央公园戴了眼罩的马匹，还有迈布里奇的《飞驰中的萨利》[1]，还有静止和移动形象的关系，还有如何对他那些迷失自我的男孩使用主题统觉测验（"我要给你看一些图片，我想要你就每一张图片都讲一个故事，一个有头有尾有中间的故事"），还有关于一个神经病学家朋友所做的"盲视"实验。所有这些话题都像浪头那样打来，重叠又分开。

---

[1] 《飞驰中的萨利》是英国摄影师埃德沃德·迈布里奇（Eadweard Muybridge，1830—1904）制作的一系列描绘马匹运动的照片，拍摄于 1878 年 6 月。

一名保安宣布画廊要关门了。我们在城里某个叫人不舒服的高档意大利餐馆预订了座位，是爸爸挑选的。在衣帽间我想起——很多年以前，爸爸产生了恐怖幻觉——我俩匆匆忙忙冲出博物馆，结果忘记了取厚外套，我们几乎冻死了。我把有数字的小牌子递给那个女人时，差不多想象着她是去取我们学生时代的那两件外套。我们穿上外套，二十二年就这样被抹去。

戴尔会帮他的邻居罗恩·威廉姆斯把东西从车库搬到卡车上或者从卡车上搬回车库，大多是工具和木材。戴尔你能帮个忙吗，这令他感到无比自豪。科迪·威廉姆斯跟戴尔一样大。虽然他们很久以前曾经在一起玩过，科迪——一名安静的运动员——现在对他视而不见。科迪不会保护他免受卡特或诺瓦克或戈登这类人欺负，但他也不会伤害他，从来不跟着大家一起哄笑。无论科迪心里是怎么想的，他绝不会去违抗他父亲，父亲不用说话就让他明白不能去招惹戴尔。有时候科迪和戴尔一起把东西搬到卡车上或再搬下来，戴尔能感到短时间内，两人保持目标一致，数到三就抬起来。如果罗恩和科迪在车道上投篮，戴尔会停下车来看，可能还会去帮忙取下球扔回去。投个篮，戴尔。

　　周末的夜晚，戴尔骑车经过罗恩家，会看见科迪和朋友们在车库黄色的灯光里喝酒，曼迪常常也在那里。有时候罗恩会在那里抽一支甜斯维什雪茄，对他挥挥手，但从不招呼他过去。如果是夏天，戴尔站在自己家的院子里，可以透过虫鸣和广播声听到笑声。

直到 11 月的某个周五，大家忙着把沉重的设备从卡车上搬下来，一直忙到黄昏，罗恩不顾科迪沉默的反对，说，留下来喝杯啤酒。在车库里，戴尔看见装满了冰块的橡胶垃圾桶里有个银色酒桶，他看着罗恩装上酒泵，倒出酒来。科迪过生日，我情愿他们在这里喝酒。他给了戴尔用红色塑料杯装起来的酒，基本上满是泡沫，然后又给他自己和科迪倒了酒。罗恩指指一堆折叠椅，戴尔打开一张椅子，坐在酒桶旁边，罗恩把一些工具挂在钉板上，科迪端着他的酒杯进了屋，我去冲个澡。

他现在动一动只是为了喝酒或者擦去衣袖上的酒沫，把他的堪萨斯皇家棒球队帽子尽量往下拉，盖住眼睛，这在戴尔看来几乎是他维持眼下这种不可思议的接纳的最佳策略了。罗恩给自己加满酒的时候，也给戴尔加满了，但即使没有酒精，戴尔迫不及待的快乐也会在他的血液中注入足够的化学物质，使他感觉不到侵入针织衫的秋日凉意。戴尔看见最近的街灯亮了起来，似乎是为了纪念这一刻，然后看见灯光周围，初雪像飞蛾一样上下翻腾而不是落下。听见汽车门砰地关上的声音，卡特、诺瓦克、戈登这些家伙的声音渐渐逼近。罗恩在那里，所以戴尔没有动。没人说话，但是这些家伙给了戴尔无法解读的惊讶笑容，他们同威廉姆斯先生打招呼，他是个比较酷一点的老爸，他们同科迪握手，后者穿着宽松的牛仔裤和品牌运动服回来了。罗恩肯定是把一摞红色塑料杯递给了戴尔，因为他发现不管谁靠近酒桶，他都会递上一个塑料杯。这是一门工作，一门不标价的工作。掌管酒桶啊，戴尔，有人说，只不过主要是在嘲笑他。

女孩们什么时候来的？曼迪也在其中。既然他绝不会去看她，又怎么知道她穿了黑色牛仔裤，红色V领针织衫，头发紧紧束在一起呢？但是她说，嗨，戴尔，若无其事地笑着，嘴唇新涂了唇膏，他递给她杯子时，她拿了一个，谢谢你。他在托皮卡高中待过两年，此前还在其他学校待过几年，因此知道车库里几乎所有人的名字，尽管他很少有资格说出这些名字。让我来给你斟满，凯尔·富尔顿说，然后斟满了。干杯，伙计们，让我们一醉方休。戴尔的嘴里有淡啤酒的金属味道，就像那次他把一个九伏的电池放在舌头上的感觉。

斯坦给他灌输了一大堆愤怒，有关说唱音乐和那些喜欢它的装黑人的白人，但是现在从音响里出来的东西却像购物车或者枪栓或者他少有的话语一样，恰到好处，渐渐地有了意义，使戴尔感觉到了自己的年龄，自己的年代，它同他的身体保持了一致，而现在他的身体融入了这夜晚。戴尔没有离开椅子，但是现在帽檐抬高了一点，他看见有些女孩虽然没在冰冷的车库里跳舞，但还是随着音乐节拍有节奏地念叨，轻轻点头或者跳动，一边四下逛着，这在他心里激起的欲望如此强烈，几乎比他过去所知的任何东西都更接近得到满足。戴尔在那个车库里，坐在椅子上，上个世纪，他的幸福。"万视瞩目"，音乐说。

然后戴维斯给他烟抽，喂伙计，过得怎么样？去年夏天的事情别放在心上。诺瓦克点点头。戴尔知道要当心，但是等那个叫作安帕的女孩说让我看看你的头发，取下他的帽子，染着红色豆蔻的尖尖手指穿过，或至少是掠过那一头最近没有梳洗打理过的打结的黑发，他就已经完全沉浸在纯粹的情感之中，根本不在意这里那里的嘲笑声。其他人开始要求他演讲，你从哪里买来这么好看的靴子？那是吻痕还是撞了一下？你还练习武术吗？你应该多跟我们在一起玩，戴尔。是啊，我们已经厌烦了高年级班里不变的那几个浑蛋。反正别人笑，他总是跟着笑，别人不停给他斟满酒，他就不停地喝着。

因为酒精和纯粹的兴奋，还有体验与意识感受之间越来越久的延宕，只是在他们哄着戴尔进了一辆切诺基吉普车之后，他才意识到派对已经散了，诺瓦克开车，劳拉在副驾驶座上陪伴，他看见她的特醇万宝路烟头般红，戴维斯陪他坐在后面，拿出一瓶疯狗20/20可可机车葡萄酒，诺瓦克说那是他的音响系统，从那里面发出的低音敲击着戴尔的胸膛，"万视瞩目"。仿佛等到凉爽的空气从诺瓦克特地为散烟打开的天窗呼呼刮入，戴尔才意识到他们在I-70公路上，已经到了二十英里开外的克林顿湖，大多是高年级男生在篝火旁喝酒，桑橙树枝噼啪飞溅着火花，几对人在滚床单，来自另一体系的同样的艺术家。只有当他在明亮的火光圈之外某处的草丛里毫不费力地吐了一通，翻身仰面朝天之后，才真正听到他们在一连声叫着戴尔、戴尔、戴尔。现在他闭上眼睛，看见了星星。

密　码（亚当）

不是一直有人告诉他们要让他参与其中吗？足垒球队队长因为害怕受到惩罚而被迫在暂停休息时挑选了他。一名家长违背孩子的意愿坚持邀请他来参加生日派对，结果他只能独自一人玩。罗恩·威廉姆斯在小学最后一个万圣节时告诉科迪：戴尔跟你一起走，否则谁都别想走。他的蜘蛛侠戏服至少比越来越有性感特征、闪闪发光的精灵落后一个发展阶段，这些男孩摸索着风衣下的蝴蝶刀，脸上只带了一小条血迹。所以现在他们要算上他，97届班级。这有些讽刺，但并非全是那么残酷。亚当好奇难道这真的跟前一年有那么不同么，那次教练斯卡克尔让艾伦·纳格尔 —— 他是个自闭症男孩，已经穿戴好准备参加主场比赛 —— 打了对阵高地公园的最后几分钟。两队都想让他打入一球，在最后吹哨之前参与一下。他无人竞争的投球成了新闻。看那观众欢腾，跑进赛场，同学们高高抬起他来。暖心的一幕。随着高年级同学临近毕业，接近未成年时代的尾声，将戴尔融入他们社交圈的仪式使他们童年时代象征性的圆圈画上了句号。黑暗中是克劳斯的声音。

但也许正好完全相反：他们因为戴尔所代表的事物而恶毒地惩罚他，那就是，不良盈余。他是个男人—孩子，是小丑、村里的白痴以及圈地运动之后在田野上游荡的诗人约翰·克莱尔[1]的后代。持续的童年心态 —— 充裕和漫无目的 —— 进入性成熟的身体，而身体屈服于历史年代，必须记录时辰。男人—孩子代表了自由的一种荒诞形式，是针对年轻成年人越来越受约束的生活的魔性思维。一个讲述奇妙故事的人。这个男人—孩子世界里的几乎所有物件都反映了这种悬置于不同领域之间的状态：他的酒精其实是苏打水，他的武器其实是玩具，他可能会用两美元纸币来换一美元银币，看重的不是价值而是光亮。他很难掌控自己的身高或者脸上的毛发，当他演示摔角动作（晾衣绳、锤脸、深度死亡体验[2]）却真的伤到了小孩时，那是典型的"不知道自己斤两"的结果。为了符合这个特定类型，他不但必须是男性，还必须是身强体壮的白人：帝国特权臣民的变态形式。如果他是女人或另一种族或另一种形式的他者的身体，他就会立刻面临性侵犯和警察带来的致命危险。正是他与那些占优势者的相似才使得他成为可怜人和挑衅者：这个男人—孩子几乎适于去上学或工作或服务，几乎可以拿到他的驾照，最终扔掉那辆烂自行车。他离规范太近，其他人无法用他的不同来证明自己，于是那些真实的男

---

[1] 约翰·克莱尔（John Clare, 1793—1864），英国诗人。他是一名农场工人的儿子，他的诗歌赞扬英国乡村，并为乡村的混乱而悲伤。

[2] 均为摔角比赛术语。

人——他们自己其实是永远的男孩，因为美国就是无尽的青春期——就只能用暴力来显示自己的不同，克劳斯的声音说。

环境治疗法，贾森说道，吐了一口烟，从克林顿湖开车回家，他俩坐在后面，他们把戴尔留在那边的草丛里做梦。这句话对不是基金会的孩子们来说没有什么意义，贾森把大麻烟蒂递给了吉普前排座位上的这些孩子。万视瞩目。这个玩笑，只要它还是个玩笑，不仅仅是以戴尔为代价，而且还以整个治疗文化为代价，这种文化没有对他起到作用，无法迎接他进入住院治疗的医疗田园牧歌（谁来买单呢？）或用门诊治疗来让他跟外面的世界协调。贾森的玩笑中也有对基金会父母之愚蠢的怨恨，他们居然会认为基金会的小孩会"更明白事理"，不会去酗酒狂欢、飙车或用打破口的电灯泡吸入冰毒或挥舞膀子手肘什么的——这种做法在近距离能造成很大伤害，世纪末在堪萨斯流行甚广，伴随着综合格斗成为一种电视体育节目，正如色情节目成为他们操或吹嘘如何操的样板。当然他们更明白，但是"明白"是一种软弱的状况。你无法期待你的儿子会决定退出占主导地位的性欲经济，从错误的生活之内发展出正确的欲望，他也不会选择做一个像他父亲那样的软蛋。他们跟戴尔玩耍的那一套有关包容性的滑稽模仿游戏——把他看作一个假装黑鬼的白人住院病人——也是一种对基金会治疗方法的引用和批评。如果说他们既关心又斥责戴尔，那他们也在模仿和嘲弄自己的父母亲。

但并非真的如此，并没有人做决定。戴尔在车库，因为他帮助罗恩，因为罗恩让他帮忙（对男人—孩子的慷慨大方通常表现为模拟劳动的形式）。他走到吉普那里，既是受到酒精和共同努力的作用，也是受到他自己本人力量的驱使或者他同伴们的指引。再看一遍录像带。几乎无法在空间或时间的层面上分配责任。怨恨和共情、怀旧和焦虑居于他们身体之中但不为他们所知，引领他们就这么站着，就这么斜着肩膀，张开或闭上脸庞，剪下头发，进入他们手势的韵律和他们的话语。没有哪一个具体的个人编排了戴尔沉浸其中的连续场景。戴尔自己当下的小动作和姿势有多少是过去经历的具体化的回响，是仅仅处于他自己意识阈限之下的动作重复呢？前几轮争辩的内容总是相关的。亚当看着吉普车窗外，冷空气从天窗呼呼吹进来，母球已经在那里了。上了蜡的凸起的圆球。

把他留在靠近湖边的地方是残忍的，但正是因为对这样的残忍感到后悔而非继续保持残忍，几天之后曼迪才坚持要他们在他家门口停一下，给他妈妈留下他们曾陪伴他的可见的痕迹，作为一种道歉的方式。你可以说，在那之后维持人们接纳他的假象或者戳穿它，至少都同样算不上善良。更容易做的事情是让他毕业，在毕业后成为一种吉祥物，成为给球场送水的男孩，只不过他递来的不是水，而是小桶啤酒，烈酒掺雪碧。然后还有他们对人类学的入迷：他是他们的艾维隆的维克多[1]，他们的卡斯帕·豪泽

---

[1] 艾维隆的维克多（Victor of Aveyron, 1788—1828），法国野孩子，大约十二岁时被发现。

尔[1]。他能学会他们的话语和习俗吗？只是大体上能学会，而且是经过一次次失败，戴尔才履行了一种关键的社会职能：是他让他们原本盗用的谈吐和礼仪变得自然，是戴尔让他们的言行举止显得真实。

如果说贾森参与这种滑稽模拟的热切程度超出了亚当的期待，如果说贾森在某种程度上也是其始作俑者之一，那么他这种热切态度与他自己相对而言比较复杂的身份也有着不可分割的关系。尽管他在相貌上更像埃里克而不像西玛，尽管他的同龄人大多认为他是白人 —— 这意味着大多数人从来不会去问这个问题 —— 但还是存在一部分种族差异。在他这一生中，这种差异几乎难以察觉。他同妈妈不止一次带着自制的伊朗脆饼去参加兰道夫学校的世界食品周（简总是鼓励西玛与她自己的历史发生联系，努力不要隔绝），但是西玛在他面前从来不说一个字的波斯语，她家里几代人都极其世俗化，虽然贾森也并不认识他们；贾森家里既庆祝光明节也庆祝圣诞节，虽然庆祝方式有点含混，但这意味着相比基金会里那些犹太人，他显得不那么异类，例如亚当家的房子就不会在节日期间那样一本正经地张灯结彩。在12月，他们家的房子黑沉沉的，像是格林伍德缺了一颗牙齿。共同的外貌特征、阶级以及现有类别的缺乏（在托皮卡高中，你在大多数白人心中，不外乎白人、黑人、墨西哥人或者亚洲人，帕布

---

[1] 卡斯帕·豪泽尔（Kaspar Hauser，约1812—1833），德国著名的野孩子。出身不详，1828年5月26日突然出现在德国纽伦堡，样貌看来约十六岁，智力低下且寡言少语。

罗·菲格罗亚是高年级班唯一的智利人，他也早就不再让同学们精确区分了），意味着他在童年大部分时间里被当作白人而并不自知。但是沙漠盾牌行动和沙漠风暴行动，世贸中心北塔下的卡车炸弹，还有他妈妈的肤色和异国姓名意味着，到了高中，人们胡说八道说他坏话时可能就会扯上对"阿拉伯人"的指责。他们高中一年级前的那个夏天，贾森拆穿了戴尔的几个谎言之后，戴尔就叫他"杂种"和"沙地黑鬼"——直接出自军品店的用词，然后举起他的玩具手枪瞄准他。贾森打了他两拳，一拳在戴尔的右眼上砸开一个口子。这样的暴力不符合贾森的性格。他现在把戴尔纳入，是为了纠正过去吗？是的，但却是在相反的方向：他是在进一步惩罚这个帝国的变态的、享有特权的臣民。他同时也是在惩罚父母亲吗，因为他俩给了他一种身份却又没让这种身份真正展现？他是在惩罚他自己吗，因为他冒充假扮黑人的白人，同时却又在斯坦福大学申请表上"其他"这一项打钩？

无论如何，现在没人敢随意打戴尔了，折磨他的人也是保护他的人。在那次乡间长途跋涉的两个月之后，戴尔在安帕家地下室的沙发上喝着40盎司瓶装老英国啤酒，是某个低年级学生带他来这儿的，那人也迫切想要参与接纳他的暧昧笑话，但是对于许多参加派对的人来说，他在场的新奇感已经慢慢消失，他只不过是又一个倒霉蛋而已。在这个派对上有几个从安帕母校西托皮卡中学来的高年级生。戴尔浑然不觉，这是后来他们关系紧张的一个根源。

在昏暗的地下室里，戴尔站起来去上厕所，路上不小心撞到了雷诺兹，一名来自西部的红头发的全州摔角比赛冠军，他遵循惯例，狠狠地推了戴尔胸口一把，你他妈的看着点。老英国啤酒洒在戴尔身上，他站稳了，没有还嘴也没有道歉，准备继续找厕所。但是戴尔还没反应过来就已经被包围了，他一时间满以为自己犯规了，毁了一切，会被赶出他的新社交圈。过了一会儿他才意识到那些围上来的人在威胁雷诺兹，对他说他妈的滚开点。（戴尔过去也曾受到别人的保护，但总是他的同学，不是这帮人。）雷诺兹的两个同学来帮摔角手的忙，玻璃门推开了，他们一伙人转移至向下倾斜到人工湖边的草地上。只有安帕试图阻止他们，试图插在高年级学生中间，这给了亚当一个体面的借口脱身，把她带到安全的地方去。此时既有大声嚷嚷的威胁也有不出声的腹议：滚开，狗娘养的，想怎么着。雷诺兹在冷风中扯掉他的运动衫，露出六块腹肌，背阔肌使他的身躯看上去像被什么覆盖住了，如眼镜蛇的头一般。

想象的花园里却有真实的蛤蟆，假匪帮却有真实的暴力。一会儿工夫，在雷诺兹还没料到会挨上第一下的时候，盖伦就已经用头撞了他一两下，撞断——几乎可以说是爆破了摔角手的鼻子。雷诺兹的朋友挥着拳头上来，但很快就被其他人隔开、压倒了。雷诺兹满脸鲜血和泥土躺在地上，他们开始踢打他，戴尔冲上前也想用他那双了不起的靴子踹他一脚。在某个很难确定的时刻，当中西部中产阶级白人男孩打起架来，一名战斗者倒在地上并不意味着战斗结束，反而使之重新激活，"男孩总是男孩"的那种拳击时的豪侠气质已经让位给超量杀伤力的返古行为，而"超量杀伤力"这个词可以追溯至1946年。每个对手都必须被打得四脚着地。每一种冒犯，无论多么微不足道，都发展为大屠杀。

但是，雷诺兹这个地产商的儿子并没有去专注于打架，去放大在此之前既令人着迷又荒谬的帮派标识的奇观，而是拼命惦记着"鲜血"这个词，做出他的帮派手势，模仿着一个跟他不可能有任何关系的洛杉矶街头帮派的手势语言。再看诺瓦克，他松松垮垮的牛仔裤腰上塞着一把虽然没上膛但是货真价实的手枪，回应以一连串快速的手指动作——基本动作来自"兄弟们"，这个称呼起源于芝加哥的帮派，那在托皮卡可能存在也可能不存在，但肯定不会在这些白人孩子中存在，他们是要上大学的，他们除了共同的特权之外并没有什么"兄弟们"，克劳斯的声音。"昨天乔治·布什在约翰内斯堡的一个追思仪式上赞颂纳尔逊·曼德拉的生平和遗产，有个人站在仅仅数英尺之外，他本应该把演讲转译成手语，结果却是在反复打着一连串毫无意义的手势。""飓风厄玛扑向佛罗里达时，这个州西海岸某县的官员举行记者发布会，告知居民他们将执行强制疏散命令。翻译穿着一件鲜黄色衬衣——浅肤色的手语者绝不应该穿这种衣服，他们通常要穿深色衣服才有利于突出手的动作。重新看过视频的专家们说手语翻译员是在胡乱比画。""他听见声音和言辞，他看见动作、手势和眼神，但是因为他现在是通过动物的眼睛看一切，他看到的只不过是退化、瓦解的群氓。"他们早就打完了最后一场真正的战争，历史在1989和1992之间的某个时刻终结。"从身体语言的角度而言，特朗普其实很耐看，因为他很少保留和掩饰什么。如果他的手势跟不上言辞的节奏，那是因为他没过脑子，不管想出来的是什么反正都一样跟不上节奏。想想他在辩论中回答许多问题时有多么不合常理吧。"

郊区中产阶级白人男孩对市区非裔美国人的暴力进行了夸张的模仿，他们（或者他们的父母）通过购买录像带帮助了他们打造这种形象，这一反馈回路至少部分地是对一个特权景观中文化贫瘠状态的回应。市中心早就屈服于周边商场的压力。邻近街道和家庭经营的餐厅被苹果蜂连锁餐厅（"美国最受欢迎的邻居"）和橄榄园连锁餐厅（"只要你在这里，你就是家人"）所取代。暴力是对郊区标准化带来的麻木心智效果的回应，这种标准化是如此彻底，以至于引起了越来越极端的现实检验形式——这是一种使其保持真实的机制。那些家伙甚至必须盗用他们那些有关真实性的行话。戴尔、戴尔、戴尔。

他们年轻、任意伤害彼此，这让他们既感到深切的麻木也感到极度的狂喜。狂热本身就是理由，但冷漠也一样——知道你可以无动于衷地踹某人胸口一下，会带来二阶的刺激。拥有暴力冲突却没有与之对抗的善恶观念简直就是一种盈余。它让你周末可以有点事情做。最终，他们让半昏迷的雷诺兹的朋友把他拖走。他的朋友们没挨太多打，他们撤退时喊着要报复什么的。

家长在什么地方？大多数在睡觉，有些在看《老友记》或者《欢乐一家亲》，有些在看《世界体育中心》。有些在伏案工作或者擦拭厨房岛台。有些在读赖斯或者克兰西[1]，有些在读艾德丽安·里奇[2] 或者《心理分析治疗中的非诠释机制》，或者他们假装在读。有些刚从堪萨斯城里晚间约会回来，或者在三心二意地做爱，或者在铺了地毯、昏暗的地下办公室里等着网上色情片载入。有些在托莱多[3] 开会。有些在骑健身自行车或者使用搏飞健身器械或者在车库里倒腾或者在擦枪。有些在试用电子邮件，有些在等待呼叫等待的提示音 —— 等他们的小孩来报到 —— 同时在用无绳电话跟别人聊天。有些在焦虑和 / 或心不在焉。有些在仔细校对大学申请表格或者在圣弗朗西斯医院查房。有些在吃东西或者打开一扇窗或者是在跑步机上闷头跑步。有些在台北喝金汤力。有些在布鲁克林写下这些东西，而他们的女儿们在身边熟睡。有些睡意朦胧地坐火车回家。有些在罗林希尔养老院躺在机械床上昏昏沉沉。

*

他还是个孩子的时候，会在上床睡觉时叫他妈妈来给他读下

---

[1] 汤姆·克兰西（Tom Clancy，1947—2013），美国畅销小说作家。

[2] 艾德丽安·里奇（Adrienne Rich，1929—2012），美国诗人、散文家和女权主义者。

[3] 托莱多，美国俄亥俄州北部的一个城市。

面这首诗，这首诗是母亲的母亲教给她的：

> 我从没见过一头紫色的母牛，
>
> 我从来不希望见到这样一头，
>
> 但是我可以告诉你，无论如何，
>
> 我还是情愿看见而不是成为一头紫色母牛。

然后接下来她会让他背诵；他总是会混淆，起初是因为他的确很难记住这短短四行诗，然后她又会因为他犯的错而假装恼怒，他觉得很好笑。天花板上闪烁着绿莹莹的塑料星星，还有刚刚洗过的史努比床单的气味。再背诵一遍，她会装作很严肃地说，然后一本正经地朗诵这首诗，然后他又会给她背错："我希望从来不会见到这样一头。"于是这个游戏可以一直玩下去，推迟睡觉的时间，一个小小的《天方夜谭》。空气愉快地颤动。

这是胡说八道，根本就没有紫色母牛这样的东西，但还是有点意思：现在他在心里看见了他要回避的母牛。（试着不要去想一头紫色的母牛。）看见总比成为那变态的东西要好，但那首诗暗示这两者是相关的，必须加以区分，否则就会混淆。有段时间他个人的诗歌经典纯粹只有奚落人的话和遭到奚落时骂回去的疲软符咒 —— 树枝和石头，橡皮擦和胶水 ——《紫色母牛》感觉像是又一个预防性语言行为：这首诗保护我不去成为我在自己内心看见的那种人。在光幻视中。"看见了你，不想成为你。"

他脑震荡之后，这个游戏又持续了一年左右，但是现在这背后有种黑暗力量，或者说这个仪式的主要目的变成了祛除这种力量。无法记住或无法将某件事情留在记忆里，这太容易叫人想到认知创伤或健忘症，因此就不好玩了。他母亲又教给他另一首诗：

> 啊，对的，是我写的《紫色母牛》——
> 现在我很抱歉写了它！
> 但是无论如何我要告诉你，
> 你如果引用它的话我会杀了你。

现在是蝙蝠侠床单了。那幅贴在他墙上的堪萨斯皇家棒球队海报上，乔治·布雷特[1]正在挥棒。为何这首诗令他印象深刻？首先，有个故事，围绕着这首诗的散文，他母亲给他讲的故事，也是她母亲讲给她听的故事：这两首诗的作者是位严肃作家，在专注于雄心勃勃的诗歌和学术计划的同时随手一挥写出了《紫色母牛》。但是这首诗变得如此有名，以至于掩盖了他所有其他的工作成果：这位严肃作家变得完全与这首胡扯的诗等同起来，他的理想因此化为泡影。（她从来没说过作者的名字，仿佛连这也被那首诗中黑色和紫色的洞穴所吞没。）八岁时，他在第二首诗里发现了真实的悲伤、愤怒和暴烈情绪。他对这样的想法着迷：一个语言

---

[1] 乔治·布雷特（George Brett, 1953— ），美国棒球选手。

作品能够流传，变得有名，毁了创造它的人，而这引出了第二首诗，那是针对第一首诗的悖论效应的符咒，就像他们所描述的药物作用那样。一首诗是一颗神秘的药丸，虽然作者并未变成紫色母牛，但他却成了《紫色母牛》，他通过语言获得了一种糟糕的特殊性。在入睡前，在柔和闪烁的塑料星星之下，用咒语召唤、观看、成为某物和名声远扬（错误地）、杀戮、引用、错误引用（躲避睡觉，躲避被杀）、遗忘和记错。

"从前有个好时光，有一只哞哞走在路上，这只走在路上的哞哞遇上了一个乖乖的小男孩，他名叫宝贝塔可"，他为亚当太太的《高级优等英语》朗读这段话。[1] "是他父亲给他讲的这个故事：他父亲从一面镜子里看着他：他脸上很多汗毛。"在乔伊斯的《画像》的开头，这些都有：属于乳汁、人、命名和暴力的与生俱来的语言，置身于群体之内和之外。（"你叫什么名字？斯蒂芬回答说：斯蒂芬·迪达勒斯。随后，纳斯蒂·罗奇说：——那是个什么名字？"）斯蒂芬的伯父丹特说他必须道歉，否则老鹰会来啄走他的眼睛。或者那是乌鸦吧，紫色的乌鸦。[2] 紫色的散文。

他想成为一名诗人，因为诗歌是符咒，是有形的声音，能取消和重建意义，这种意义可以施加和抵拒暴力，使你出名或者以让你被抹去的方式出名，还可以对身体产生其他影响：使人人

---

[1] 这段话出自詹姆斯·乔伊斯的《青年艺术家画像》。

[2] 在英语里面，乌鸦（crow）跟母牛（cow）字形相近。

睡或者醒来，引起眼泪或其他形式的润滑、膨胀、汗毛竖起。托皮卡那些装腔作势的狗屁匪帮总是在威胁其他装腔作势的狗屁匪帮，指责他们引用他人，威胁要杀人。几乎所有人——学前儿童，成人—儿童，假装黑人的白人，家庭心理治疗师，心理分析师，生物心理学家，辩论教练——全都认为语言可以拥有魔力：只需要让你的肌肉放松。即使他不想做个诗人，他反正也已经是了，至少是自从他在光明环用双手搓了搓那些野草之后。你是个诗人，你自己居然都不知道。

他高中时的问题是，辩论使你成为一个书呆子，而诗歌却使你娘娘腔——即使这两者都能帮助你进入那个你朦胧想象中的东海岸城市，在那里你可以带着极大的讽刺讲述在托皮卡的经历，在那里有知识的人会在词语中跳舞。关键是要把参与辩论讲述为一种语言战斗的形式；关键是要霸气、反应迅速、恶毒，随时准备哪怕受到最轻微的挑衅也要快速说出一连串羞辱压倒对手。可以容忍诗歌，如果它能提升你的竞赛，成为密码和笔记，如果这是安帕愿意睡你而不是雷诺兹的部分原因，等等。如果语言的力量能够造成损害，击败软蛋，那也就能融入占主导地位的性欲经济，而不至于完全脱离有关智识和表达的家喻户晓的价值观。这不是妥协，而是一种可利用的张力。他灾难性的发型上的折中。偏头痛。

对于亚当而言，幸运的是，当这种进攻性转移至语言领域，它便被那些家伙盗用的一种行为所赞许：在喝了几小时酒之后，如果还没有出现什么事情来解散派对的话，你可能就会遭遇即兴演讲。在许多方面，这都是最不知羞的装模作样，是白人男性气概及其代表性政权危机的最明白不过的表现，是一小群享有特权的人信口开河，经常节奏混乱地循环利用这种风格中最主要的、在他们看来完全不合时宜的陈词滥调。但这对于他的社交却十分关键：这种说唱战役将他作为公众演讲者和奋力上进的诗人的能力转变为某种很酷的东西。他的好运叫人头晕目眩：一种快速的、仪式化的诗性对骂将他在无人的高中校园度过的周六下午和在无人监管的房屋度过的周六晚上连接起来，使他能从一种竞赛过渡到另一种竞赛。

他总是在脑海里练习某种类似即兴演讲的东西，尽管开车或者冲澡或者夜间躺在床上时，他也可能会大声排练。那是典型的无声且有时只是半清醒状态的语速压倒战术与诗歌的合成物，一首听不到声音的乐曲。他心中有多重音轨，例如，他能够用一个音轨同他外祖母进行对话，在另一个音轨上他会使用一种想象的密码，出自有时跃入虚拟世界的他真实谈话中的词汇 —— 我将成为你希望自己从来没写出的诗 / 用一句引语将你杀死 / 无尽的账单 / 来自罗林希尔养老院或者他们在 21 街等待交通灯变换时的随便什么词，亚当已经同简一起接到了外祖母，带她去购物。我只需要几样东西。但是如果说他在"练习"，那也意味着他可以选择停下来。然而实际上，他经常几乎意识不到自己的押韵，正如一个人可能会意识不到身体的一次抽动，他不认为自己能够关上这些语流。

他和母亲还有外祖母一同驶入海普超市巨大的停车场，那是沃尔顿名下一家大型超级商场，靠近西湖商场；当初开张时，所有补货员都穿着溜冰鞋，仿佛向往昔点头致敬——有一种1950年代的老脸厚皮——同时也向资本的润滑性点头致敬。这使得亚当在心里把它同星光溜冰场联系在一起，那是托皮卡唯一二十四小时营业的地方。*超级伶俐／我拥有超级技艺／你母亲在海普超市拖地或者随便什么*，与此同时，当他们把车停在残疾人车位时，他问外祖母，她怎么会同外祖父结婚的。你们第一次见面是什么时候？"在布鲁克林。"她在托皮卡说，"我父亲生病了，我离开高中去当打字员帮家里挣点钱，我很晚才会回到 J 大道的家里。我总是坐巴士。你外祖父总在那里等我，问是否可以陪我走回家。那是 1932 年。"她在 1997 年这么说，"我们满怀忧虑，不知怎样才能活下去。"他们进了商场，开始在灯火通明的货架中间游逛，宽敞高大的货架上装满了被灯光照亮、包装鲜艳的货物。"他终于请我一起去舞会。我其实很会跳舞，但是他自己不愿跳舞，又不肯让任何人同我跳舞。"然后，好像这很符合逻辑似的，"几个月之后我们就结婚了。"亚当和简听着笑了起来。

他们带她上这儿来，因为它位于她的辅助生活住所和他们家之间，因为它有着帝国拥有的一切，但是他现在四下打量着，意识到这是个可笑的选择。他外祖母是一个在大萧条时代勤俭节约惯了的人，而且独居——尽管她精心照料着她那越来越没有生机的丈夫的需求——她的生活信条就是尽量少消费，她不会在这庞然大物中找到足够小或者足够零散的东西来买回家。这里有成排的家庭装大盒早餐麦片：脆谷乐麦片、脆船长麦片。要吃完一大盒可能要耗去她的余生。她至少会注意一下因为分量大得出奇而被压低的单价，量贩式。

简问他外祖母需要什么，她说要擦手纸和她用来擦洗浴室的彗星牌清洗剂，还有另外几种日用品。他们按照外祖母的步速走到一个由三十包擦手纸堆成的金字塔旁边，他们发现了一包六卷的擦手纸，简说他们买这个：我拿四卷，妈妈，你可以带两卷回家。简并不需要擦手纸，但知道只有这样她母亲才会同意购买。但是罗丝相信店里肯定还有更常见更便宜的牌子，他们继续逛着，亚当的传呼机震动起来，他看了一下 —— 所有高年级学生都有传呼机 —— 看见了安帕的号码。在简看来，似乎她儿子在扮演医生，假装随时待命。

擦手纸的问题解决了，但是漂白剂只有四盒装的，简知道自己没法假装需要三大盒她妈妈知道她永远不会用的清洁产品。他听出了母亲声音中不耐烦的音调，那是在跟罗丝交谈时特有的，某种快速出现的急躁恼火，这在其他场合下并不符合母亲的个性。"你本来就不需要这种漂白剂；你已经付钱 —— 我们已经付钱 —— 让他们把你的公寓打扫得干干净净。反正你不应该吸入这种气味。你不应该俯身在浴缸上面做卫生。我们不买这个，来吧，我们要走了。""他们从来不好好清洗浴缸。漂白剂我用五十年了，从来没对任何人有什么不好。"亚当不出声地念着标签。

融化你像肥皂垢 / 我比你妈妈更快更仔细更能干 / 说到做到。他说："我们回家的路上可以去一下狄龙超市，你可以在那里买一盒，外祖母。"他同情但责备地看了他妈妈一眼，眼神包含的意思是："我知道她令人头疼，但请保持平静。"他跟外祖母在一起时最成熟，在她面前他成了母亲的帮手，慷慨、轻松、心态平和。这是他最像他爸爸的时候。

他暂时离开他们去寻找肌酸补剂，他服用这个来加速肌肉的恢复时间。（是否有加速恢复记忆的粉剂？克劳斯的声音。）他经过一个用小铲车来堆放一架架瓶装水的工人，广播喇叭里宣布了一件什么事情，等到背景音乐恢复后，他才意识到音乐一直在播放。有史以来就在播放。他左转进入一个巨大的过道，两边摆满蛋白粉、一罐罐的维生素和其他产品，他看着各种包装重复出现，延伸至远处，体会到一种激动，正像那次他在舍伍德湖边走错了的伪豪宅里的感觉，那种可以彼此互换的登峰造极的乏味冗余。这里每一个属于我的盒子也属于你，在这里身为主体就意味着被客体语速压倒。后来，他在看着唐纳德·贾德[1]的盒子时，会想起海普超市的一些过道。后来，在看着安德烈亚斯·古尔斯基[2]的照片时，他也会有类似的感觉。

他沿着过道走，直到找到最流行的补充剂，拿下一罐十磅巧

---

[1] 唐纳德·贾德（Donald Judd，1928—1994），美国极简主义艺术家。

[2] 安德烈亚斯·古尔斯基（Andreas Gursky，1955—　），德国摄影家，擅长拍摄大面积影像，再以电脑技术组合数张底片，呈现出色彩鲜明与细节丰富的大型人造景观。

克力味的粉剂。人们并没有遵循什么具体说明，只是在举重前冲一杯饮料，因为据说这样能增强他们锻炼的效果，然后在举重完之后再冲一杯，因为据说这样有助于恢复，并帮助增大肌肉。维基百科说它很可能会损害肾脏。他现在原路返回去找妈妈和外祖母，在一大片烧烤炉的丛林边缘，他遇到了雷诺兹的一名朋友，也许这个高年级对手也是去拿补充剂。松松垮垮的牛仔裤，圣母大学连帽橄榄球衫穿在学校缩写字母运动服下面，棒球帽檐推在后面，右脸颊上有一小块青紫是打架留下来的。这个来自西托皮卡中学的对手身边有个女人，肯定是他的母亲，她穿白色高领衫，外面是绿色圣诞节毛衣。他们面对面相遇时，他母亲在打量着一张购物单，嘴里嘟囔着。

就像任何两个男人或者男人—孩子在游戏场或者市场里相遇时那样，这两人迅速地，几乎是立刻估摸了一下谁能打败谁。他们身高体重都差不多，但是那件学校字母缩写运动服和他与雷诺兹的关系则意味着一个摔角手的力量和训练。你可不想最终躺在地上，这意味着你要挨第一拳，倒向围栏，一个左勾拳，得避免和对方扭成一团。他们理所当然地想象着打爆对方的鼻梁，扭打在一起时弄断下巴或者手脚，掐昏对手，他们的想象混合了《街头霸王 II》[1]（冠军赛版本）和实际体验。无论他什么时候在脑子里这样算计，他都会同时想象着遭遇狠狠一击或者一脚，把他打回圣

---

[1] 日本的格斗电子游戏，于 1991 年发行。

155

弗朗西斯去，击溃他的语言机制，机器的哔哔声，艾伯哈特太太胸前的字母。暴力是一个圈圈，你可以钻空子，也可以被人钻空子。

他知道，感到放心地知道，摔角手母亲的在场会使得两人没办法进行身体上的较量。他也知道有母亲在场，即使在这个年龄，也是一种结构性的尴尬处境：跟你妈咪一起购物？亚当决定笑一笑传递这种轻蔑，同时还表示："她在这里算你运气好，否则我会弄死你。"亚当可以赶紧撤退而不至于丢脸。我吓退了某个西托皮卡中学的软蛋，我看见他跟他妈妈在一起购物。

"亚当。"是他自己母亲的声音，"你告诉外祖母，从1945年开始就不是这个价格了。"他惊恐地看见自己的家人来到身边，为价格纠缠不休的犹太佬。他一瞬间荒谬地想要否认自己认识她们。摔角手笑了笑，表达的内容不清楚，但既吓住了他，也激怒了他。跟两代女人在一起是否比跟一代在一起更糟糕？摔角手是否意识到并在嘲讽这其中的差别？

他们最开始认出彼此时的震惊只过去了几秒钟，简看得出来她儿子同对面几英尺之外站着的男孩有某种关系，所以她说道："你好，我是亚当的妈妈，简。"摔角手的妈妈从购物清单上抬起头来，笑了笑："噢，你好。"尽管简刚才是在对她儿子说话。高年级同学一直没有说话，现在也没有了笑容。"这是我母亲，罗丝。""你好。"那女人又说了一遍。亚当的外祖母说了你好。他想象母亲开始大谈他如何用口香糖包裹自己身体的故事，这是我乖乖的小男孩名叫宝贝塔可。他两只手抱着那罐肌酸补充剂，显得有些虚弱无力。他调整了一下罐子的位置，你不想被墙里面朝外看的男人们笑话。

哪个高年级生会先说话，会说什么呢？"妈妈，外祖母，我知道你们听了会大吃一惊，但是这小子以为自己是洛杉矶的美国非裔街头匪帮，我的兄弟最近把他的一个同伙揍得不省人事，因为他们威胁了我们的一名住院病人。你们认识戴尔的。"然后摔角手的母亲对简说："我们见过面吗？"简说她不肯定，但是亚当和简和罗丝都知道接下来是什么；他们知道是她写的《紫色母牛》。"哦，您是戈登医生。"摔角手的母亲说，"您上了奥普拉的节目！"罗丝笑笑，简点点头，亚当试图琢磨这对自己在那个摔角手面前的地位而言会有什么影响，摔角手也同样困惑着，为了掩饰移开目光的举动，此时他在看寻呼机。亚当后悔自己没想到这个。有一个出名的母亲，是显得更软蛋还是更不那么软蛋？"您肯定很骄傲。"那个母亲说道，看着罗丝，罗丝说是的。

因为自从吞下魔幻药丸之后，他能听懂产品的语言了。（电影里是慢镜头，但只是为了强调速度，仿佛不如此的话，事件就会以一种令人无法理解的速度来展开。）他从金斯福德木炭逃到白玉米脆片，从果酱馅饼逃到牛肉干棒。它们并没有都在侮辱他，但无一例外全都蔑视他。他听它们说话，从它们的交谈中知道了它们对人们的总体看法。它们的想法太令人沮丧了。亚当能够感觉到包装内的所有物质 —— 包装像那些罗马雕塑一样色彩鲜明 —— 变成了某种油灰，某种软胶，某种抽象的东西，它们必须从中制造新的语言，新的身体。现在灯光暗淡下来，产品退回墙壁里面，只留下一个巨大的滑冰场，唯一的光源是一个旋转的镜面球体，把椭圆形的光块投在地面上。从广播里传来的是克劳斯的声音，不清楚是现场还是录音，他指示母亲们排队站一边，孩子们站另一边。人类历史，就如个人历史，可被理解为穿越性攻击天性冲突的缓慢进程。现在我们听到的是里姆斯基－科萨科夫那不祥的《天方夜谭》。然后我们看见一队装了轮子的东西：戴尔穿着他的芝加哥溜冰鞋，一位坐在轮椅上的外祖父，一个装饮料的小推车，大塑料盒装着的证据，如果以足够快的速度念出来，就会变成嘴里的东西：油灰，诗歌。最后是一个实习生推着金属放映盒子：看那母牛，毛皮中的紫色几乎不易察觉，鲜血从被图米的点 22 手枪打出来的小洞中缓缓流出，耳朵上有塑料标签。尽管有镇静剂，它仍吓得屁滚尿流，它害怕那几乎是真的。

*

　　他很善于辩论，但他的即席演讲简直太精彩了，这是书呆子的自由风格。的确，尽管有争议 —— 全国的教练和其他赛手都在争辩这一点 —— 他仍然是辩论赛和演讲历史上最好的即席演讲者。（"演讲"指的是除辩论赛之外的竞赛性校际演讲活动，而"政策辩论"表示的是重在论据的团队辩论，语速压倒对手占主导地位。这些全都由全国演讲联盟统辖。在堪萨斯州，演讲活动在春季学期开始。）他在国际即席演讲赛全国冠军赛中拿了第二名 —— 还有一个国内即席演讲赛 —— 那是中学三年级时在费耶特维尔[1]拿的。他本来会赢全国联赛的，这个赛事每年6月举行，但是决赛的评委 —— 其中有两位参议员 —— 因为他说得太快而处罚了他。大家一致认为：他的荣誉被人抢了。（决赛时那么多肾上腺素流过他的身体，他几乎无法以第一人称回忆自己说过的话；活动现场的录像占据了他的记忆。）中学四年级时许多人期待他大获全胜，这种期待令他感到压力很大。他梦见自己突然无法流利说话，突然迸发出神经质的大笑，在数以千计的现场观众以及观看总是现场转播决赛的CSPAN[2]的人们面前尿裤子。他对成为一个具有全国竞争力的政策辩手不感兴趣，那要求他花费无尽的时间去做研究，用论据和新闻摘要填满那些塑料盒子，还有暑期"培训班"。这还意味着在他自己心目中，选择乔安娜而不是安帕做伴，退出占主导地位的性欲经济。

正如其名称所表明，即席演讲比赛要求即兴发挥：参赛者随便抽三个问题，选择其中一个，然后有三十分钟准备一场五到七分钟的演讲，发言时不能看笔记。题目可能会具体得吓人（"乌克兰议会下个月是否会批准新的宪法？"），或者宽泛得吓人（"墨西哥的未来是什么？"）。即席演讲者有自己的小塑料盒，装着对应具体国家或者问题的悬挂式文件夹，里面装满了报刊上的文章，

---

[1] 弗耶特维尔，美国北卡罗来纳州中南部的一个城市。

[2] 美国公共事务卫星有线电视网（Cable-Satellite Public Affairs Network）。

他们应该在演讲中引用资料来源来支撑他们的说法，但这比政策辩论所要求的研究轻松多了。参赛者每周读几篇文章，做好标注并复印。即席演讲不要求准备得面面俱到，但也可能会变成一场噩梦，因此即使认真的政策辩论赛手也不敢小觑它。同时，他们嘲笑其他活动，例如原创演讲——一名学生就任意题目做一个经过润色的事先背诵好的演讲。看那个十六岁的孩子决赛之前在"预备室"里从三个含混得让人为难的问题中挑选一个问题。（在本地联赛时，预备室设在高中图书馆里，参赛者溜达着，像基金会里的疯子或者未来蓝牙用户那样自言自语，试图把大纲默记在心。）他选择了有关吉布提用水问题的争议，因为他至少知道水是什么，但是他怎么才能对他的塑料盒从未提及的题目流畅地发表高见呢？或者想象一名演讲者在一开始讲得好好的，在第三分钟过渡到她的第二个要点，然后突然意识到她已经忘了，她没有笔记，没有办法叫暂停。亚当见过即席演讲新手开始结巴，然后没了声音，逃出了房间。他还看见过有人纯粹出于惊恐而呕吐。

就正式定义而言，即席演讲意味着训练自己掌握当前形势，使自己能够就一系列题目自信地发言，但当然其实也可以正好相反：是意味着一个穿着不合身外套的十来岁的孩子如何能够侃侃而谈，仿佛他知道怎样应对克什米尔危机，意味着当人们确定两个国家分管这种解决方案是否可行时，华丽辞藻如何能够填补实际的不足。人们学会了用资料来点缀一个演讲，就如政客使用统计数据一样——达到一种权威的效果，而非澄清一个问题或者确认一个事实。大部分教练指导和练习都侧重如何使用身体来充实语言结构，什么时候什么地方开始表明要点转换，什么时候以及如何做手势，这是没有音乐的歌剧。政策辩论中，语速压倒技巧遮蔽了所有的演讲价值，与此不同的是，在即席演讲中，风格和陈述一直占主要地位，即使目的在于营造一种博学的形象。人们为政策辩论者痴迷语速压倒辩解时通常会说，如果学生们对文质彬彬的演讲感兴趣，那可以去参加即席演讲比赛。

或者他们也可以参加"L-D"[1]。1979年菲利普斯石油公司的一个代表（当时是全国演讲联盟的主要企业赞助者）观察了一轮政策辩论全国联赛，觉得很琐碎。菲利普斯对全国演讲联盟的执行委员会表达了有关政策辩论走向的担忧，结果是形成了一种新的一对一的辩论活动，即林肯—道格拉斯辩论赛，它强调价值观，突出演讲说服力。人们期待演讲者从道德框架而非经验框架来论说。L-D——政策辩论者有很多关于这两个首字母的笑话，有人说指的是"学习困难"[2]——一大特点是其中的辩题明确诉诸正义和道德，例如："为了挽救更多无辜者的生命而杀害一名无辜者是道德所允许的。""在一个民主国家，重罪犯也应该拥有选举的权利。"辩题内容的重要性最终不如这样的事实：辩题每几个月就变更一次，塑料盒里的证据将被清除，鼓励参赛者和评委注重演讲表达本身。看看高中辩论的观念结构与被视为国家

---

[1] 是林肯—道格拉斯辩论赛（Lincoln-Douglas Debate）的缩写。

[2] "学习困难"英语为"learning disabled"。

政治话语的内容之间可怕的对称：在亚当出生那年——伊朗革命那一年，第二年那位"了不起的沟通者"[1]在一次电视辩论中通过排斥事实（"你又来这一套"）以及侧重构建框架而击败卡特——在菲利普斯石油公司的帮助下，高中校际辩论赛得以正式将价值观与政策分离。它与大文化之间的类同是不完全的，但却不可否认：本应该不偏不倚的政策辩论呆子就医疗卫生或者金融监管的错综复杂性进行辩论，用的是一种特地设计得令未入门者摸不着头脑的行话，而更加有总统气派的演讲者则用明白晓畅的价值诉求测试公民。这种区分是由石油美元来支撑的。

等他到了中学二年级，无论是斯皮尔斯还是马尔罗尼，这两位托皮卡高中的全职教练都没有什么可以教亚当的了。他中学四年级时，他们请来了彼得·伊文森，前国际即席演讲赛全国赛冠军——托皮卡有史以来唯一一位全国赛冠军——他1990年从托皮卡高中毕业，进了哈佛。伊文森最近离开了乔治城大学研究生院，回到堪萨斯，为鲍勃·多尔竞选总统后空出的参议员席位竞选而工作。许多人，包括亚当，都相信伊文森才是有史以来最了不起的即席演讲者。教室墙上一大堆伊文森冠军奖品中挂着他的巨幅镶框照片。他不教其他学生，他是亚当的私人教练，尽管亚当不能肯定他是否有报酬。他的工作是保证他的学徒那个夏天在明尼阿波利斯（联赛的地点每年都有变化）举办的即席演讲冠军

---

[1]　指罗纳德·里根总统。

赛中获胜。L-D 在人们心中不是那么有名望的比赛，但是也许他在这种慢速辩论中也可以带一个奖杯回家。

如同托皮卡所有的演讲参赛者一样，他也看过伊文森的冠军赛演讲录像，一年级生在开学第一天就观看这个录像，了解杰出者的表现到达了何种程度。每年春天的全国资格赛之前每个人都要观看。（亚当熟记这个演讲。他的身体也能够实施它的动作。他常常记错，以为是自己做了这个演讲。）伊文森从三个给出的问题里选择了最有冲击力的那个："柏林墙的倒塌是否象征着自由民主在全球的胜利？"录像中，在全国演讲联盟的一名官员宣布了伊文森的姓名、学校和演讲题目之后，伊文森特意走到舞台中间。伊文森 —— 那时他还没有发福，但是脸庞有点婴儿肥 —— 身着黑色西服红色领带，站着纹丝不动 —— 他的青春和苍白面色使亚当想到了《哈罗德与莫德》[1]里的哈罗德 —— 直到坐在摄像头视野之外的一名计时员示意他开始：

"你们肯定都很熟悉威利狼与他的复仇者哔哔鸟[2]。"他的音调清脆略有点高；伊文森是一个有天赋的、表演自然的演员，他举起、张开双臂，这个动作表示自信、欢迎，表示他没有什么要隐藏的。"威利狼一次次试图抓住那只虽然没有在飞翔但却动作迅速的鸟" —— 这种平易近人但略微文学性的措辞是伊文森专

---

[1] 《哈罗德与莫德》（*Harold and Maude*），一部 1971 年的美国电影，讲述了一名热衷表演自杀的少年和一个七十九岁的老妇之间的爱情故事。

[2] 威利狼和哔哔鸟是华纳兄弟喜剧动画片系列《孤独音调》和《欢乐旋律》里的一对角色搭档。

有的，后来也成为亚当的措辞之一 —— "它往往使用复杂到荒谬的方式。在许多这样的动画片中，在疯狂地追赶过哔哔鸟之后，威利最后摔下了悬崖。但是，威利没有立刻摔下去，他悬在了半空中，一时间对自己的困境一无所知。"哪个十多岁的人会这样说话，何况是谈论动画？"威利狼朝下看时，才意识到了自己的处境" —— 伊文森慢慢举起一只手 —— "他才栽了下去。"手戏剧性地放下来，"女士们先生们，"停顿了一下，紧张感加剧，"去年 11 月 9 号，国家社会主义朝下看了一眼。"

在近两千名参赛者、教练、校友和其他观众组成的人群中，掌声开始响起、扩散，直至声音大到震耳欲聋。有一些叫好声。伊文森用了整整五秒钟等待掌声停止，无疑在心里计算着时间，然后继续说下去，仿佛几乎没注意到被打断过："我们今天要问自己的问题是：柏林墙的倒塌是否标志着自由民主的全球胜利？"

"我主张" —— 把最明显不过的词（认为，相信）换成一个略微少见一点的词，这会产生一种令人印象深刻的累积效应 —— "对这个问题的回答是一个响亮的'是的'，因为有以下三个原因。"伊文森加快了一点速度，他在掌控语速，"首先，因为柏林墙的垮塌标志着华沙条约组织的崩溃。其次，因为苏联也处于解体的过程中。第三，因为结合了美式资本主义的自由民主是这个越来越全球化的世界上唯一可行的政治框架。"伊文森会在每一要点之间潇洒地走几步，让他的分析以空间的方式呈现出来，他会平均分配各个要点的时间（每个要点两分钟，他绝不会去看计时员一眼，时间的掌控早就变成一种直觉）。他会时不时再提到威利狼与哔哔鸟，将演讲维系在一起，例如，威利狼精心设计但却毫无用处的新奇诡计与集中计划经济何其相似。他会提到全世界很多刊物。一连串专有名词——不仅仅是戈尔巴乔夫，还有昂纳克和哈维尔和齐奥塞斯库和雅鲁泽尔斯基——简直具有诗意。帕萨罗维茨和约[1]，立陶宛宣布主权等等。并非观众真的学到了有关这些人与事件的任何东西，重要的是这些外国名称符号如何从这个十多岁孩子嘴里滔滔涌出。他六分五十九秒的演讲中没有任何结巴或错误。等他结束时，你会发现他一毫不差地回到了舞台上他开始的地方，这个回归路线放大了连贯一致和最终结束的感觉。观众与其说是在跟随一个论述，不如说是在观看走钢丝绳表演，等伊文森达到他完美无瑕的演讲终点时，会议厅里几乎可以听见全体呼出一口气的声音，然后是掌声雷动。

四年级学年从1月开始，克林顿宣誓就职第二任期，人工湖结满了冰，此时亚当开始同伊文森见面，他有专门的时间用于演讲练习，在大部分日子里放学后也会花一两个小时练习。（然后他会开车去大力水手健身房举重，再回家同父母一起吃饭。）大楼差不多全空了以后，马尔罗尼会去找到一个空教室，打开锁，窗边散热器噼啪作响的那种教室，然后离开，让他们自己去"拼个输赢"，她是这么说的。亚当练习演讲，伊文森会打断他，给出

---

[1] 指结束奥地利土耳其战争（1716—1718）和威尼斯土耳其战争（1714—1718）的和约。

策略建议——针对手势（"真的要用手指数出要点，把你的手放在肩膀这么高的位置"）和语言（"你在第一个要点结束时说过了'结论是'，这一次说'最后'"）甚至还有外表（"把你的眼镜往上抬一点，这样就不会看起来像是在从镜框上面朝下看评委"）。伊文森指点他，训练他，教他把一小串一小串措辞、过渡和强调放进身体，正是这些将好的演讲与了不起的演讲区分开来。亚当发现穿着平时普通的服装——松松垮垮的牛仔裤、连帽衫这种更加适合即席演讲或者举重的衣服——比穿着西服时更难慷慨陈词。这些培训时间就像他在大力水手健身房里那样叫人精疲力竭，肩部的紧张感简直难以忍受。

他们专注于即席演讲赛，但也做 L-D 模拟辩论，例如，争辩为了防止大规模袭击而使用酷刑是否具有道德合法性，或者重新分配财富是否政府的责任，他们针对一名想象中坐在空椅子上的评委发表评论，声音传递系统的低音有时能令窗户震颤，万视瞩目。与其说他们是在练习，不如说是在打仗。伊文森展示他无可超越的能力，在相对更复杂深刻的话语（例如，尖锐驳斥约翰·罗尔斯[1]的政治哲学）和更直接的有关个人自由、个人责任的修辞——这是共和党的话语要点——之间来回往复。这个能在语言游戏中进行更精细、更快速的区分以及更迅疾的战略转移的

---

[1] 约翰·罗尔斯（John Rawls，1921—2002），美国政治哲学家、伦理学家。著有《正义论》《政治自由主义》等著作。罗尔斯框架强调政治和个人自由、机会平等与合作努力惠及所有人。

人在亚当的理性分析上找出了疏漏，亚当过去根本就没有这方面的经验。这简直令人发狂，但也很刺激。他属于笨拙但更加冷静的类型，被超级雄辩的书呆子对手难倒了。

但伊文森究竟是什么？他总是穿着卡其布裤子和一件黄、灰或者棕色的网球衫，全都有点污迹。他的面孔一直是孩子气的，平滑，但是不时显出的双下巴则预示了中年的到来。标准的发型也可以被解读为要么是年轻人要么是专业人士，尽管头顶已经有一点稀疏了。他有时觉得伊文森是一位事业有成的长者 —— 哈佛大学出身 —— 然后他又突然让亚当觉得像是个男人—孩子，一名二十五岁的、很可能还是老童男子的人在他的中学母校当演讲教练，因为他无法"回东部"去崭露头角了。除非要做一个有意味的手势，伊文森总是身体站得直直的，仿佛他总是在接受拍照，接受评判。有时候亚当觉得这像是训练有素，但有时又觉得是某种自闭症的表现，仿佛伊文森的所有动作都是某种编排好的牢记在心的规则，如果没有这些，他就会茫然若失。有时他觉得伊文森是一个早熟的年轻人，命中注定要去权力走廊 —— 保守派法官、参议员、美国全国步枪协会主席 —— 有时又觉得伊文森命中注定就是当个教练，开车带昏昏欲睡的辩手，昏昏欲睡胡说八道的人们从章克申城[1]回家，区里公用车的挡风玻璃上昆虫飞溅，远处只有一对红色的尾灯在闪光。

---

[1] 章克申城，堪萨斯的一个城市。

最后他们根本不会练习 L-D，不会遵循其演讲和驳斥对手的格式，他们只是为各自的立场争辩，把脚放在桌上，外面天色渐黑。他们争辩堕胎、平权法案、第二修正案以及其他"热点问题"。亚当习惯了拆穿有关堕胎等于谋杀的各种版本的言论——他母亲在 80 年代后期告诉《托皮卡首府新闻报》她在 60 年代有过一次堕胎，导致那些男人打来的电话数量戏剧性增长——但是不知为何，同伊文森辩论时，他发现自己迷失在判断胎儿生命力方法的一团乱麻之中，同时又试图辩护宪法中的"半影"[1] 概念。他们以交谈的速度说话时，伊文森可以用语速压倒他。

伊文森还是后来被称为"杠精"手法的大师。亚当倡议重新分配财富来支撑福利国家的运转，伊文森猛地一笑，宣称这对于犹太人来说还真是令人吃惊的论点。亚当变得怒不可遏，大睁双眼的伊文森澄清说他的意思只是他感到惊讶，如此了解一个专制政府罪行的人居然会希望国家拥有剥夺个人财产的能力。（"难道你真以为我会发表反犹言论？"突然睁大眼睛、动物一般模仿无辜神情是伊文森最拿手的把戏。）但伊文森真正的"意思"恰好就是要操控他的情绪，表明他是一个爱为自己辩护的犹太人。伊文森的天赋就在于引起貌似可被否认的愤怒，然后战术上假装不满，占领高地。亚当很少甚至从来就不曾被一种立场所动摇，他在有关价值观的关键问题上的确很少改变想法，但随着时间一小

---

[1] 法律中的"半影"喻指权利的边缘、外围部分。

时一小时过去，他却越来越沉浸于一种人际交往方式，他后来花了几十年的时间才完全摆脱它，这种相当于语言上的手臂和手肘的东西。

伊文森作为辩手占据了优势地位，但令亚当稍感安慰的是他断定，伊文森即使总是用词正确，却是站在历史错误的一边，该历史终结于多尔。大家都痛恨菲尔普斯，在《老友记》中有一场女同性恋婚礼，埃米纳姆[1]很快就会成为有史以来销量最好的说唱歌手，苏珊在电视剧《飞跃比弗利》中谈论她的堕胎，尽管非常隐晦——也许国家社会主义往下看了一眼，但是美国人有关"家庭价值观"的讨论也注定了不会有好结果。婴儿潮一代比他们的父母更加自由派，亚当自己这一代人，无论如何精神分裂，难道不也是更自由派吗？亚当知道一个冒充黑人的白人也会是种族主义者，他知道文化挪用本身就是种族主义，他知道他们并不爱基佬或者母狗。但是难道白人小孩——即使在堪萨斯——"想要做黑人"这个事实本身不就证明白人作为文化和政治力量的衰退吗？亚当在《经济学人》上面读到，选民们的分歧会越来越大，共和党作为一种全国性力量将会消亡，即使它在堪萨斯还会有一定影响。伊文森也许会以撰写极端保守主义演讲为生，或成为另一个拉什·林博[2]，对着空气演讲，对吞服了咖啡因胶囊的卡车司

---

[1] 埃米纳姆（Eminem，1972—　　），美国知名说唱歌手，是少有的白人说唱歌手。

[2] 拉什·林博（Rush Limbaugh，1951—2021），美国右翼电台主持人和记者，作家，自由意志主义者。

机讲话，但同时会出现一个黑人和／或者女性总统。这会是愤怒的白人宣称的"文明终结"年代的终结。亚当的妈妈总是说奥普拉会当选，看她如何使如此多样化的不同人群都觉得自己的诉求获得了倾听，看她如何工作，好像一名出色的心理治疗师，不去羞辱别人，却能克服两极分化。

这感觉有些怪异：在历史终结八年之后，带着人类学家或者幽灵或者心理学家巡视病房的超然心态，透过教室门上的玻璃窗朝里看，看见这两个人——如果他们是两个人的话——在一个空旷学校里的一个空房间内争辩，窗外街灯旁雪花飞舞。一个人穿着松松垮垮的黑色牛仔裤，在喝着一种神神秘秘的液体；另一个，卡其布裤高高卷起，在解释着哥伦拜恩高中事件[1] 几年之前所谓"常识性"枪支法的滑坡谬误。当历史回归时，二人中的一人会成为堪萨斯有史以来最右翼的州长政策的关键设计者，监督政府大幅度削减社会服务和教育资金，结束对艺术的一切资助，将联邦医疗补助私有化，实施美国历史上最灾难性的一次减税。（"他是个极其聪明的人，"堪萨斯的共和党州务卿克里斯·考巴奇说，"他就像卡尔·罗夫[2]，但更精明强干。"）人们会尝试使用他的演讲技巧，这种戏剧性和极端性的谱系。

---

[1] 指 1999 年 4 月 20 日美国科罗拉多州哥伦拜恩高中发生的校园枪击事件。两名学生携带枪支和炸药进入校园，枪杀了十二名学生和一名教师，造成其他二十四人受伤，两人随即自杀身亡。

[2] 卡尔·罗夫（Karl Rove, 1950—　），美国共和党政治顾问，在小布什担任总统期间曾担任高级顾问。

*

亚当曾经去圣弗朗西斯医院拜访过一次克劳斯，克劳斯在那里一直装作是在基金会里，开玩笑说是别人违背他的意愿把他送进去的，他称呼亚当为"戈登医生"——"你必须把我弄出去，医生"——但是一个星期之内，克劳斯就安心了，在安宁病房，在吗啡营造的混沌中几乎一直在睡觉。"胰腺是多么无用的器官啊。"但是，当他父母留下他在克劳斯床边告别时，当他大声说了几次他在场时，克劳斯微弱地笑了笑，抬了抬眉毛，尽管没有睁开眼睛。在这个业余影片里扮演濒死之人多么好玩啊，这是他抬眉毛表明的意思。亚当知道，无论是在柏林还是在托皮卡，死在自己的床上都是一种胜利，在一个并非只有尿骚味和漂白剂气味的房间里，没有被拴在机器上等死，尽管旁边是带轮子的点滴架，淡蓝色的滴液。他能听见安宁护士在起居室里同他父母说话，尽管他听不清楚说的是什么。

他打量着房间，以免去盯着克劳斯看，克劳斯的面容上已没有意识清醒的痕迹。他寻找着钟，想要知道他是否待了足够久，可以不心怀愧疚地离开，但是并没有钟，尽管墙上挂着三幅有框镶拼照片，其中之一是个手表面，指针用八字胡代替了，也许是威廉二世的八字胡。镶拼画中的时间是 3：50，诊疗服务总是这个时候结束。在大房间另一个角落里有张小书桌，在书桌上方的墙上，我放了一张明信片，用一枚银色大头针别住，是杜乔的《圣母子》，明信片的另一面是乔纳森用颤抖的手写下的留言。在一张大梳妆台上，一堆药瓶中：椭圆形相框的小张家人照片——照片很旧了，即使从远处看，亚当也能看到或者感觉到这种媒介被使用的早期，照片中人物所展现的那种特殊的纯真。他们蒙上了一层无知无觉的面纱，他们无法想象自己的形象如何会比他们留存得更久，流传开来，无法想象他们如何会最终来到了1997年的托皮卡，窗外雪花纷纷飘落。

他想象着自己并不是坐在拿进卧室给来访者坐的木头餐椅上，而是坐在钟楼地下室的一个玻璃方块上，如果他集中注意力，就可以改变克劳斯身体周围的电磁场。也许他真动用意愿的话，也可以帮助克劳斯死去。他像个孩子那样闭上眼睛试图这样做——一种认真的游戏，你只需要把这种植物在你手掌中摩擦——但没有影响到克劳斯，克劳斯反倒通过亚当用自己心灵打开的通道开始说话。（小小的光线网络交叉穿过他眼睑的黑色屏幕。）他必须关闭一些嘈杂声——图帕克和伊文森和粗糙的钢琴录音——才能弄明白克劳斯在说什么。

我们从弗洛伊德那里知道，与父亲保持认同总是具有危险性，甚至在"真诚"的情形中，在那些良好的父子关系中也存在，当法西斯类型的集体权威取代了父亲的超我时，这种认同也可能会在压力下崩溃。亚当听见雪犁碰在街道柏油路面上的声音，想象它会在车后洒下盐，想象着盐是大米，然后是骨灰。鸡能够展现大量不同的视觉形象和至少二十四种不同的叫声，它们的交流技巧可以跟许多灵长类动物相匹敌。他能够听见远处经过的联合太平洋公司列车的汽笛声，铁轨在一两英里之外的堪萨斯河边。亚当觉得声音在冬天要更容易听见。总之，当孩子被放进坟墓，当尘土撒在他身上时，他的小手臂突然露出来，向上伸出。他们把手臂又推进地里，撒上新的土，但全都没有用，因为手臂总是露出来。这是历史的顽固性。克劳斯是用德语说这些话的，亚当总能明白他的意思。

亚当睁开双眼，克劳斯醒来，发出一点可以听见的声音，咂咂嘴。他的嘴看上去干得令人难受。克劳斯试图说话，也许是想要喝水。亚当看看床头柜，看见有个小塑料杯装着水，还有几只蓝色泡沫棉签。他想去叫护士，用这个借口离开，但是他发现自己不知不觉地伸手去拿水杯。他把一个棉签放在水里蘸蘸，犹豫了一下，然后把它涂在克劳斯有点发紫的嘴唇上。他的手不经意间碰到了克劳斯那像砂纸一样的下陷的脸颊。克劳斯就像鱼儿上钩那样，想要把棉签弄进嘴里，亚当顺着他，克劳斯吸着水。亚当只是此刻才意识到克劳斯一颗牙都没有了，他的假牙被取走了，也许已经扔掉了。他重复了几次这个动作，直到克劳斯似乎满足了，在枕头上放松下来。他有生以来第一次觉得自己在照料别人。

一连串匪夷所思的意象在他眼前闪过：在这房间里操安帕，克劳斯就在旁边，没有知觉；直接揭开被褥打量克劳斯的身体；

用一只枕头闷死这个睡着的人；狠狠地吻他的嘴唇；克劳斯的尸体在凯美瑞的副驾驶座上，它坐得直直的，看上去像活着。他想象着克劳斯是个难缠的精神分析对象，坐在沙发上，他必须耐心等待他重新开始说话显露他的症状。然后他想起克劳斯曾到医院来看他——亚当在机械床上——那是在他脑震荡之后，他有很多年没想起这件事了。这段记忆有一种奇怪的质地，因为这是他在失忆阶段之后首先形成的东西。记忆失去了连续性：他记得在家里爬上床，然后记得他在医院的床上醒来，接待访客，他的父母放下心来，高兴得发狂。在这两个时刻之间经历的一切痛苦，他都不记得了，至少不是以第一人称记得。他记住的是别人告诉他的故事的意象。那段记忆——克劳斯是那一天的最后一位客人——有些地方烧毁了，左侧边缘发黑。

关于那次来访他能够清楚记得的是克劳斯给他带来了什么：一个金黄木头小盒子，差不多就厨房火柴盒那么大，雕刻了花纹，银质铰链。亚当打开盒子想看看是什么礼物，结果发现盒子是空的，这才尴尬地意识到盒子本身就是礼物。克劳斯很可能是在出门时随手拿了一样小玩意，亚当想。（现在，坐在克劳斯身边，他好奇为何来访者都要带礼物，是对他受到伤害的供奉吧。）克劳斯察觉到他轻微的失望，把空盒子从他手里拿开。然后，出人意料地，克劳斯从里面拿出一个一美元银币，看看自由女神头像，把银币递给亚当。亚当感到一阵眩晕——在他脑震荡后期的状态中，他无法将戏法与认知崩溃区分开来。但是克劳斯立刻

174

揭开了秘密，让他看貌似盒底的部位如何能够倾斜过来露出另一个夹层。是一个包含无意识的盒子，他妈妈看了开玩笑说。他是否想到了牛奶架子后面可以移动的分隔层以及墙内的人？他喜爱这小盒子，想着他可以把什么藏在里面：糖果，值钱的棒球卡，也许它能放下他的一支飞镖。（亚当想要记起这盒子现在放在哪里，他想可能在父母的梳妆台上。）盒子很老了，当时克劳斯就这样说。只是现在亚当才开始好奇 1933 年后克劳斯可能曾经把什么藏在里面。一张老照片。艾尔克的珠宝。婴儿的牙齿。一颗魔丸。

靠近病房的一棵苏格兰松的树枝在积雪重压下折断了，使他回到了当下，克劳斯在浅浅地呼吸。亚当在玻璃座上移动了一下，再次闭上眼睛，这次听着克劳斯在用英语说话：很久以前，一颗满是水的小星星与一颗大星星相撞，把冰洒在宽广的空间，创造了太阳系。冰的卫星还在围绕着行星运行，史前时期，由冰构成的月亮与地球相撞，决定了其地貌。当充满"神圣种子"的彗星碰撞我们行星的表面时，就形成了人类，是造物的开始。冰是宇宙的太初元素，比火更基本，并且与火互不相容。这些都在梦里启示给了汉斯·赫尔比格[1] —— 我叔父曾经在维也纳见过他一次。纳粹掌权之后，他们寻求一种真正日耳曼的世界观，能够取代被犹太人及其相对论概念污染了的物理学。赫尔比格的理论已经有众人追捧，为希姆勒和希特勒提供了肃

---

[1]　汉斯·赫尔比格（Hanns Hörbiger, 1860—1931），奥地利工程师，发明了所谓"世界冰源理论"。

清犹太科学世界观的途径。他们在学校教授世界冰源理论，将其纳入课本。德国人全都相信或者假装相信它，它解释了一切，而物理学却打开了无信仰的深渊。一个人在某个时间观察到的事件，另一个人可能会在另一个时间观察到？这听上去像是弗洛伊德的创伤理论，而非强有力的宇宙论的基础。今天我们必须自问的是：美国是否应该在即将于京都召开的环境峰会上支持减少温室气体？

　　我认为对这个问题的回答是一个响亮的"是"，因为有以下三个原因。第一，既然全球以太由非常细微的冰晶体构成，那么大气变暖就会导致月亮坠向地球，摧毁现代文明，正如赫尔比格所言，此前正是有一个月亮摧毁了亚特兰蒂斯。第二，我们必须意识到全球变暖的概念是由中国人并且为中国人捏造的，目的是为了让美国制造业失去竞争力。你自相矛盾，伊文森在亚当的脑子里说，即使伊文森会成为以堪萨斯为基地的科氏工业 [1] 的主要同盟，而该公司是世界上否认气候变化的始作俑者之一。没有矛盾律也没有排中律来管辖无意识。克劳斯回答。第三，因为远处微光中粗硬的云杉。因为"声音"中的"冰"。[2] 它在林中回响，压弯了枝条。根据最近一期《经济学人》，短暂的阳光在它上面投下火焰。我的爱人像冰，我像

---

[1] 全球最大的非上市公司，总部位于堪萨斯州，业务遍及多个领域，包括原油开采、炼化、贸易、管道运输等，还拥有北美最大的液化石油气加工集团。

[2] 指"声音"即"voice"这个词中包含了"ice"。

火焰。[1] 短暂的儿子。[2] 专家一致认为育空河塞满了冰。雅普拉河是一堆冰。卢万河塞满了碎冰。第聂伯河依然冰封。的确，在正在形成的星星的分子云中找到了冰粒，尽管全球变暖是十足的、非常昂贵的骗局！就像登上月球或者大屠杀。就像哥伦拜恩、桑迪胡克、帕克兰 [3] 和俄罗斯干预。当第一场雪落在托皮卡、柏林和布鲁克林，给室外一种巨大的室内的感觉，你必须有冬季的心情，必须把头转向窗台上堆积的雪花 —— 亚当按照吩咐做了，看见一只麻雀在细小树枝间跳跃 —— 回到你儿时的初始场景。

---

[1] 这几句话里混合了史蒂文森、斯宾塞和 T. S. 艾略特等人的著名诗句。

[2] 原文为"brief son"，与前面"短暂的太阳"（the brief sun）发音相同。

[3] 哥伦拜恩、桑迪胡克、帕克兰都是美国曾经发生过重大校园枪击案的地方。

霜冻使草变硬，而且，因为他的肌肉在寒冷中僵硬，他半睡半醒地想象自己被缠在一张网中，他必须迅速坐起来挣脱它。刚刚破晓，他大概离不再有余烬的火堆二十码远，独自一人。他闻到自己身上的木柴烟火、啤酒和呕吐的气味。他内心的一部分感到恐慌，不知如何才能回家，另一部分在思量着他是否被朋友们抛弃了，或者他们是否先认真寻找过他，这一部分压抑住了前一部分。他想到了电视语言：让他去死。但是他告诉自己，他们肯定尝试过了，他们找不到他，就认为他找到了其他人搭车。也许他们醉得忘记了谁跟谁一起来的。他站起来，关节咯咯响，他朝被他的身体盖住因而没有结霜、显得更绿一些的草上撒尿。他这辈子过得最好的一晚。

他的堪萨斯皇家队棒球帽在哪里？好多年他都想象着在半野外求生，在心里勾画出灌木丛之类的可以躲藏的地方，穿过没有围栏的后院的捷径，他记住了蒲公英、牛蒡和柳叶草是可以吃的，但他只认识第一种。尽管他睡在洗得干干净净的《星球大战》床单上，吃着他妈妈给他做好的饭菜，没有制作过一样他消耗和使用的东西，但戴尔还是觉得自己是受过训练的，或者至少在受训，准备迎接即将出现的紧急情况，而那种情况将证明某种很难具体说明的技巧是有用的。如果说他常常宣称自己是某种复合武术的黑带（九段），可以在屋顶上无声地行走，如果人们知道他说他被特种部队秘密招募，不能真的谈论它，如果他宁愿"离开"童子军也不愿暴露自己懂得生火、净化水、用鱼叉捕鱼和剖鱼等等技巧，那是因为想象中的纪律是战略，是弱法术，可以将他被人孤立的生活重新描述为一种不依靠他人服务的勇敢生活。沙漠迷彩不会消失在堪萨斯的树丛中，而是表明一种朦胧的融入一个帝国军队的愿望，这个帝国的敌人如此隐秘以至于无处不在。斯坦是他称之为最后一次真正战争的退伍军人，难道他不是说过你几乎从来看不到他们吗。

他的父母、老师、医生、同学总是要求他承认撒了谎，要对他自己负责，但是一种法术的价值不在于是否真实，而在于力量。戴尔和那些家伙不同，并非因为他的身份本身就是谎言——其实他羡慕的占主导地位的那些家伙也是，那些装成黑人的白人，许多人都是外科医生、律师、心理医生的儿子，他们驾车驶过托皮卡，在音响系统上播放震耳欲聋的图帕克的说唱音乐，他们那种着装和说话的腔调，他们滥用毒品和互相虐待的方式，无论如何不完美，却都是在模仿黑帮说唱及其录像带——而是因为他的身份未曾影响他的社交世界。戴尔拍拍口袋确认自己身上带着他总是带着的巴克折刀，如果他没有想到要去生火，或者用秋天无毒的莓果当早餐，或者根据太阳来确认大方向，那不仅仅是因为他办不到，而且还因为前一晚的经历，无论如何叫人困惑，都使得他的生存主义神话作为一种在社会上生存下去的战略——无论如何没有效力——变得不重要了。戴尔发现自己在饥寒交迫中醒来，离家很多英里之外，身处有生以来他所见到的最接近野外的地方，而且是正当他从进入青春期以来第一次瞥见团体生活的光亮之时。

他循着草地上的轮胎痕迹走到泥土辅路上，沿着道路走，一直走到一条宽点的柏油路上。一辆皮卡经过他身边，他琢磨着是否或者如何要求搭车。他尝到一点皮卡掀起的灰尘，令他感觉更渴。他相信自己的其实是错误的直觉，朝右转，在路边走了半英里，然后公路结束了，变成一条小道。他返回头，经过他起先第一次见到柏油路的地方，朝南走，树木在左边，旷野在右边，不时在溪流旁边见到一丛灌木，远处有个农舍，他不会去那里。这样走路感觉很好，他那双美妙的靴子落在地面，惊起几只野鸡，疼痛减轻了，尽管这让他的饥饿感更加强烈。他还是头一天午饭时吃了三个花生酱三明治。很快他就到了一个三岔路口，再次必须猜测朝哪个方向转，再次猜错。十五分钟后他意识到自己走错了，下坡路的尽头是一个湖泊，在此时已是十分明亮的白昼光线下闪烁。

他又返回，想象着戴维斯和戈登在笑，我们把那个娘娘腔留在那里，但是又轻轻摇摇头，笑声变成了路边树上椋鸟的叫声。等他回到上次转错弯的那个十字路口，他想到了妈妈。她从圣弗兰西斯医院下晚班回家发现他的床是空的之后，戴尔断定她会以为他已经死了。想到这个，他不由自主地大声笑起来，但并不觉得好笑，但愿他能有办法给她打个电话就好了，对着空中说出小时候他们灌进他脑子里的电话号码：234-2226。他边走边一遍遍地重复这个号码，如某种行军歌，直到抵达东250公路。这里有几座小谷仓和一个办公室，停车场空荡荡，戴尔穿过街道，试图透过百叶窗朝里看。门上有个牌子说是渥太华合作商店，一个毫无意义的词。戴尔决定继续走E250公路，走了一个小时。他经过一处，有个白色十字架钉在路肩上，还有一把塑料花。他想，这是我爸爸死去的地方，尽管他知道这不是的，这是昨晚诺瓦克他们离开我以后翻车的地方，柏油路上有一层汽油。

几辆卡车经过他身边，他觉得有一辆慢了下来，似乎会停下来问他，但其实并没有，人家为什么要这么做？他没有遇见其他走在路上的人，虽然隔很长一段时间会有房屋，坐落在围栏围起的田地之间，戴尔看见一个窗户后面有人在动，想着如果他要去敲某个人家的房门，该怎么做，虽然他想不出来他应该说什么。他看见街边的路标就大声念出来：禁止通行区。鸡鹰在电话线杆顶上朝他看。他在路边看到一道干河床，走下去，在岩石中寻找化石和箭头，向自己证明：他并不害怕也没有迷路，只是在探险。他把一个曾经可能是海百合茎的东西装进口袋，继续上路。他想象自己进入了《塞尔达传说》[1]，试图从上往下看自己，就像是在游戏中那样，穿过将所有层次联结的主世界，他的生命仪呈现心脏线条。这片风景充满隐藏的钥匙、魔剑、回力镖，可以杀死或者弄瘫戴尔的敌人，只不过它并非真的如此。

等到E250公路与N1600公路交会时，他已经走了两个多小时，焦渴感取代了饥饿感，身体的疼痛更多是因为睡觉姿势不对而不是因为走长路，但他感觉自己的脚可能起泡了。N1600公路上经过了几辆汽车，他左边有一幢废弃的砖房，右边有个新一点的拉毛粉墙教堂，这是进步：他在拉近乡村和城市之间的距离。但是当戴尔读到院子标识上黑色的磁贴字母——斯图尔联合卫理公会教堂——他嘴边出现了嘲弄的微微抽动。

在堪萨斯东北部，每一个年轻人都知道斯图尔是地狱的七门之一，在城镇墓地的某个地方有直接通往冥界的台阶，老的石头教堂里没有天花板，雨却从来不会落下，即使下暴雨，如果你拿着十字架形状的玻璃水瓶朝教堂墙上扔去，水瓶也不会碎裂。撒旦教徒依旧在此聚会，举行他们的仪式，包括用人献祭。这种传说吸引了游客、想要展示胆量的孩子，令本地房地产业主和警察感到恼火，也是篝火旁讲故事的素材，死亡金属

---

[1] 塞尔达传说，一种系列动作冒险电子游戏。

音乐和唱片封套的主题。尽管戴尔在中学大部分时间都穿着黑色衣服，活页夹上有凸起的五角星，用左手魔法威胁他的敌人，但他并非魔鬼崇拜者。他不崇拜，自从光明环蒙泰索里幼儿园时代以来他害怕的是被迫受到召唤，现在邪恶的阴谋暴露了，他度过的最好的一个晚上结果只是烟幕，是把他吸引到这里来的计划的一部分，哪怕只是为了提醒他，他既拥有他无法控制的力量，也被这个力量掌控，仿佛他背后有什么东西在驱使他。那些家伙究竟是这一计划中自愿的行动者，还是被动的工具，戴尔现在还不知道。

他从置身的地方能看到老教堂和墓地，还有石头废墟和一两排墓碑，他想朝左转，避免经过它们，但是他凭直觉感到托皮卡在右边，所以他顺着 N1600 的路肩朝那个方向跑去，直到远远离开这块地方，然后停了下来，双手撑在膝盖上，大口喘气。现在他渐渐感到了疲倦和怀疑，能够想起记忆中前一天晚上其他人话语中的嘲弄，想象着他们会要求他做出的解释——他母亲，J医生，甚至还有斯坦。他泄了气，又开始走起来，估计他肯定还有至少两个小时才能抵达托皮卡，而实际上如果按他正常步伐的话他要走六个小时。

戴尔继续在路肩上走着，走了几个世纪，几乎难以察觉的卷云在他上方移动，后来他又走到路边的平平的青草地上。一辆汽车经过之后，静寂感更加强烈了，远处鸟鸣可闻。有房屋了，房屋之间的距离在缩小，还有了一块块棕色的麦田、绿色的大豆田，开阔的视野，直到有一阵子各色鲜花盛开的围栏阻挡了视线。他没有经过小饭店或者酒吧，没有人从路过的干草车上扔给他一美分，让他可以停下脚步去吃个面包或喝点啤酒。他与一个铁丝围栏旁一头孤独的母牛目光相遇，它耳朵上有蓝色塑料标签，其他牛聚集在远处，有些跪在地上。他又走了一个小时，为何会有一棵树开着紫色的花？在他心里，他想象自己敲了一扇门，要点水，用一下电话，我要打给我妈妈，对方付费，但是他能够感觉到羞辱，尽管他还不能完全想象出羞辱的形式。滚出我的地方，戴尔经常听人这样对他说。但他脚抽筋了，主要还是因为渴。他看见离公路不远的一个仓房旁边有个黄色龙头连接着水管，来不及思量会有什么危险，就蹲在它旁边，喝着可口的水，喘口气又继续喝。他恢复了活力，跑回路上，风刺疼了他被水打湿的面颊，斯图尔像梦境那样退去了，也许他一直就知道那地方靠近克林顿湖，为什么要谅讶，她的手指穿过他的头发。

戴尔感到宽慰，景色在兜圈子，尽管类同的过程以不同速度发生，他已经三次经过那幢黄色房屋，巨大的美国国旗，知道每当公路上升到某一点，就能在左边看见一个银色的水塔，位置不变，好像月亮那样，云朵稳稳地在屏幕上移动，形状重复出现，就像朝下俯冲的鸟的鸣叫声，早期电子音乐，这里又出现了那棵鲜花盛开的树，戴尔，戴尔，戴尔。这让他想起了他们开车去科罗拉多探望叔叔的情景，他在后座上时醒时睡，他的父母亲在播放兰迪·特拉维斯[1]的磁带。"只是在等待交通灯变换。"戴尔每隔大约六十英里醒来时都看见同样的一片餐馆、加油站和旅店，感觉像是无论他们在哪里下高速，都置身于他们刚刚离开的那个小镇，尽管现在一切都由他的步伐决定，他可以慢放或者快进他视为录像带的东西。

时间就是这样流逝或没有流逝，一直是同一个小时，直到高草变成了住宅小区房屋的草地，开始另一种重复，很快就有一群群小孩从五颜六色的塑料游乐设施或者蹦床朝他看，直到道路重新变得开阔，有了更新的路面，四车道大路两边是巨大的仓储超市和车行，气球人在风中张牙舞爪。他现在渴望一家麦当劳，热水，熟悉的模具座椅的轮廓，但附近有麦当劳的可能性越来越小，他没有看到拱门，只能继续往前走，相信他周围的环境——就像所有预制的建筑必然看上去很熟悉那样——很快将融入托皮卡的某个区域，到了那里他就能认识路了。

他经过公寓楼和办公楼园区。一对跑步的人跑到街对面去避开他。在堪萨斯，过了十一二岁之后还骑车出行已经足够丢人，而除非穿着相应的衣服有意锻炼，或者是正在从自己的车里进出，那么步行就等于表明哪里出了问题。曾经有多少人摇下车窗告诉戴尔他是个基佬？他几乎要去阿比餐厅，但还是决

---

[1] 兰迪·特拉维斯（Randy Travis，1959— ），美国乡村音乐和福音音乐歌手、作曲家。

定不如回家休息，不去索尼克汽车餐厅或者汉堡王或者温蒂汉堡店或者沃尔格林药店或者快客便利店或者狄龙超市，戴尔觉得这一连串建筑的顺序似乎都变了，仿佛托皮卡的句法被打乱了一遍，而术语还是以前那些。

他开始一瘸一拐，他的右脚踝感到刺痛，也许他过去什么时候曾经扭伤过，现在，他幻想，在他走入一个略微不同版本的托皮卡时，托皮卡起了变化，成为没有了他的托皮卡。他家的房子还会在那里，但会在另一条街上，他妈妈在房子里但不会认识他，菲尔普斯们还会在抗议，但会在一个不同的角落举着不同的标语牌。有什么我可以为你效劳的吗，斯坦会带着怀疑的语气说——如果他能够找得到军品店的话。他的灌木丛在另一个公园里，他藏好的口粮消失了，跟J医生的谈话从记忆中抹除，油画里的小丑变成了天使。就好像整个小城或他自己都穿过了这个圈，这同时意味着在这里他爸爸可能还活着或者成了僵尸，他以为自己留在了斯图尔墓地的眩晕又回来了，要么就是他已经回到了斯图尔，台阶向下延伸。你能在一个托皮卡给另一个托皮卡打由对方付费的电话吗？

他身边的建筑变得特殊起来，足以令他觉得陌生或者至少不再是那种连锁式的诡异，他感到难以形容的宽慰，因为迷路而感到宽慰，他是在这个世界里迷失，而不是有一个与它相似的世界在时间上还原了。恰如其分。他抵达一片相连的石头建筑，一条大街。他读着标识：自由州酒厂、自由剧场、向日葵户外商店、天堂咖啡馆。全是只此一家的店铺。戴尔此时几乎是拖着右脚和肿胀的脚踝在走路了，他慢慢地认出这是劳伦斯城区，他小时候经常到这里来，尤其是在他爸爸有时带他去看堪萨斯大学橄榄球赛后，我们的一个跑卫挣脱时观众的吼叫声，拉拉队员们排成金字塔形，然后是比萨和马萨诸塞州大道上的"吃豆小姐"[1]，现在他正在这条大道上一瘸一拐地走着，寻找着电话亭，此时离家的距离同六小时前他从地上爬起来时一样远。他路过时大人们把自家小孩拉向自己身边。

---

[1] 吃豆小姐，通用电脑公司开发的街机游戏，1982 年推出。

纽 约 学 派（乔纳森）

我们在肯尼迪机场上空兜圈子，等待降落的许可。交通堵塞是天气造成的，我们处于暴风雨的尾部，悬浮在波动的气流中。我们在云层中进进出出。一度可以看见下面的城市灯光了，然后又被昏沉沉的黑暗包裹，然后又看见了灯光。看见附近还有其他飞机在兜圈子，这种感觉很奇怪，像是从外面看我们自己的飞机，仿佛我能够在一个亮灯的椭圆形窗口瞥见我自己，同时是第一人称和第三人称视角。我们先加速然后又慢下来，上升然后又下降，也许在寻找更加平稳的气流。每隔五或十分钟就会听见机长的声音：抱歉，各位，希望飞机能很快着陆。机上广播的内容听上去彼此没有什么区别，最后变成了同一个广播，这让时间过得很慢，或者让时间无法流逝。乘务员早就不再在舱内走动收拾垃圾了，他们告诉我们收起小桌板，将座椅靠背恢复到垂直状态，然后坐在自己的位子上准备着陆，但飞机一直无法着陆。我幻想他们已经离开了飞机，同机长和副机长一起，只剩下我们乘客在听录音。最终我们会耗尽燃料，坠入皇后区。客舱昏暗，有些人居然神奇地睡着了 —— 包括我身边这名个子瘦小的女人，她盖着飞机上的蓝色毯子，跟医院的毯子差不多，学校发的那种。她张着嘴打鼾，鼾声听上去像是个子大得多的女人，仿佛有人在配音。其他人在读报纸或者精装大开本恐怖小说——但是他们如何读得下去呢？——借着头顶上的灯光。也许他们只是假装在读。我经常怀疑人们只是在做着读书的动作或模仿阅读的静止状态。我小时候是否曾经假装阅读呢？也许借此躲避什么——我父亲的愤怒？读研究生时走过图书馆，我会想：如果我合上你们的书，你们没有一个人能告诉我刚才读的是什么。影子跟读。我自己读书时，如果有人在看着我，我会极度敏感，觉得他们能看出我是在假装沉浸在书中，这当然更使我无法集中注意力在书上。

飞机猛地跳动了一下——行李舱中的行李碰撞着。有些人倒抽了一口气——然后平稳了。我紧紧抓住两边的扶手。我通常对翻滚的气流无动于衷，现在对自己的不适感到惊讶，但是过去我几乎从来不独自乘飞机，总是同简和亚当在一起，他们两人都讨厌坐飞机，害怕颠簸。或许我只有同不放松的人在一起时才能放松自己，那时我知道需要我保持镇静，镇静下来？现在我独自一人，跟睡觉的人和假装阅读的人一起绕着城市兜圈子，被乘务员抛弃，远离需要我的人，我感觉到只能被形容为恋家的情绪。我们在天上退化了。我想要我的母亲，妈妈，妈咪。

我第一次乘飞机进入纽约时，她坐在我和我弟弟中间，以防我俩彼此争执。我那时十六岁，未来的革命家十四岁。我们好好打扮了一番。那时大家都穿上最好的衣服坐飞机，好像去神殿或者教堂，去触碰神的脸庞。现在你会看见一大家子人都穿着运动衫、睡衣，带着那种颈枕，也是退化的一种形式。螺旋桨的声音震耳欲聋。机舱里香烟烟雾缭绕，每个扶手上都有烟灰缸。我记得那时机上餐食是精心制作的，有真的银质餐具，托盘上还有朵小小的鲜花。也许当时我们坐的是商务舱，如果那时有商务舱的话。我们在台湾待了两年之后回到美国，我父亲是低级外交官。我不记得为何他单独飞回家，他用了什么借口。

50年代在台北，即使低级外交官也生活得像个国王：厨师、仆人、司机。我们住在一幢很大的美式平房里，附近全是几乎完全一样的房屋，全都是外国人住着——主要是美国人，几个英国人。刚剪过的草地洒了农药，闪着光。头一天我还在切维蔡斯[1]，在我们家的侧院里用气枪打松鼠，跟杰姬·凯普敦练习亲吻——她家同我们隔着几幢房子，学习驾驶帕卡德轿车（我父亲教我慢慢绕着百货店的停车场开车，少有的两人一起笑的时刻），第二天就有人开着闪亮的黑色克莱斯勒帝国轿车带我穿越台北繁忙的街道，驱散黄包车、街边小贩、山羊和母鸡——张开车送我去当地的美国学校，他对谁都按上一通汽车喇叭，他称呼我这个一脸青春痘的瘦长孩子为"少爷先生"。（当你看见一辆闪亮的新车时，你是否曾经停下来想过，本世纪之前的成千上万代

---

[1] 切维蔡斯，马里兰州的一个城市。

人，即使是世上最有权势的帝王也无法拥有这么一辆汽车。他们也没有乘坐过飞机。）美国学校没有中国人，除了看门人，也许还有一两个秘书，甚至都不教中文，只有法语和拉丁语。学生基本上都是军官的孩子。我立刻迷恋上了莉莉·塞尔基，她肩膀的曲线与乳房浑然一体。我的零用钱，用皮筋扎好的一沓疲软、花里胡哨的钞票，对于当地人来说是一笔小小的财富。仆人林会悄无声息地出现在我们铺了白色地毯的宽敞起居室里，用一个银盘给大人端来金汤力，给小孩子端来柠檬汽水。壁炉两旁摆放着红玉雕刻的抬起前腿的马。墙上挂着一幅卷轴山水画，画着站在树上的鸟，嘴里叼着一颗红莓，但也还有一些不合时宜的印象派便宜货，是我们运过去的，还有我妈妈的夏加尔印刷复制品。我们后院有个游泳池。林端着他的银托盘又来了，酒和饮料旁边是小木碗装着的糖渍坚果。我妈妈身穿藏青色连体泳装，戴着猫眼太阳镜，在躺椅上翻阅着一本时尚杂志。（有次还瞥见了她泳装边上露出的阴毛，一阵狂怒，她居然"让"我看见了这个。）为什么她从来不下水？你早上醒来刷了牙，等你回到房间时你的床已经铺好了。晚餐有很多道菜，包括鸭和红鲷鱼和红烧猪肉等，但任何时候我们这些小屁孩都可以举起手来要一个汉堡包。你每天晚上都可以吃圣代冰激凌，餐桌转盘上有装着各式浇头的圣代：杏仁薄片、搅奶油、糖屑。林会亲自放上樱桃。

我们希望很快就能让你们着陆，各位旅客。我觉得爸爸的工作就是为比他自己更加重要的类似人物安排各种访问。他的责任是确保 X 先生得到他需要的一切，在"全国大饭店"[1]有合适的带阳台的房间，有最可靠的能说好英语的司机，万一 X 太太胃痛不可避免地发作，会被送往合适的诊所，让夫妇俩一起摆拍出合适的照片：我们在龙山寺前，我们在大龙街，在孔庙（看上去是古迹，实际上是 1939 年重建的；"纪念与遗忘之间，"克劳斯的声音，"如此细微的界线"）。我们以为爸爸工作性质之模糊证明了他的重要性。我弟弟和我嘀咕着：也许他是中情局的？周围有些人的确是中情局的，肯定是的，包括吉姆·塞尔基，他中文很流利——这一点绝对暴露了身份。吉姆几乎从来不在家，总是出差，目的暧昧。（可怜的保罗·康威是某种商业顾问，他打定主意要学会中文，令所有人印象深刻。他关起门来从书本上学习中文。等过了几个月出来之后，他说起来滔滔不绝——但说的是广东话而不是普通话。哎呀。台湾人只能对他眨巴着眼睛，笑一笑。反正人家也听不懂他的口音。）

银托盘、饮料小推车就像飞机上的一样，只是更好一些。幸福时光是五点钟，周末会更早些。人们总是过来串门，要么就是我们去串门，坐在跟我们家差不多的游泳池旁，在庭院灯的光照下水波湛蓝。别人家的"手下"端出新鲜的冰激凌、柠檬水，更多汽水。清理和更换烟灰缸。要放音乐吗？《奔放的旋律》[2]？每个大人手上都拿着香烟和威士忌苏打或马提尼。我不能肯定我们

[1] 位于台中市中心的大酒店。
[2] 1955 年创作的流行歌曲。

小孩是否觉得大人们有点醉了，但我们意识到了他们的距离，那种歇斯底里的临界感。就像《花生》漫画[1]里面大人的声音只是些"哇哇"的嘈杂声，也许是小号或长号的声音。时不时跟我们说一两句话，但在我们听来只是无意识的有形声音。或许是由于我的怂恿，我弟弟穿着衣服一头栽进一个邻居的游泳池，溅起水花浇透了这所房屋的主人，结果只是在醉醺醺的大人中间引起哄然大笑，包括我爸，但如果是在马里兰，他会因为这种恶作剧用皮带抽他一顿。莉莉·塞尔基暗金色的头发紧紧盘在头上，有天晚上坐在我妈妈身边。有人给了莉莉一杯半真半假的酒精饮料，一点点金酒混在苏打水里。她对上大学有什么打算，某个外交官问道，他勉强做到说话不大舌头，为了听得更清楚些而俯身靠近她，一只手落在她大腿上。有天晚上我爸从房子转角那边过来，挽着别人的妻子，"你一定要来看看这片紫藤"，然后停下来欣赏她的项链，从她的锁骨上拿起那个小小的挂坠 —— 结果发现我在灌木丛里，拿了林勉强答应给我的一根烟抽。我爸只是把烟从我嘴上拿走，说他来抽完，命令我回屋里去。如果是在美国，我会被关一个月的禁闭。

我们是世界上最强大国家的代表，我们的每一个细胞都是力量，看看那些本地人是如何对我们点头哈腰的吧，他们对我们文明的力量抱有感激，未来是我们的。但我们也是犹太人，是我们

---

[1] 《花生》是一部于 1950 年开始在美国报刊上登载的长篇连载漫画。

这个街区、我们这个群体、我们这个社区仅有的两个犹太家庭之一，焚尸炉的运行不过是仅仅十五年前的事情。后来我还用图谱勾勒出了失去的远亲。我们离广岛不到一千英里，离长崎更近。（绕着肯尼迪机场兜圈子时，我想象我们的飞机上有个炸弹舱，我们在等待时机让弹头落下。）我从来没听人提到过集中营或者原子弹 —— 在美国人家里不会，在台北的美国学校也不会。集体付出巨大努力来抑制谈论它们的冲动，这就使得酒精不可或缺了。关于未来强烈但却空洞的乐观精神是对抗并不遥远的过去的唯一保护，过去所有的价值体系都分崩离析，遭受了辐射或者毒气的毁坏。公众的抑制，个人私下的抑制：我知道，但也不知道的是，我妈妈病了，正式的说法是她在美国就生病了，但是现在好些了，驻扎国外数年正好可以让她好好休息。但是我们这些孩子知道她的病没有治好，尽管从来没有人 —— 快要到最后了都没有人 —— 在我们面前说到癌症这个词。那两年我母亲看上去不错，但是她的体重波动厉害，她的笑容太一成不变了 —— 太像一张面具，就像一名家长竭力隐瞒她有多么害怕颠簸的气流。

　　我是机长。詹姆斯·图米，海军少将之子，台北美国老虎垒球队队长，该队只在岛上同其他国际学校比赛过，有个叫罗伯特·拉塞尔的孩子总是跟着他。拉塞尔是个脑子迟钝的大个子，头发剪得短短的，好像莱尼跟着图米这个乔治[1]，只不过图米总是

---

[1] 莱尼和乔治是斯坦贝克小说《人鼠之间》中的两个人物。

怂恿罗伯特，怂恿他吃蚂蟥或抓女孩的胸脯或者把泻药放在老师的咖啡杯里。有一天，在一个学校附近的小山坡上，图米把自己那把点 22 口径步枪给拉塞尔，吩咐这男人—孩子射杀当地农夫牛群中几乎所有瘦骨嶙峋的母牛。我逃跑之前看了一会儿，眼泪都出来了，我这个没用的人。砰的一声，更像是塑料玩具枪而不是真正的武器发出的，然后一只母牛会单腿跪下，躺倒，安静得出奇，而图米不断对拉塞尔喊叫着发号施令，像个指挥官。（每只濒死母牛的眼睛都会说话，"两只大大的棕色眼睛。它沉默的凝视表现出尊严、顺从、悲伤，还有对游客" —— 对美国人的 —— "高贵而庄严的蔑视"。[1]）

那个农夫的生活，或至少是生计，被毁了，第二天他来到美国学校，令所有人意外地呼叫哭喊。我听说他不要求赔偿，也没要求惩罚拉塞尔，却只是要求有人赔礼道歉，当他的面赔礼道歉。我不记得具体怎样了，只记得孩子们假装说着中文取笑他，杰瑞·刘易斯[2]那种胡言乱语，模仿他如何双臂交叉，拒绝让步，直到警察来把他拖走。（从那些美国青少年嘴里吐出来的一半话都是种族歧视的语言。）也许有人从一卷花里胡哨的钞票中扯了几张给他，叫他滚蛋；也许他们什么都没给他；也许他们打了他一顿。男孩子总归是男孩子，我父亲说。男孩子总归是男孩子，孔

---

[1] 这段话出自赫尔曼·黑塞的《一个名叫齐格勒的人》。

[2] 杰瑞·刘易斯（Jerry Lewis，1926—2017），美国喜剧演员、歌手、电影制片人、编剧和导演。

夫子说。（有无数关于孔夫子的笑话。记得刷牙，孔夫子说，等等。）另一方面：一种古老的抑制。我记得两三个本地的十来岁的孩子和几个老虎队队员之间的僵持，也许那几个队员是图米的朋友。某人偷了某人的自行车，或总而言之有人受到某种指控，详情不记得了。当拉塞尔和另一个老虎队队员开始揍一个台湾孩子时，那孩子就这么挨打，躲闪着，但一下也不还手。他的朋友站在那里，吸着那种本地香蕉牌的香烟。不光是被动，干脆就是无动于衷。没人会去打一个白人孩子。学校里真的有黄皮肤孩子参演戏剧吗？

　　我们可以想去哪里就去哪里，但我们永远无法穿透我们的权力投射的形象，所以在某种意义上，我们哪儿都去不成。那么多事情，我全是通过帝国窗口的玻璃看到的，中国人当然让它保持一尘不染。即使我们在大人要我们避开的街上闲逛时，人们也会给我们让路，不想惹麻烦。我们在经济体中甚至都不存在；吃一碗馄饨，我们要么不得不支付五倍于市场价格的钱，要么就是免费吃。美国是一个巨大的机构，它没有外部。随着日子一周周过去，大人离我们越来越远。我成了汉克·塞尔基最好的朋友——这种友谊有夏令营一般的感觉，迅速的、迫不及待的亲密。塞尔基远比我更爱冒险，他甚至还会说一点中文，他的确帮助我混得更好了一些。何况我还对他的姐姐着迷。我在他家过夜时会半夜偷偷溜进浴室，把脸埋在她的浴巾里，呼吸着她的普雷尔牌洗发水气味，还有从她身上散发的湿气。我会尽量悄无声息地手淫，在洗脸池里达到高潮。我总是注意冲洗马桶，以防有人在偷听。

很快塞尔基一家就成为我们在台北关系最亲密的朋友；他们会不先打电话就上门，我们也不用表现得像在"待客"，大家用不着换衣服就餐。很快我甚至都用不着藏起我的香烟。那次我爸逮着我抽林的香烟时，他是跟埃莉诺·塞尔基在一起吗？埃莉诺是我妈最亲密的朋友。她们每周有三个下午为台湾女青年教授免费的打字课。她们会一起购物，一起做外交官妻子们做的事情——我记得她们一起去上竹编课程，我们的起居室里堆满了竹篮。林总是确保篮子里装着新鲜水果。我现在仿佛还能看见长长的红木咖啡桌上放着柿子，我父亲后来把这张桌子给了我和蕾切尔。

汉克精力充沛。他会说服一名台湾卡车司机让我们搭车去新竹或者附近的城市，我们会在夜市上喝墨鱼汤和啤酒，然后搭车回家。如果我没记错的话，你可以拦住几乎任何人搭上车。有次我们逃课，跟一些捕虾的人去浅水湾出海。海不怎么平静——"中等颠簸"，并不比肯尼迪机场上空的气流更糟糕——结果我靠在船边吐了一个小时，而那些专业人员抽着烟，看着我，脸上是会让我想到动物园游客的那种混合厌倦和着迷的神情。

然后还有北投——汉克和我时刻想着、时刻谈论着北投。北投的舞女。或"佩投"[1]。那也许是另一个城市，也许只不过是

---

[1] 此处北投有两个拼法：Beitou 和 Peitou。

台北的一个区。那里的温泉很有名，你可以说你去那儿是为了泡温泉，但是大家都知道有些澡堂是妓院，你可以花钱"戏水"。汉克声称他已经在一个"失足女子"那里失去了处男之身，这个谎撒得太明显了，我懒得去跟他争论。更多的是害怕而不是兴奋，我觉得我终归要去那里拜访一下的，这不可避免，我必须对自己负责，以成年人的状态回到美国，而这是唯一可想到的办法。汉克同我至少去了那个区域两次，胆小退缩之后，我们就决定称之为"侦察"。对这整个事情我们两人都很清醒，几乎可说是严肃，好似鼓足勇气准备去参加战斗，或者让别人给我们做外科手术。

事情真正发生是在我中学第一年结束时，其实我当时就有些糊里糊涂，因为喝了一瓶金门——那种粮食酒，舌尖上的感觉像化学溶剂。房间里有木板墙壁，床很低。一股线香的气味。那个瘦瘦的女孩跟我年龄差不多，留着有意接近西式的长发发型，有刘海，她仰面躺下，身上的胸罩和短裤都雪白。或者她裹着毛巾？我站在那里，僵硬着。最后她起床来到我身边，舔了我几秒钟，让我眩晕，然后开始手活，非常若无其事。我记得低头看她。我盯着她的发缝，雪白的头皮。我担心自己醉得太厉害了。然后我突然意识到是我在喊叫，某种快感似的东西撕裂了我的身体。我闭上眼睛，更好地想象莉莉。房间有个水池，她去洗脸洗手，然后回到床上点上一支烟抽，我在一阵轻松和愧疚感中说着天知道什么废话。我说了又说。然后汉克和我在街上奔跑——在下雨或刚下过雨。我们脚底一直在淋湿的石头上打滑——因为大获全胜而欣喜若狂。我详细描绘着"我的"那个是如何在我们做爱时愉快尖叫的。

我竟然会感到愧疚，这叫人吃惊，而且还很强烈，我还有想要坦白的冲动——具体来说就是要向母亲坦白，我觉得她才可以赦免我。我记得总是想要接近她，几乎要说出来我去过什么地方，即使不说我做了什么的话。我走到她坐着读书或假装在读书的绿色大休闲椅旁，站在她卧室门口，当时她正俯首在书桌上写着寄往贝塞斯达的明信片。还梦见过北投或者佩投那个女孩在晚宴时按响门铃，手伸出来，拿着小小的礼品包装盒。林让她进来，一片寂静。是什么？结婚戒指？精液？不知为何这种愧疚感与我所知道的某些事情牵扯在一起。我知道，至少一部分地意识到我爸爸和埃莉诺之间的事情。我做了某种与性有关的错事，成为了大人，而这个家里的大人，以大人的方式，正在背叛我妈妈，她有病，是我们让她生病的。还梦见汉克和我回到澡堂，进去以后却发现那是我父母在切维蔡斯的房子，妈妈在那里迎接我们，问我们等待的时候是否要喝一杯根汁汽水。同时，我也想让莉莉知道这件事，觉得这会让我在她眼里显得有经验、成熟、有神秘感。我越来越对她着迷，但只是暗地里，因为她是埃莉诺的女儿。青春期的欲望纠缠在各种相互交织的关系里，其多元决定性充斥了几乎所有的人际交往。我妈妈和爸爸也在吵架了，我们在楼上听到过，提高的嗓门，一个玻璃杯在从来没用过的壁炉上碎裂。我很好奇我爸爸和埃莉诺在哪里碰头幽会。酒店？大使馆？无论

莉莉知道什么 —— 关于澡堂，关于我们的父母 —— 她的确开始对我感兴趣，或至少在容忍我，无论她是否更喜欢图米这种类型。在竹子湖观景台上同她亲热。看日场配音电影时在电影院人造的黑暗中试图解开她的胸罩。也许我们看的是《黑湖妖谭》[1]。有天晚上在克莱斯勒帝国车的后座上我一根手指滑进了她体内，当时车子停在车库里。莉莉·塞尔基 —— 尽管她不想同这个沾边 —— 还是在我妈妈去世两年后成为我没有血缘关系的妹妹，埃莉诺终于离开吉姆嫁给了我爸爸。他们在市政厅结婚，汉克是唯一的证人。第二年，我遇见了简。

*

还有一架飞机曾经绕着肯尼迪机场兜圈子等待着陆，那是在1961年，我第一次从空中接近这个城市，我剪得短短的头发靠着椭圆形窗户，玻璃因为螺旋桨而震动。苏联刚引爆了沙皇炸弹[2]，当时世界上最大的人造炸弹，在我看来所有的云朵都像蘑菇云。另一架飞机兜圈子等待着陆是在1991年，我最后一次飞入这个城市，机上刚刚开始禁烟，简和亚当在我两边，西玛和她的家人坐在两排之后，对伊拉克的空袭进入了第二十天。一丝西玛的香水味 —— 如果是香水的话 —— 不知为何在这污浊封闭的空气中

---

[1] 《黑湖妖谭》(*Creature from the Black Lagoon*)，1954年环球影业发行的怪兽电影。
[2] 苏联制造的氢弹，总共制造两枚，其中一枚于1961年10月30日在新地岛试爆。

依旧可以分辨；檀香、雨水。一点点来自另一个世界的漂浮的印记。我看着她经过我们的座位去厕所，穿过一阵动荡的气流，颠簸的气流并没有影响她步伐的平稳，她的手臂没有用于努力保持平衡，而是伸到脖子后面，确定挂坠还在，调整了一下。那是一枚古代钱币，也许是希腊的，黄金镶嵌的一德拉克马，但她通常总是把挂坠藏在后面，就在脖子下面，所以看上去好像她只戴了一根细细的项链。她说话时，可能会伸手到后面去摸，把它移到前面来。如果她在谈论什么紧张、亲密的事情，她可能还会不假思索地顺从孩子般的冲动，把它放到嘴里，轻轻咬着，仿佛在检验金属成分。也许这只发生过一两次，也许我把这个形象圈在了脑子里。

简的书出版后，基金会校园里很快就发生了变化。我经过西玛身边 —— 我刚刚结束与汤姆博士的会面 —— 没有注意到她在那儿，在钟楼对面的长凳上抽烟，她叫了我的名字。她说得很平静，仿佛允许我假装没听见。我立刻知道我不应该回头的。下腹部的感觉，一半是焦虑，一半是骚动兴奋。我脑袋里有个声音轻轻地说："别。"别什么？她是我妻子最好的朋友，我们两家大部分周末总在一起，我们以前聊过上百万次了。她极有魅力，这个不容置疑，但我并没有特别动心。我们两人不合适。她是个优雅的为名人提供服务的心理分析师，我只是个让失落的孩子敞开心扉的嬉皮士。

一直都不动心，直到动心。我坐下来，我俩闲聊着，但是现在我们之间的几英寸全是静电。我想象，不，我意识到她白色丝质长裤下的大腿。我几乎无法直视她。我盯着钟、树，每一片树叶的轮廓都比几分钟之前更加清晰。那次谈话——也许持续了二十分钟——的内容不记得了，但那是我第一次注意到她伸手到脖子后面去摸挂坠，把它移到前面来。这表明一种不同，标志着一种转变。这就是开始，我们的会面，我们围着场地兜圈子。私密的，但不避众人耳目。

起初，埃里克是我们的话题，也许因为这既安全也不安全。这表明我们的关系是有限度的，但也对它形成了挑战。"我是否告诉过你我们第一次相遇的情景，他的女朋友同我一起上过课，有点认识我，上课时我们总是有意见分歧，那是心理分析和文学课，那次她在一个研究生派对上喝醉了，她牙齿上沾着红酒，坚持说我在对他抛媚眼（很美的词，虽然那时就已经过时）。实际上我几乎都没注意到他，我肯定对他没有性方面的兴趣。但是他女朋友醉得那么厉害，那么固执，等她跟朋友们气鼓鼓地离开后，他就到我这里来道歉。一切就是这样开始的。"那个故事的寓意是什么，那段前历史是什么意思？她同埃里克的关系不牢靠，基于认识错误？所有的欲望在某种拉康[1]意义上都涉及身份认同错误？人们将自己的恐惧和欲望投射到西玛身上？我不习惯思索，不习惯深陷于思索，分析的螺旋，但是同西玛在一起待一

---

[1]　雅克·拉康（Jacques Lacan，1901—1981），法国精神分析学大师。

个小时足以引起七十二个小时痴迷的思索。有天晚上，很晚了，简打电话问埃里克一个有关亚当的医疗问题，我明白了我的意识处于电话的另一端，错误的一端：我同妻子和孩子在一起，但是我心里却想象着西玛在埃里克身边半醒着，她的头发散落在枕头上，嘴唇微微张开，肩膀与乳房之间的曲线。

我的作用是倾听。她倾听所有人说话，但是她对我说话。人们认为我的天赋就是让别人感觉到有人在听自己说话，但是在她这里却更复杂一些，涉及移情、越轨：她通过我跟克劳斯说话，也许她是在通过我渴望他，只是我的身体与她同龄。我能感觉得到。她告诉我她觉得不能告诉简的事情，通过邀请我进入亲密关系而惩罚了简，因为是简让她有了这种感觉。一旦她俩的"咨询"使西玛处于治疗师的位置，简成为病人，西玛就再也无法像过去那样同简分享她自己的情感体验。西玛对此心怀不满，无论这是否部分由她自己造成。这些关于简的爸爸的谈话搅动了西玛同自己父亲的窘迫关系。过去，简本来是西玛会倾诉这些感情的对象。她们本来可能不会有什么问题，最后她们可能会自己重新调整，如果简没有出名的话。但是那本书突然畅销，西玛感觉她成了牺牲品：她消失在治疗师的角色中，帮助简治愈，而简却得到了那种她自己的父亲可能最终会看重的名声。西玛说她嫉妒简有我 —— 一个倾听的人，一个知道如何把握感情的人，而对于埃里克而言，一切都是多巴胺或者血清素。你只需要保持化学平衡，找到魔力药丸。这就是为何西玛的爸爸赞成埃里克（"埃里克是我父亲支持我做的唯一决定，是他似乎注意的少数几个人之一"），这也是为何他们在婚姻中变得越来越疏远的一部分原因。

我意识到了这些动力，以为这种意识在某种程度上保护了我，但这是心理学家会犯的愚蠢错误之一，一个非常具有基金会特色的错误。我们认为如果我们的感情有一种元语言，那我们也许就能超越它，但更多时候我们是在滋养它。我可以用简的成功解释我们彼此的感情投注，我可以将我对西玛突然的和强烈的情感寄托解释为对我父亲的行为的重复。我必须承认，并告诫我自己：如果我背叛了简，那么我对蕾切尔的背叛就将成为一种模式，而不仅仅意味着一次性的路径矫正。也许我就是个寻找替代我母亲的女人然后像我父亲那样离开她们的人。（我们会去拜访他们，我爸爸和埃莉诺住在缅因州，我从来不会提到我妈妈，没有勇气说出她的名字，好像她的名字就是癌症。）很快西玛和我就开始边吃午餐边分析讨论决定我们关系的多重因素，然后在当天下午一边散步一边消化午餐。以不隐瞒的方式来隐瞒一切。简经常为那本书出差，我会对简暗示一二 —— 既主动也被动地 —— 最近同西玛的亲密交往，然后因为她似乎不在乎而感到怒不可遏（我隐藏着这种愤怒）。然后如果她似乎的确在乎的话，我也怒不可遏：你真的想说我（在出轨吗），等等。很快，西玛如果知道我有空的话，就会到我办公室来。我们第一次关上门。对于外面的世界而言，我们是在做咨询。然后有一天，她站着看窗外，谈着她看过的一部电影，她想同我一起去看，拿起挂坠放到了嘴边。我站起来朝她走去。我准备去关上百叶帘，我准备从后面贴上去抱住她，我准备把挂坠从她手上、嘴边拿过来，转到前面，然后轻轻拉着，在细细的项链上着一点力。为了不让它断裂，她会把头朝后仰，那时候我就会吻她，让我的舌头舔着她的牙齿。

但是电话铃响了，是简，哭着喊着说亚当撞破了头，失去了知觉。西玛和我之间的一切立刻就消失得无影无踪。他失去知觉的大部分时间，我都坐在医院的一张塑料靠背椅上，祈求宽恕：如果家里有人必须死的话，那就让我去死吧。如果亚当没事的话，我发誓绝不再从我的妻子和小孩那里分心。我绝不再会因为简的成功而小心眼，哪怕是只有一分钟。我不会成为那些男人中的一个，不会让他成为一个那样的男人。让他没事吧，我保证规规矩矩。不是向上帝请求宽恕，而是向我妈妈请求宽恕。在这个长久的梦魇之后，第二天西玛来医院，她和简拥抱在一起，我惊讶于这一切被扫除得如此干净，我们之间的能量。她和简再次各就各位，重新成为好朋友。埃里克让我们放心。他冷静、能干、充满信心，这令我们心怀感激。我们四人相互支持，专注于孩子们。亚当——刚刚开始记起大家是谁——把贾森带给他的礼物，那包棒球卡中的口香糖给了我。我像接受圣餐那样收下了口香糖，这是某种赦免的象征，新的决心。

那以后我们就再也没有单独在一起，再也不聊天了。欲望和对欲望的愧疚还会回来，但只是瞬间的事情，而不再是痴迷。然后，冲动再次到来。围绕身体的电磁场不由自主地改变。也许这同另一次跌倒有关：克劳斯 —— 我们的替代父亲，是他使西玛成为某个版本的莉莉 —— 从楼梯上滚了下来，摔断了股骨，很轻微的脑震荡。也许跟我转向我母亲家的亲戚有关，他们许多人都在俄罗斯，我试着同我本人的这一部分历史再次建立联系，这搅起了一些事情。也许这与无数件事情有关，包括一种既被心理分析模糊又因之而清晰的、粗鲁和基本的欲望。N 年之痒。中年危机。但是 1991 年，当她在颠簸的气流中回到自己的座位上去，经过我们身边露出完美的一笑时，我感到了一阵恐惧和欲望。她身后隐约的茉莉花香味。

嗯，乘客们，这是驾驶舱，因为家庭出游时不可能发生什么状况，但有些事的确发生了。那是亚当害得贾森去急救室的第二天，是我跟简晚上出去吃饭那天的事情，因为头一天晚上埃里克和西玛也出去吃饭。我从药房带了一些东西 —— 大概是简的主意 —— 去他们的酒店：一种护士推荐的起到舒缓作用的冲洗液，一个冰袋。简肯定先给他们打过电话说我会去，确认他们在酒店。我让前台打电话上去时，是西玛接的电话，她让我上去。门打开后，我发现她一个人在。你很难知道西玛什么时候是刻意打扮好准备出门。她总是"收拾得整整齐齐"，我母亲总是用这句话来形容她赞赏的女人。她戴着耳环，月牙形金耳环，暗暗与她裙子上的花纹相配。通常这不是我会注意到的事，但是她使我变得敏感。她收拾得整整齐齐，总是那么镇定自若，但在这之下，有种不顾一切的暗流涌动。或许我和其他迷恋她的人只是在投射我们自己不安稳的欲望。镇定自若和优雅使她似乎比我们这些人更加成熟，似乎我们只是在假扮大人，但是性的潜流威胁着我们所有一成不变的常规。她似乎既比我更年长又比我更年轻。

她一字不提她的家人去哪里了。她既没有请我进去也没有要我离开的意思。我们没有关上门。这等于否认已经发生了的事情正在发生。有一辆无人看管的清洁车 —— 像是飞机上送饮料的小推车，像林的小推车 —— 放在铺了地毯的走廊上，靠近我们的地方。随时都可能有人出现，我们会需要立刻松开彼此，因此这限制了我们的行动。然而限制却又使它成为可能。防范与一种不顾一切的感觉并存，仿佛我们既在各自身体之内又漂浮在身体之上。我想到了从药房拿来的塑料袋，先前已经掉在地板上，这种隐约的意识将我系于现实，此时我的舌头舔着她的牙齿，舔在她的耳朵里，尝到了脖子上的咸味。她知道埃里克和贾森离这里很远吗，还是她想被别人发现，让整个多元决定性的结构轰然坍塌在我们头上？ 1961 年，1991 年，我的手指伸入她体内，在丝滑的边缘没有阴毛。这火热的情欲令我震惊，一切不言而喻。欲望如此强烈，简直就牵动全身，就如疼痛牵动全身：她隔着牛仔裤抓着我，但是快感，尽管快感这个词不对，在我全身蔓延，我总是将这种感觉恰当地或不恰当地与女人联系在一起。也许我是像女人那样感觉，像简那样，仿佛她通过我跟简发生接触。仿佛表示机长点亮了安全带信号灯的声响，电梯下降到达大厅时发出的叮的一声。我们分开，她走进了房间，走进了浴室。我立刻在脑海里跟着她：我们边淋浴边操，就在黑白地砖上。但是我没有动。我捡起塑料袋，把它放在床上，然后离开。

简和亚当在酒店房间里。亚当在看棒球赛，简假装在看书。我跟他们打个招呼，告诉简我要去洗个澡，为我们的约会做准备。我冲了澡，释放了自己。然后我坐在浴缸里，就像酒醉或想吐时那样，等着哭出来。结果却是难以控制的笑声冲口而出，就像在一个焦虑的梦境里：我像个十多岁的少年那样手淫，而我那马上就要进入青春期的孩子此刻就在另一个房间里。我已经上了三垒，我等不及要告诉汉克·塞尔基，他1988年就死了。我等不及要告诉男人小组。但很难告诉我妈妈或者埃莉诺或者蕾切尔，尽管我想要莉莉知道。

简和我去了大都会。西玛的气息和味道在我的鼻子里，挥之不去。我意识到我说话像个疯子，我不断告诉自己慢下来或者干脆闭嘴。我发现自己在对简描述我妈妈唯一留存下来的录像。柯达彩色胶卷，1960年。她骑在马上，也许是一匹小马，是在台北郊外的一次节日或狂欢。我非常清楚地记得拍摄这段录像，我对简解释说。那是我第一次握着摄影机。在我记忆中它是我对这种媒介的兴趣的源头，我告诉她，仅仅几个月之前，我在阁楼里找到了那几卷胶带，把它带到基金会去看。正如我所记得的一样，只不过褪色了，不是黑白的。当然是无声的。她在笑着，有点失衡，风把她的头发吹在脸上，人们用一根长长的紫色带子牵着厌倦的小马。我记得手中摄影机的重量，想要拿稳它。我记得一边拍摄一边对她叫喊，让她看着我这个方向。她看了，她挥了挥手。但是一个十多岁的孩子突然出现在镜头里，似乎在对我妈妈说什么话。我看着他走出镜头，才意识到那是我自己。

*

1999年，我们终于得以着陆，我身边那个女人依然睡着打呼，她的椅子还斜放着，尽管乘务员已请大家把椅子拉直。亚当，已经二十岁了，正在我们下面的纽约城里崩溃，或濒于崩溃的边缘。纽约是其他城市、其他年代的对数。起初我犹豫着不愿去接他回家，我担心我们会传递错误的信息，没有表达对他的能力的肯定，让他感觉他没办法应付一个学期，或者感觉简和我怀疑他能够应付下去，但是最后我们太担心 —— 更确切说是害怕 —— 他已经太伤心，不会在意我们在传达什么信息。我们不想让他离开视线。

他从没能在纽约立足。甚至在他崩溃之前，他的声音里就有某种疯狂的东西。那个学期纳塔利娅去了巴塞罗那，他决定与其出国完成第一年的部分课程，还不如在哥伦比亚度过秋天 —— 他有朋友在那里，他想同诗人们待在一起。也许能找到办法去见他崇拜的文学界人士。他大概也害怕脱离自己的语言。他会继续和纳塔利娅在一起，等学期一结束，他就去西班牙见她，到处走走，在旧世界纪念新世纪的到来，在诺瓦伊卡里亚[1]什么的观看烟火，然后两人会一起回到普罗维登斯[2]。

他低估了去纽约待上一个学期的影响——没有纳塔利娅作为一种安定的力量——就像再一次离开故乡。他俩在他一年级时关系就那么密切，她成了他家庭的替代。他对这个城市没有什么真正的经验，这一切令人窒息，尤其是如果你在托皮卡长大的话。这个地方太两极化了：这一分钟还丰富多彩，下一分钟就变成了深渊。高高在上的、严正的蔑视。他俩的关系是那种常见的本科生的一团糟。他放假时回家（学校越贵假期越长），跟过去的女友们纠缠在一起。纳塔利娅等待他长大。然后她去了西班牙，不想再等了，她爱上了一个西班牙人，是个搞音乐的吧，一个地下说唱明星或者是正在努力成为说唱明星的人，她从寄宿的家庭搬入他的公寓。浆洗过的被单晾晒在内院的晒衣绳上。他们喝的那种饮料：可乐跟红酒掺在一起。但这些只是我的记忆。

她一直不肯告诉他那个人的事情，也许是希望他能在纽约对别人感兴趣，自己跟她分手，也许她觉得——至少起初是这么想的——等学期结束，真实的生活重新开始，她就会放弃那个西班牙人。但是学期结束几个星期之前，本世纪结束之前，在他本来要飞去巴塞罗那之前，她给他发了一封邮件：不要到西班牙来，我没有说实话，我爱上了现在跟我同居的人；我会一直挂念

---

[1] 诺瓦伊卡里亚，西班牙巴塞罗那的一个海滩。

[2] 普罗维登斯，美国罗得岛州的一个城市。

你，但我们还是最好别再说话了；我不回家了。

当他第一次在百老汇的一个电话亭里给我们打电话时 —— 是在收到她的邮件几分钟之后，他是在哥伦比亚大学体育馆的大厅里读的邮件，那里有几台电脑 —— 他惊呆了。你能相信这种屁话吗？他一直问自己。显然他无法相信（这是世上最熟悉的故事，本科生的恋情敌不过国外的浪漫，算不得什么，但如果你正亲身经历，就没有什么是老一套的故事了）。简和我都在接电话 —— 她在她的办公室，我在厨房里 —— 我们一直说我们感到非常遗憾。我问他那一天接下来他要做些什么，他说：我要去找她，同她讲道理。（他没有办法找到她，他只有她寄宿家庭的电话，他似乎都没想到过这些。）他解释说，晚上他计划去 92 街 Y 参加一个大型诗歌朗诵会，他的教授是诗人，名叫斯托克，要不就是科克，他会朗诵，亚当崇拜的人物约翰·阿什贝利 [1] 也要朗诵。会后他有可能被邀请参加晚餐。他选择纽约，因为这就是他一直梦想的事情。我们告诉他晚点再打电话，坚持一下，我们始终在他身边，然后我们挂了电话，我上楼去简的办公室，去分析一下他居然如此令人吃惊地平静接受的消息。

等我走到她的办公室 —— 不到半分钟的时间 —— 电话铃又响了。简拿起电话，说了声"喂"，然后即使我站在门道里也能听到抽泣声。我该怎么办啊，我爱她，我需要她，我恨她，我操

---

[1] 约翰·阿什贝利（John Ashbery，1927—2017），出生于纽约州，美国最有影响的诗人之一。

她，等等。我站在那里，简做了该做的一切事情。听着，没有轻描淡写，而是安慰他说他很坚强，提到他还有很多支持他的人。然后我下楼回到厨房的电话那里，一起打电话。我曾经听过他打电话时这么痛苦吗？我想象他穿着运动服在百老汇大道上发了狂，感觉不到寒冷，虽然我想象的街道还是过去的纽约，1969年的雪花纷飞。附近一堆被丢弃的书里面有一本《驾车好手》。

他终于安静了下来，这并不是说他镇静了下来。我问他是否还要去 Y 参加诗歌朗诵会，他说他不能肯定，不能肯定他还能把握自己。我说我觉得那可能还是个好主意，哪怕做做样子，遵守原定日程安排，试着让自己转移注意力，可能会有帮助。我们认识他在哥伦比亚大学的一个朋友丹，前一年夏天丹开车穿越全美国时，曾经在我们这里住过一晚 —— 我们让他跟丹联系，让丹陪他去朗诵会。我们还请求他不要沾任何有害物质，毒品和酒精都不要沾，因为他刚经历了这样震惊的事情。他说他会的。最后他说他要走了 —— 无疑他要开始往巴塞罗那打电话了，无论打电话是多么徒劳 —— 我们告诉他我们整个晚上都会在家，他任何时候都可以打电话来，但我们希望他在上床睡觉前务必让我们听到他的声音。

我们在担心，但还没有那么担心。我们知道治愈创伤会是一个很长的过程，但是我们，至少是我 —— 认为他很快就会恢复过来的。毕竟，他只是在纳塔利娅马上就要出国的时候才决定对她明确做出承诺的。很显然他对在二十岁时就建立长久关系的态度模棱两可。我在他这个年纪失去了母亲,才同蕾切尔结了婚。但是数小时之后他再给我们打电话时,听到他的言语变得那么混乱不清支离破碎,我们害怕了。

　　根据这些破碎的片段,我在心里拼接出了一幅画面。他离开晨边高地[1]去参加朗诵会,把冬衣忘在房间里,跟丹一起在黄昏时走过公园。前排有专门位子留给诗歌班的学生们,所以他和丹坐得相当靠近讲台。场地挤满了人。他的教授科克第一个朗诵,阿什贝利将介绍他,然后科克将介绍阿什贝利。参加朗诵会之前,亚当换了衣服,洗了脸,忍住了眼泪,同时觉得胃里很不舒服,从收到邮件开始就不舒服了。无论这多么短暂,他还是能从远处感知一些周围的兴奋感 —— 听这位了不起的人说话甚至跟他见面的宝贵机会。

　　房间里的灯光、观众席的灯光都暗了下来,表明活动开始,最初的着陆过程。在黑暗和期待的静寂中,亚当又开始没了方向:恐慌的症状与偏头痛的症状没有区别,他的右手麻木了,舌头感觉像是别人的,他觉得可能要吐了。他必须找到纳塔利娅。他想尝试一点生物反馈疗法,搓热双手,但没有用。阿什贝利上了讲台,说晚上好,介绍节目安排。亚当必须离开,要么挣扎要么挣脱。他起身,椅子大声吱吱响,他要从成堆的腿中间跨过去。人们挪动身体给他让路,更多噪声。他必须直接经过讲台前面,此

---

[1] 晨边高地是曼哈顿西北部的一个社区,因哥伦比亚大学、曼哈顿音乐学校等机构而广为人知。

时阿什贝利停顿了一下，开了一句无关痛痒的玩笑（"呃，有那么糟糕吗？等听了我们的诗歌就知道了"），会议厅里所有人都笑了起来。笑我的儿子，笑他没有办法启程；笑他的灵魂伴侣此刻正在巴塞罗那坐在一辆助动车后面，抱紧她的男人，她在操的真正的男人，他们在哥特区[1]穿梭，摇头丸令她脑子里灌满血清素；笑他居然想在纽约站住脚跟——无论这对一个诗人来说意味着什么——成为冷静成熟的作家，离开母亲、妈妈、妈咪的保护。

冷空气让他感觉呼吸畅快，泪水打湿的面庞被风吹得有点刺痛。他没有等丹，自己走回哥伦比亚大学——路上在麦迪逊大街一处电话亭停下来给巴塞罗那打电话，即使这些电话只不过是一次次吵醒越来越生气的女房东。前面两次他打电话时，是用结结巴巴的西班牙语说找纳塔利娅，现在他就干脆挂了。这里比巴塞罗那早七个小时。还不如说是七十年。那是个减去了他的世界。（看着他诅咒、哭泣，用黑色的塑料电话听筒敲打着金属板边。）他在街上偶然听到的任何对话，甚至路过的汽车里的音乐声，似乎都是在拿他开玩笑。平时只要是晚上，他都会害怕——尽管他不肯承认——在黑暗中走过中央公园，尽管或许这比在托皮卡开车还安全得多，托皮卡到处是些带枪的迷途青年，但是现在他不在乎会在公园碰见什么了。如果有人捅他一刀或者打他一枪，

---

[1]　哥特区，巴塞罗那一个保留了中世纪风格的旧城区。

那反倒是解脱，不仅会结束这种煎熬，还会惩罚纳塔利娅，她永远都不会原谅自己，她会意识到自己犯了可怕的错误。树木都在合谋对付他，风吹过树叶，是 Y 那里的哄笑声的延续，但他在路上没碰见什么人。他没有经过小饭店或者酒吧，没有人从路过的干草车上扔给他一个便士，让他可以停下脚步去吃个面包或喝点啤酒。开始下雨了，然后是一会儿下雨一会儿下雨夹雪。

他回到宿舍，回到他在九楼的房间给我们打电话。四壁空空，满地扔着书和衣服。他告诉我们朗诵会的事情，他一会儿愤怒一会儿悲伤。"我要按原定计划去巴塞罗那，带她回家，我不怕那个家伙"，等等。然后："妈妈，我太爱她了，我应付不了这个，我想结束这种感觉。"亚当，你想要伤害自己吗？我问，我受过的训练让我这样问。不，他说，没有犹豫，但也没有任何"我当然不会"，没有任何让人放心的强调的话。现在简和我在卧室里，听着亚当在扬声电话上说话。我想象着他还是个小孩子，坐在床上，我俩中间，那还是 1997 年，那时整个世界都还在他前面。从他的停顿上 —— 当他的确停下来时 —— 我们可以猜出他在抽烟，抽很多烟，一支接一支。是那种台北运来的香蕉香烟。愤怒、焦虑和难以置信之间的交替更换很快就同时出现在一句话里，只是被抽泣声打断："西班牙我要去那里就好像一种下沉的感觉一直无法停止她会清醒过来的是吧这不会发生。"他滔滔不绝，全是这种话。他越来越不回应我们的问题。（"丹在哪里？""你吃了晚饭吗？""你觉得试着做些呼吸练习会有帮助吗？""你想让我们安排明天给埃尔伍德博士通电话吗？”我们就像那些《花生》漫画中的大人。）然后他说他觉得自己受到了惩罚。为什么受惩罚，我问。因为戴尔·艾伯哈特，因为曼迪。纳塔利娅只是其中的一部分，他抽泣着。宝贝，简说，你是个了不起的人，你没有因为任何事情受到惩罚。你在经历一次分手，一次严重的背叛。现在重要的是你集中注意力在呼吸上面，让我们帮助你平静下来。

但他继续说着，现在不怎么提纳塔利娅了，更多说的是一切都毫无意义，他在大学读到的一些话进入了他的声音。他一直在说着“工具理性”[1]，我觉得这似乎倒是恰当的，因为我觉得他语言的声音淹没了意义。在某个时刻他听起来是在说着有节奏的胡话。他所有的用词都互相碰撞、重新组合：他托皮卡硬汉的那一套，快速辩论，他从令人压抑的德国人和他的实验诗人那里借来的语言，有关心碎的熟悉的术语。接近于婴儿的语言，退化。他没有胡言乱语，但是置身于我们在托皮卡的卧室，我想象着他在纽约挂着头戴式耳机，左耳每分钟接受 180 个单词，语言机制处于崩溃的边缘。简开始采取行动，尝试打断他，重新引导他，同时我俩一直惊恐地看着彼此，一种无助的感觉。然后简用力叫了他的名字，他打住了，回归自我（从哪里回来？）：“什么？”他问。“我听不见你说什么。”她说。（我困惑地看了她一眼；我们明明可以听见他声音很大很清楚。）“抱歉，”她说，“线路不大

---

[1]　社会学家马克斯·韦伯提出的概念，指通过实践的途径确认工具或者手段的有用性。

好。你是否还可以用另外一个电话机给我们打电话？""你什么意思？"亚当感到困惑。"全是静电噪音，你声音太轻了。""也许是暴风雨的问题。"亚当说，显然纽约这会儿雨下得很大。"宿舍里或者附近有没有付费电话机？"简问道，现在我明白她在做什么了，这让我喘不过气来，因为我那么信任她的直觉。"我猜地下室里有个付费电话，靠近洗衣机。"亚当说。靠近铜墙。"但是我可以大点声音说话。"他说，的确提高了声音。"抱歉，我们就是听不见你说话。"简说，就像她曾经对付那些男人那样。"你得下楼去给我们打电话。""好吧。"亚当终于说，试着清醒过来，"好吧，我过几分钟再给你们电话。"

他挂上电话，拿了他的钥匙和香烟，离开了他位于九楼的房间，敞开的窗外是暴风雨。不知不觉地，他经过了西玛曾经同我在那里纠缠的走廊，进了电梯。我在黑暗中急匆匆地向他靠近。我在飞机上，终于能够安全着陆了，远处灯光闪烁。金属门关闭，着陆设备全部就绪，我们开始下降，以第一人称和第三人称，一起穿过云层。简用话语让我们镇定了下来。

天花板下挂着一个旋转球，一千个镜面在墙上、水泥地和溜冰者身上投下椭圆形的彩色灯光，人们随着震耳欲聋的音乐在溜冰场转圈。有些女孩脖子上挂着有绿色荧光化学品的塑料管。在休息的溜冰者和那些害怕溜冰的人从吸管状的包装袋中吸着糖，或吃着装在白色锥形纸袋里的棉花糖。学校来的监护人肯定在暗中监视着兰道夫学校的冬季溜冰派对，但是孩子们感觉不到他们的存在，他们的父母亲或保护人只是开车把他们送到位于城市西北边的星光溜冰场。在外面空旷的地方，雪飘落在几辆停着的车上。

你可能以为会在特许售货区发现年幼的戴尔独自一人，羡慕着速度更快的溜冰者滑过他面前，然而实际上他却是其中之一，他似乎没费什么力气就保持着平衡，滑步稳固流畅。他能双脚旋转，横一字滑行。他很小的时候有个邻居教他滑冰，还送他一双黑色芝加哥溜冰鞋，此时戴尔拥有一种穿不带滑轮的普通鞋子时没有的轻松和节奏感。他隐约感觉到这可能是人们认为溜旱冰是很酷的事情的最后一年，这种感觉给了他额外的魅力和勇气。

他们血液中流淌着果糖，音乐声大到足以使人感觉那更像是触碰而非声音，他们直觉到宽广的水泥地面硬得像是矮星，他们在黑暗中滑过它，黑暗被灯光穿透好似海湾中有生物在发光。滑冰新手趔趄时，她可能会抓住你的手。危机、神秘和暴力，有关尼克·杜威前一年尝试某种旋转跳跃的集体记忆，当时庸常的灯光照出他脸朝下一动不动的样子，大人把他翻过身来时抽了口冷气。然后是溜冰时流畅持续的节奏和流行音乐四四拍之间的张力，这样的不协调加剧了野兽般性欲的歇斯底里，因为除了操之外还有什么可以调和重复的节奏和纯粹的润滑呢？这是形塑年轻人想象力却又超出他们想象的行为。

这个晚上戴尔以第一人称和第三人称视角记住的是"滚雪球"，因为这一活动很有强度。四散的彩色灯光全都变成白色，标志着活动开始。从对讲机传来 DJ 的声音，不清楚究竟是现场还是录音，他指示女孩们在溜冰场的一边列队，男孩在另外一边。过去几年，戴尔像其他许多不合群的人一样，此时会离开溜冰场，去买点糖果或者装在塑料盘子里的盖满黄色奶酪的玉米片，等待再次自由溜冰的时间。但是这次戴尔也许感觉到了别人对他溜冰技艺的赞赏，他也沿着墙排了队。等 DJ 的声音叫喊"滚雪球"，他就直接滑到了杰西卡·贝克面前拉住她的手，她没有缩回手。他们随着《红衣女郎》的乐曲声缓缓转着圈，直到 DJ 的声音再次叫喊，"滚雪球"，提示变换音乐，

《我想知道爱是什么》。戴尔还没来得及决定去追随谁，就被摩根·简森选上了。他们滑动时她是多么依赖他啊，两人手心的汗水混合在一起。让我看看爱是真实的 / 我想知道爱是什么。

他发现自己在一个昏暗的地下室，到处是大麻烟、啤酒和猫砂味。低音敲击他的胸膛，混血儿戴维斯把一个醉醺醺的初中一年级生推到他面前，说，戴尔，这个火辣的女孩爱上了你，戴尔，主动点，那个火辣的女孩几乎无法自持，一条手臂搭着他，含糊不清地说，怎么了帅哥，戴尔记得的是星光溜冰场，那是他最后一次表现得很酷，最后一次被别人选上。如果说现在糖已经发酵，人们故意施加暴力，父母们出了城不再管得着他们，那他即使现在站着不动也觉得他们在硬实的地面上快速移动，这有错吗？亲她，狗，亲她，戴维斯说，但戴尔只是笑着，喝着他红色塑料杯里的饮料，扶了扶他在西湖商场买的那顶崭新的突袭者牌帽子。

戴尔的制服换了。在西湖商场，在杰西潘尼百货店 —— 他妈妈开车把他送到那里，又在那里接他 —— 他还买了两条黑色宽松阔腿牛仔裤，几件纯色连帽针织衫，有小小的耐克标志在胸前。在福洛客鞋店，他犹豫着是买乔丹九代篮球鞋还是棕色添柏岚靴子，但那样的话，即使有圣诞节时妈妈给的钱，他还是会花光他的积蓄，而且他自己的靴子对他而言依然代表着一种随时准备应战的精神，他还不忍心与之分手。

她按照他的要求把他的头发剪短到半英寸，她是在金黄色木头餐桌旁，为他披上一条床单后给他剪的。艾伯哈特太太几乎快要说服自己相信，戴尔对自己的相貌越来越感兴趣只能说明他更加成熟了。即使她也看得出来他的风格有点不着调，不像本地人：例如他扎着米色的编结窄皮带，系紧松松垮垮的裤子，不知为何，这与其说仅仅是一个糟糕的决定，不如说是表明他完全不理解他试图假装玩得流利的语言游戏。但他确实看上去好一点了，同时显得更成熟和更年轻，看上去更像他这个年龄的人。当你终于在距离你儿子卧室二十英里外的地方找到他，发现他时不时产生幻觉，一身汗水、泥土和呕吐物，那么如果他随后的行为变化只是更加在意穿着打扮，你也会感到松了一口气。自从戴尔从劳伦斯市中心打来对方付费电话那天起，他就总是正常地淋浴和刮胡须。艾伯哈特太太会发现他在拉兹男孩家具店看音乐录像，或者做做俯卧撑休息一会儿，衣服干干净净，而不是很晚才从公园或者停车场回家，身上沾满草或油污。

　　他们来找他，已经预先开过派对了，此时她在圣弗朗西斯医院，但是她根据那些啤酒罐、酒精苏打玻璃瓶——施格兰、齐马这些牌子——知道了这件事。各种各样的惊讶心情互相映衬：居然有人来找戴尔做伴，他们竟然脸皮厚到不怕留下喝过酒的痕迹，但是酒瓶和酒罐都已经倒空，洗干净，整整齐齐地排列在水池里，房间也一尘不染。无论他们做了什么，无论他们去了哪里，那天晚上之后，每次她在黎明时分筋疲力尽地从医院回来时，戴尔总是在床上。她做的第一件事就是走上铺了地毯的楼梯去敲他的门。

她接到了他之后，用无绳电话在戴尔听不到的地方联系了罗恩，还有劳拉·西姆斯的母亲，她们曾经一起上过高中。罗恩确认他邀请了戴尔喝啤酒，只是因为情愿他们在这里喝酒，说了那些跟他一起离开的孩子的名字。劳拉和她妈妈也很快回电，说感到非常糟糕，听说戴尔没有搭上另一辆车。我们想让他跟大家在一起，这是我们最后一年了。要知道艾伯哈特太太认识这些年轻人，至少知道他们，从他们生下来她就知道了。马丁·诺瓦克、亚当·戈登、贾森·戴维斯——都是基金会的孩子。她不止一次看护过戈登家的男孩。欧文家是邻居，无论发生过什么事情，也差不多算是朋友。这些高年级学生，都要上大学的，甚至可能会去外州，会知道艾伯哈特太太很容易找到他们的父母，会闹翻天。难道这还不能让他们有所克制吗？

除此之外，她就无能为力了。即使戴尔精神上还不算成年人，至少法律上是了，她不可能约束他。想象一下跟戴尔比赛着对彼此叫喊一顿，不许出门什么的，那就等于想象几秒钟之后就会听见后门砰的一声关上，然后是无家可归、坐牢，或者死亡。在她脑子里，她可以听见电话铃声，某个警官在问是否能跟艾伯哈特太太说话。太太，您是坐着的吗？J医生这些年来一直尝试向她描述的那几个特别项目，她根本无力付费，因此也不记得任何详情：农场上的什么项目，湖边的什么项目。

医疗保险无法覆盖这些。如果她怀抱一丝希望，能怪她吗？她希望那些很酷的孩子们只是想要用一种长时间的仁慈姿态来结束他们在托皮卡高中的岁月，让十六岁时就辍学的戴尔在大家进大学前觉得他还是有些朋友和同学的。戈登和戴维斯家的孩子自从光明环蒙泰索里幼儿园时期开始就认识她儿子了。

亲她，狗，亲她。那个名叫凯蒂·弗里曼的一年级女生挣脱开戴尔，松了一口气，笑着说他大概是基佬，踉跄着走回地下室中央，那里有一张台球桌，绿呢桌面上放着酒和大麻烟。戴维斯笑着。戴尔后来才明白戴维斯是在侮辱他，随之而来的愤怒如此强烈，以至于他似乎在明白过来之前就感到愤怒了，但是他并没有动弹或者迅速收起笑容，尽管笑容堆积时有一阵小小的痉挛。现在行为和时间分离了，两者之间的距离迅速加大，因此直到他吸入灯泡里辛辣的烟——戴维斯在灯泡下面点着火——他才决定说不。你居然会让她这样说你，戴尔？冰毒，一种比这更纯更精心酝酿的毒品此刻正在地下室许多人的体内循环，仿佛预设好的那样，溶解了当下，未来则是刚刚过去的东西。他手上已经拿着本来要伸手去拿的杯子，与其说是预先知道接下来会是什么歌，不如说是听见它在记忆中播放，"想要卖力／想要我的"。音乐既快又慢，和声复杂，但是戴尔却能够分辨出每一个层次，即使此时，他走近台球桌让那个婊子当心一点他妈的臭嘴，而人们在发生冲突的场地集拢到一起。

相 悖 的 效 应 （简）

弗雷德·菲尔普斯是一名原始浸礼宗牧师和被除名的律师，他将从地球上消除同性恋视为自己的精神使命和全职工作。每天，弗雷德及其追随者——包括他教区剩下的几名成员，他十三个孩子中的大部分，以及他的有些还不到十岁的孙子孙女——都会聚集在托皮卡的某条大街上举着示威标语牌，上面写着"上帝痛恨基佬""基佬该死""基佬＝死亡"等等。有些标语牌上画着速写人物忙于某种解剖学意义上十分抽象的鸡奸。大冬天你也会看见菲尔普斯一家人穿着派克大衣或者蓬松的羽绒服在盖奇大道上，呼出可见的白气，跺着脚取暖。（弗雷德已经七十岁了，身材高大瘦削，年轻时曾经是业余拳击手，但是他的家人大多痴肥。）或者你会见到他们穿着汗水湿透的 T 恤衫——有些是定制的，上面写着《利未书》中的经文——从冰盒中摸索着啤酒，把啤酒罐放在脖子后面。（弗雷德顶着他的标志性牛仔帽，戴着那种巨大的盖住整个脸的塑料墨镜，跟我妈妈戴的那种一样，是眼镜店在给你扩大眼瞳后送给你的墨镜，相当于足科矫正鞋的眼科设施。）菲尔普斯一家人抗议时常常是兴高采烈的。你可能会听见他们随着《铃儿响叮当》的旋律唱着"我恨基佬，我恨基佬"。菲尔普斯家人的示威游行出现在艺术表演中心、沃什伯恩大学大部分活动中还有葬礼上——尤其是如果他们怀疑死者死亡与艾滋病有关的时候。"又一个基佬下了地狱"，某个标语牌上可能会这么写。1994年，《20/20》[1]播放了一段有关弗雷德的题为"仇恨福音"的节目之后，菲尔普斯一家人就变得世界知名了。

弗雷德痛恨基佬和喜欢基佬的人，托皮卡人痛恨弗雷德。也有阶段性反示威游行，有许多人支持受到弗雷德骚扰的受害者。人们通过了法令来限制他在葬礼上和私人住宅旁的示威，但我总是对谴责的性质感到不安。有个病人曾经告诉我她是有多么鄙视弗雷德。她女儿在一个当地的芭蕾舞团跳舞，弗雷德及其追随者抵制过《胡桃夹子》。"我几乎忍不住要开车调头撞进那堆人群里去。""为何我女儿要知道有这些人？"起初我以为她指的是菲尔普斯一家人，但是很快我就明白这个恼火的母亲指的是"同性恋"。除了肯·埃尔伍德和沃什伯恩法学院一位勇敢的教授之外，我知道托皮卡没有谁出了柜（我总是好奇克劳斯是不是同性恋）。I-70号公路的广告牌上总是展示剪短头发笑容满面的男人，表明被《圣经》学习"治好"了。"还有希望。"

考虑到我在托皮卡出了名（乔纳森说"托皮卡知名"会是

---

[1] 美国 ABC 新闻电视台的节目之一。

一个极好的乐队名字），我对男女同性恋权利直言不讳，而且我是犹太人并在基金会工作，我本来应该是菲尔普斯的主要目标之一。但是不知什么原因，他们没有怎么刁难我。我收到过一些传真，是一些让我觉得好笑而不是恼火的文件——我们留了一张在冰箱上（"记住罗得之妻！"）——但是我也有演讲或者提供培训的时候，他们甚至都懒得露面。然而郊外举办的文艺复兴集市却从早到晚遭到抗议，因为它多少鼓励易装。然而大家都要经过菲尔普斯一家人的队列去参加拉菲音乐会，菲尔普斯家在州议会大厦抗议憎恶同性恋的政客，说他们还憎恶得不够。但是他们认出我的时候——如果我去参加一项活动或者他们在街角聚集时看见我在车里——他们取笑我的方式温柔得出奇，几乎有点奉承人。"哦，有脑子的来了。"他们会讽刺地说。（他们有预先设计的专门针对某些喜欢基佬的托皮卡人的歌谣和风凉话。）"了不起的戈登医生来了。"还有这样对着悲伤的父母笑骂喊叫的话："你的儿子下地狱了，你高兴了吧。"

许多年来，乔纳森和我一直都在琢磨为何菲尔普斯相对而言忽略或放过了我。难道是因为乔纳森曾经短暂接待过他们这群人中的一个——名叫詹姆斯·哈林顿的十多岁的小伙子——进行法庭强制的心理治疗吗？这也不大说得通。乔纳森和那个孩子从来没有真正产生联系，何况，他又怎么会有能力影响其他人——让他们对我保持克制？是否有可能菲尔普斯一家同意，或者甚至感激，我发表在《琼斯母亲》上后来又转载《都市报》

（确实是唯一的一次）的文章，其中我谈到，托皮卡人普遍谴责菲尔普斯一家，只因为他们极端地表达了那么多人都拥有的观念，这种谴责是多么虚伪。这似乎有点过于微妙了。

尽管如此，我在堪萨斯妇女协会大会上做主题发言时，他们还是强势地出现了。当时我正好获得一个奖项，而且还在庆祝一本有关宽恕的新书的出版。我很少在托皮卡演讲，沃什伯恩校园最大的会议厅"白厅"的入场券很快就售罄（收入归受害女子伸张正义项目 [1]）。出乎我意料，亚当似乎不但迫切地想去——协会特地要求我的家人参加——而且还问是否可以带上安帕，她穿着像是毕业舞会的裙子来参加活动：低 V 领，露背。我很高兴的是，亚当认为我的演讲是一件可以炫耀的事情——我觉得这可能意味着随着他上大学时间接近，亚当也趋于成熟，他是在尝试将自己的行为和价值观协调起来。

我们五个人——我妈妈也来了——在活动开始前去阿什沃思西南街上一家新开的寿司餐厅吃晚餐，这地方过去是肋条烤肉店。吃着盖满了蛋黄酱的加利福尼亚卷，我想让安帕说几句话，问了一些有关她的家庭、学校以及她毕业以后的打算等开放式问题。但我很难让安帕开口说话——既因为她很安静，以她自己的方式镇定自若，也因为亚当的声音总是盖过她或抢着帮她说话，占据了她所有的发言空间。乔纳森轻松地否决了亚当要一杯

---

[1] Battered Women's Justice Project，一个位于明尼苏达的为家暴受害女子伸张正义的非盈利组织。

酒的企图，告诉侍者说，"我家孩子才十八岁"，亚当的声音有点生气了，只是在跟我妈妈说话时才缓和下来。

（安帕在沙拉的生菜叶上面发现了一只甲虫，用筷子挑起这只宝石红色的小虫，大家一阵惊叹。它避开了厚厚的生姜沙拉酱，所以当她吹一口气时，甲虫居然就飞了起来。）

我的一部分意识专注于温习我的演讲词（讲稿会放在我面前的讲台上，但是我想尽量不看稿子，让它看上去像是即席发言）；另一部分意识想要将寿司吧台上那个醉鬼的声音排除在外，他正在对着一个很可能是韩国厨师的年轻人解释说不会因为珍珠港而怪罪他；还有一部分意识尝试不要去在意我妈妈对这餐饭的花费的明显担忧。剩下的意识则致力于思考我那凶巴巴的儿子其实是个易受伤害的年轻人，正在经历复杂的社交和激素变化阶段。

我这么想，是因为想起了——我迫使自己去想起——过去的一些强化他敏感性格的片段。最近我经常这样做，这是慈悲冥想的另一种形式。埃尔伍德并没有这样建议，但这却是他可能会建议的事情。那天晚上，他们给我们端上了分量大到吓人的绿茶冰激凌，我想起了太空营地的传说（也许是因为新闻里一直在说着彗星的事，据说肉眼可以看见）。

80年代中期，我们带亚当和他的几个朋友去看一部叫《太空营地》的电影，电影里面国家宇航局培训营地的几个年轻助手发现自己被意外地发射进入了轨道。（亚当有一年多的时间痴迷所有与太空有关的事情，似乎不受"挑战者号"灾难的影响；宇宙飞船在电视直播中碎裂后，制片方将《太空营地》的首映推迟了几个月。）鉴于孩子们共同的兴趣，埃里克和西玛甚至建议我们把亚当和贾森送去参加在亚拉巴马州亨茨维尔市开办的为时一周的夏令营——"孩子们在那里参加团队工作，应对各种任务场景，提高积极解决问题的能力和批判性思维能力"。亚当因为这个主意而非常激动，他居然会考虑离开我们，离开家一段时间，尤其是在脑震荡后不久，这令我们惊喜。

看完电影，亚当异常安静，说肚子疼。那天晚上，他冲进我们的房间，哭着说他多么不想去太空营，请不要逼着我去，妈咪，他不想被送去太空。我们当然安慰他说没必要非去不可。我们也想说清楚，如果他真的去了，他绝无可能意外地进入轨道。但是亚当不肯相信。我们八岁的孩子好几个星期都在担忧，唯恐我们改变主意，送他去亚拉巴马，他怕被强制送去国家宇航局，从一架孤零零的航天飞机上观看地球升起。（还有什么比让一个孩子待在太空里更孤独的事情呢？）为了让他安心，乔纳森反复解释要成为一个宇航员是有多么困难，困难到难以置信——成千上万的人接受训练数十年，但只有极少数人才能被选中。这就像担心你会被逼成为职业棒球手，担心你会被逼成为总统（虽然你只不过是为了提升你的品牌而竞选了一下）。这不是一件会违背你的意愿而发生的事情。但是亚当并没有完全被说服：有电影为证，有教师死在太空了，还有莱卡——莫斯科大街上的流浪狗，那是亚当一本儿童图书中的角色。（那本书并没有一个字提到狗在太空飞行几个小时后就因为紧张和高热死去了。）克劳斯建议我们考虑"营地"这个词带来的所有联想。

我看着这个在餐桌旁滔滔不绝的年轻人，想起我们曾经一连几个星期、几个月陆陆续续向他保证我们会把他留在这个地球上，而不是在地球下面或地球上方几百英里处飘浮。他没必要当英雄，他没必要为人类迈出一大步，尽管人类总是给家里打电话，还从墙上观察他。想到这些，我心软了。

尽管是我把信用卡给了侍者，他还是把账单还给了乔纳森。我伸手去餐桌那头拿账单。然后，尽管是我在发票上签名，从小盘子上拿回信用卡，尽管是我挣的钱更多，但是安帕还是感谢戈登医生——意思是乔纳森——请她吃饭。我正在决定是否要问，尽量不经意地问，为什么人们总是感谢男人。不知道我这样做究竟是为安帕做个示范还是会让她感到尴尬，但亚当一时间表现出了成熟："也谢谢你，妈妈。"我们朝汽车走去时我突然对我的孩子感到放心，那杯霞多丽葡萄酒和新鲜空气让我情绪振奋，安抚了我的神经。（演讲的地方在两个街区之外。是个美好的晚春的夜晚，但是托皮卡很少有人会想到去步行而非开车。）尽管他有点装模作样，经常焦虑，但我还是带大了一个像样的儿子。

接下来的事情发生得很快。我们把车停在"白厅"一个保留车位，经过了菲尔普斯那一伙抗议者，他们有些人开始对着"有脑子的人"喊叫。乔纳森和我根本懒得理会，但亚当也许是想在安帕面前炫耀，开始骂他们，叫他们闭上他妈的臭嘴，说他们是可怜的只知道用嘴呼吸的白痴、垃圾。乔纳森严厉地喝了亚当一声，他惊讶于我们的儿子居然会去注意菲尔普斯一家人，而那正是他们想要的。他想要亚当赶紧朝会议厅走，但是亚当坚持不肯。菲尔普斯的一个女儿说亚当是基佬，亚当回骂她是母狗，一条肥母狗。我简直不敢相信自己的耳朵。那个女人笑了起来，咯咯笑，对我叫喊着：这就是你带大的孩子？你肯定非常自豪。尽管我知道最好还是别开口，但我还是说：不，我不自豪，我很羞愧他会这样说话。亚当正在同菲尔普斯的一个儿子"讲道理"（用他自己的表述），这时他回过头来，对着我愤怒地说：你为我感到羞愧？我在这些浑蛋面前保护你，你为我感到羞愧？我对他说，向他发出命令：我不需要保护，马上进楼里去。安帕试着把他朝乔纳森那边拉，乔纳森正带着我妈妈走过会议厅的玻璃大门。菲尔普斯一家人笑着，兴高采烈，亚当对面的那个人喊叫着：听你妈咪的话吧，基佬。听了不起的戈登医生的话，进楼里去吧，坐在你那基佬爸爸身边，听那个有脑子的人谈论她那本垃圾书吧。

然后是我在演讲，舞台上的灯光炫目，我说很荣幸来到这里，感谢我的家人也跟我在一起，有爱我的丈夫，有早熟的诗人儿子，还有我那像磐石一般坚定支持我的母亲。但是亚当在听众中间吗？在，但也不在。他的在场飘忽不定，在他的保留座位上快速变换着年龄：摇篮里的婴儿，我保护他不和我父亲单独待在一起 —— 很不幸我父亲今晚不能来，虽然他很想来。光明环幼儿园的学生，正锻炼他的特殊能力。在圣弗朗西斯医院因为脑震荡失去知觉。不能背诵《紫色母牛》，却哼哼着母狗和白痴。

*

首先他们要找到最有潜力的动物，我姐姐解释说。猴子，主要是因为猴子最聪明，即使他们只能用眼睛说话。但还有某些天才的鹦鹉。非洲灰鹦鹉聪明得不得了，它们会唱歌剧，它们会唱巴赫，那可是古典音乐，但是鸟很难用鸟喙来抓住刷子，而猴子的手跟我们的手一样。鹦鹉大概只能画树叶。玫瑰要让猴子来画，它们还知道如何混合色彩。粉色玫瑰最难画。动物是从全世界的动物园里挑选来的，全都被搬到一个热带岛屿上，他们在那里训练动物做一些基本的事情。在教会它们绘画之前，他们要帮助动物理解人类的语言，这需要很大的耐心。你必须拿好吃的来犒赏动物，它们做了错事时，你必须严厉对待它们，但要当心别伤害它们的感情。因此你让来自法国的世界知名科学家、培训人员和艺术家为动物工作。法国首都是巴黎。我是从米切纳太太的课堂上知道这座热带小岛上这个学校的，有一个展望公园动物园 [1] 的人来拜访我们，他告诉我们说他们的一只猴子被选中了，令他十分激动、自豪。还有聚会，那时你还是简宝宝。那是一只狨猴，

---

[1] Prospect Park Zoo，位于纽约布鲁克林展望公园内的动物园。

很小。但是他也很紧张，万一猴子不够好，被送回动物园怎么办？动物也会因为羞愧而死亡，会因为悲伤而死亡。但是动物们在岛上很幸福，因为它们的食物很精致，它们像名人那样受到款待，不画画时，可以自在闲逛。这个盒子上的每一片叶子和花瓣都是一只了不起的动物的作品。所以我打开自己的盒子时简直高兴得说不出话来。我知道你想要辆自行车，但是这比自行车值钱多了，也许比汽车还值钱。你不可能就这么去梅西百货店问售货员要一只这样的盒子，无论你多么有钱，多么有名气。动物园那人说大都会博物馆想要购买一只这样的盒子，但是不行，更别提布鲁克林博物馆了。岛上的人通过某种规则决定谁能得到盒子。没人知道是如何决定的。这就是为何当我打开我的盒子时，我也哭了。不是因为我很难受，而是因为我不相信妈妈和爸爸竟然为我们弄到了不止一只，而是两只餐巾纸盒。爸爸肯定认识某个认识岛上某人的人，肯定是说服他们相信我们会喜爱这纸盒，会永远好好保管它，如果我们两人中只有一个人得到了盒子，那就太不公平了，因为我们是姐妹。就像我先前说过的，这盒子不光是为富人做的。你应该到楼下去拿回你扔在那里的盒子，谢谢爸爸妈妈，告诉他们你很抱歉，毕竟这比自行车更好。我打赌我们的花朵是同样的，因为那些动物就有这么聪明。它们从来不犯错误也不会弄脏任何东西。我甚至都不会告诉别人我有这盒子，我要去把它放在架子上，跟我的其他宝贝放在一起，悄悄地不吭气，因为怕有人会嫉妒，否则大家都想摸一摸，他们手上油腻腻的，会弄坏东西。"同样的"意思就是一模一样的。

　　他们让动物在金属餐巾盒而不是木制餐巾盒上画，因为金属更牢固。想想那些过去的大师们在木板上画，结果连接处断裂露出了柔软的边材，容易吸引虫子，而起初连接处用的动物胶又容易进一步刺激虫子侵扰。有个声音穿插了进来，一种复合的声音。无论你用北欧的橡木支架还是意大利中部的白桦木支架，它都会慢慢腐烂。甚至画中虚构的栏杆也会到处开裂。许多木板会因为有木髓而变得不那么硬实。然后还会有人们不小心或者做礼拜仪式而留下的蜡烛烧痕。最叫人惊奇的是数十年来我一直相信姐姐说的有关餐巾盒的故事。在我扔掉了盒子以后还相信了很久。或者"相信"这个词不准确，当盒子的魔力随着时间减退，我从来没用理智检验过这个故事，从来不让它暴露在空气中，怕会造成胀缩。那是个至关重要的小故事，留存在意识边缘，形成一个枢纽。然后 1969 年 11 月的某一天，突然下了一场大雨，乔纳森和我去 77 街的伍尔沃斯百货店躲雨。我们半心半意地打量着一张桌子上的打折商品，那上面有一只餐巾盒跟我小时候收到的一模一样，一样的粉色和白色玫瑰。怎么一回事？我们全身湿淋淋地站在明亮的过道里，乔纳森问我。我小时候有一只这样的盒子，只不过我的那只 ——

　　虚构故事在内心坍塌的感觉。一个你已经忘了它还存在的虚构故事。框架、横梁、板条、支撑。半小时后，我们坐在 98 街的希腊餐馆里，那只花里胡哨的一元店餐巾纸盒放在我们面前。

我在那样的场合就哭了起来，虽然没有哭出声。乔纳森在桌下握着我两只手，这是我们开始真正彼此触碰的一次。你肯定觉得我是个疯子。不，我认为这是个美好的故事，有关家庭、艺术、记忆和意义，有关如何制造和拆解一个故事。（你并不能听见他们说什么，是无声电影。）一切慢慢对齐、成型、干燥的过程。你读过赫尔曼·黑塞吗？

这是我在学校办公室放着的第二只餐巾纸盒，这一只装着为我的病人们准备的餐巾纸，是训练有素、能吐出纤维的蜘蛛制作的餐巾。餐巾纸盒的丑陋随着时间流逝已经消退，开始看上去像古董了。原始的盒子，那只动物绘画的盒子再也没有找到，尽管我问过我妈妈——我妈妈从来不扔任何东西——当时我已经知道了为何他们起先差不多算是答应了给我们施文自行车，结果圣诞节早晨汉娜和我却只收到了同样的餐巾纸盒子（弗拉特布什的大多数犹太人都会庆祝圣诞节），因为我父亲没有同母亲商量，就把她为我们的礼物节省下来的一半钱用在了他无法解释的"商业开支"上面（一个失业办事处的小职员是不会有什么"开支"的）。等我母亲不可避免地发现此事时，他向她保证他找到了好得很的替代礼物。让我来吧。他肯定是在圣诞节前夜随便买的那两个盒子。那天早晨我把盒子扔到起居室的另一头，那是少有的我看见母亲流出眼泪的时刻。

思考：记得我告诉过亚当关于餐巾纸盒的故事，那时他大概十岁。我的本意是想讲个甜蜜的故事，有关想象的力量以及孩子们之间的紧密联系，但是他想到我是个布鲁克林的穷孩子，感到很伤心——让他伤心的不是这个想法，而是生动的形象。想象小时候的我在哭泣，他就哭了。太空营又来了一遍。（有些猴子被送入太空，有些学会了画画。）我略去了我爸爸拿走了买礼物的钱这部分，但亚当还是为我父亲答应了买自行车却没有买而气愤。他为什么不存钱？他为什么不多干点活？如果他不知道该如何去买自行车，那为什么要答应你？亚当觉得自己也会受到伤害，同时也觉得要保护我。（他是否在表达一种无意识的直觉：我父亲干过糟糕得多的事情？）当他对着菲尔普斯一家人喊叫时，这就是他的感觉。这并不能为他的行为开脱，但却给了我同情他的理由。

我需要这些理由。好几个月以来，跟亚当哪怕是最随便的谈话也会陷入政策辩论和叫喊音量的比赛。我不能肯定，究竟是我们没在意亚当的紧张感，还是恰恰因为亚当的这种紧张感，乔纳森和我才无视亚当的抗议，决定去观看在明尼阿波利斯举行的全国演讲联赛冠军赛，那是在 6 月举行的。一部分是因为我们想要盯牢我们这个有点不太稳定的孩子（或者，他算个成年男人吗？），另外，我们也早就该去拜访乔纳森母亲这边的俄罗斯表亲——是乔纳森去帮忙找到他们，并且把他们带到这里来的，这是他努力与他这一部分个人历史加强联系的一种形式。但最为重要的是，我们开始觉得有点惭愧，为何我们从来没怎么关注过"竞技演讲"——除了为他好辩而感到伤心——为何我们多少接受了亚当自己提到它时的嘲讽态度，他说那是一项愚蠢的活动，只不过可以帮助他进大学而已。我们时不时会问到它，每次他获胜我们都要祝贺他，但是我们从来没有多问。想到我们竟然从来没有表示过有兴趣观看他比赛，我们有点不安。亚当的一些愤怒情绪是否表达了受到忽视的愤怒？

尽管如此，我很清楚亚当非常害怕这次比赛，害怕它将他的各种焦虑全都捆绑在一起。人们期待他 —— 甚至《托皮卡首府新闻报》都这样说 —— 赢得全国即席演讲冠军，达到他高中"职业生涯"的顶峰。（作为额外奖赏，他可能还会在价值观辩论中名列前茅。）他也同样害怕进入了决赛但最终却输了。他害怕会偏头痛发作，害怕自己的害怕本身也许就会引发一次偏头痛。所有这些又与即将离开家搬回东部去住的焦虑交织在一起。如果他在演讲前十分钟突然视线模糊，四肢麻木，那该怎么办？想象一下他们拖他上台，不管他如何哀求退出比赛。然后他们把他发射到太空上。埃尔伍德在钟楼地下室（菲尔普斯在外面示威抗议）的控制台，无法导航指引你回到地面。即使他不愿意，我们也还是打定主意要去，去提供我们的支持。

就这样，上世纪末的某一天，我发现自己坐在我丈夫和年轻教练伊文森中间，坐在不舒服的办公椅上，在明尼阿波利斯高中一间空调太猛的教室里，手指抚摸着刻在硬塑料桌面上的星星和姓名首字母。道琼斯指数第一次收盘超过 8000 点，香港回归中国，伍尔沃斯公司经营一百一十七年之后倒闭，国家宇航局的探路者太空探测器在火星上着陆。这是一场早期低风险回合的比赛，除了我们之外没几个人观看：几名低年级学生，大概是本地学校的；三个评委，他们自己也是高中教练。一个回合有六名参赛者，亚当被安排在最后一个上。我奇怪地紧张不安，好像我代表了所有人似的。

一个四肢修长的高个年轻女子大步走进了教室。她身着蓝色长裤，尽管学校有很多好看的人，我还是认为她相当漂亮。一种过时的美，也许她的同龄人不能欣赏，很有点 1920 年代的味道。她很自信地在教室前面坐下，笑了笑，用有点像气象播音员的那种轻松语调对评委说：你们准备好了就告诉我。接下来的演讲有关朝鲜统一问题，内容重复乏味。比赛者突出的特征是她的手势——或者说她只有右手的动作，仿佛她无法控制身体的其他部位。她像克林顿那样竖大拇指，她张开手掌，她表明分析的不同层次——但只用一只手臂。她从来不向任何方向迈出一步。这很怪异，让我把对她的演讲的注意力全部放在这一点上。我想象着她内心想要另一只手臂做出动作，但却无能为力。她中过风吗？是一种焦虑症状吗？是过去在战争中受伤了吗？第二位参赛者在第一位离开半分钟后进来——我注意到第一位演讲者离开教室时身体活过来了——那是个着装随便的胖孩子（藏青色针织衫下面是淡蓝色衬衣，卡其布裤子没系皮带），演讲语速极快，全是有关中国经济力量的数据。他似乎不在乎自己演讲的质量，他只同一名评委有眼神接触，他还有两分钟时间没用完。尽管空调开得很足，我还是闻得到一股混合了汗水和体香剂的气味。（伊文森低声告诉我，演讲的人是加州来的顶尖政策辩手，显然只是在即席演讲中走过场。）然后是一段关于为联合国提供资金的雄辩——是一个带有南方口音的热情洋溢的女子演讲，她是这一轮中唯一的有色人种——在最后一分钟出了错。她试图总结演讲时，忘了第一个要点，突然张口结舌、神经紧张、多次重复，拿自己开玩笑，然后时间到了。这叫人看着真难受（为何我觉得伊文森乐不可支呢？）。女孩尴尬地笑着冲出房间，也许是哭去了。我听着评委的圆珠笔芯在笔记本上摩擦的声音，想象着残忍的评语和分析——边缘人格、阴茎嫉妒。然后是叫人摸不着头脑的体验——既怪异又具有喜剧性——两个外貌相似的男孩，身着黑色西服打着红色领带，演讲一样的主题，两人都枯燥乏味但能干地争辩说，对的，北美自由贸易协议有利于墨西哥。（伊文森告诉我，这种在同一轮辩论中出现重复的主题是管理上出了差错，是破坏了规则。）他们做同样的手势来表明货物和服务顺畅地穿越边境的流动，两人最后都引用了 P. J. 欧鲁克 [1] 有关墨西哥政治的略显唐突的话语。他们两人衣领上方的皮肤上都有红色肿块。我必须忍住不去看乔纳森，否则我知道我俩会笑出声来。

在第二位相似的演讲者离开之后，我听见一个评委对另一个

---

[1]　P. J. 欧鲁克（P. J. O'Rourke，1947—2022），美国政治讽刺家和记者。

说，接下来是戈登。然后，亚当进来，伊文森俯身朝我像狼那样咧嘴一笑，低声说：看好了。

*

是啊，你赢这几轮轻而易举，伊文森对亚当说，语气热情，我觉得可能是因为我们在场，但是你赢他们的方式不对。（这已经是两天之后了。我们在另一个空房间里，下午的比赛结束了。是周三，联赛已经进行了一半。斯皮尔斯和马尔罗尼还有几位学生观察员也在房间里。我感到只有伊文森有权这样对亚当说话。）你从光谱左边开始的演讲快速流畅，你很容易打动有同样取向的评委，自由主义的都市人，来自旧金山和纽约的评委，有很多这样的评委。（乔纳森和我的眼神相遇，我们指望伊文森直截了当说"犹太人"。）但是想象你是在竞选总统，现在你在摇摆州。你在离开匹兹堡一两个小时的地方，你需要很聪明，同时你需要既赢得头脑也赢得人心。喜欢你的是堪萨斯州，你说的是中部美国英语，我想要你迅速变成当地人，说些"你可以给一只猪涂上口红，但猪还是猪"这一类话。我想要你在那个有关叶利钦没有遵守诺言的超级雄辩一结束，就马上说，"在堪萨斯，我们称之为撒谎"。你谈论有关北极开采石油规范的协议之后："在堪萨斯，我们对这一点不会握手言和。"我不在乎这些是不是真正的俗语，你就这么说，就当它是久经考验的真理。说"久经考验的真理"。

想说"不"就说"不"[1]。你可以不管语法，只要他们知道有这种选择，知道是打了引号的。在你高格调的流畅表达中插入平和恰当的地方性用语。你以为他们为什么会去选择上过耶鲁的得克萨斯人，获得罗得奖的阿肯色州学者呢？总之反复说一样的意思，就拿它当谚语来说。说些你的外祖母罗丝常说的话。回到农场上去。回到美国还是美国的时代，而不是海岸城市精英的玩物的时代。我要你张开手臂，手心朝上。让我看看。不，看我：我在放松肩膀，很放松，几乎是耸耸肩，仿佛你暂时脱离角色，第四堵墙，如果你明白我的意思的话。（一张虚构的木制护栏。）然后，砰，我要你又回到一本正经，回到神童分析和我们曾经练习过的步骤。但你是家乡神童，你为印第安纳土包子打球，知道吧？你不是那个总想着要身在现场的简·戈登的儿子（对我咧嘴一笑）。你需要所有的事情都慢两拍。哦，我要你引用《克利夫兰老实人报》。我不关心你的资料中有没有这份报纸，我说的是我要你引用它。每一次有人提到《世界报》，我都要有《克利夫兰老实人报》来应对。碰见大概有可能出现的情况时，就直接说"据《克利夫兰老实人报》报道"。墨西哥经济增长强劲，据《克利夫兰老实人报》报道。罗曼·赫尔佐格影响力不如赫尔穆特·科尔，据该报报道，等等。你说得很笼统，别人没法反驳的。最后，停止摇晃脑袋。我们先前也谈论过这个。我知道你以为自己没有这

---

[1] 这里的"不"用的是不合语法规范的口语词"ain't"。

样，但是相信我，当你说得来劲时，当你进入自己的轨道时，你的脑袋就会随着自己说话的节奏而前后晃动。问问你父母，他们会告诉你的。我说得对吗，戈登医生？（他问的是乔纳森，他只是不置可否地笑笑。）这不是一群孩子坐着说唱，你不是图帕克·沙库尔。愿他安息。你用不着打拍子。（其他教练和学生——房间里全都是白人——都笑了起来。）

点头。我突然回到了纽约，1969年，向我的导师塞缪尔斯先生汇报，他曾经有段时间也是我的心理分析师。整墙的书，烟斗的气味，尽管我从来没见过他抽烟。咨询时，塞缪尔斯先从双面镜子里观察我，然后紧盯着我点头的"紧张习惯"，坚持要我停止这样做。的确，在咨询时，我会随着病人说话的节奏微微点头。这个动作并非要确定什么事情，只是表明我在倾听。点头是微微的动作，我几乎意识不到自己这样做。的确，似乎从来没有病人在乎它。但是塞缪尔斯很坚决，表现出奇怪的强烈情绪——仿佛他打定主意要严厉对待我，但又想不出其他任何事情来批评我。（除了我整个理论方向之外的任何事情。如果我是个心理分析师，在躺着的病人身后记笔记，我点头根本就不是个问题。）

但是等我停止点头，尝试压制这种冲动时，我的思维中就有什么东西消失了。让我惊讶的是，身体的动作并没有被压住，而是转移了地方：我开始微微抖腿了，这会让我的病人觉得我坐立不安，不耐烦，没有集中注意力。但是当我停止腿的动作，也不让自己点头时，我就开始用右手转一支钢笔——就像一个高中辩手。我放下笔 —— 这意味着我不再写下想法 —— 我开始心神不宁地意识到自己的手，不断地把手从膝盖上移到椅子扶手上再放回来。我觉得自己仿佛是在为拍照摆姿势，仿佛还有上司在监督我，我在压力下工作，要履行一项职责，结果却无法完成任务。

然后我犯了错误，居然在沙发上接受塞缪尔斯分析时对他谈到了我所有这些几乎可笑的挣扎。此时侧重点变成了我的移情、我父亲，以及为什么允许我自己点头将成为面对自己的精神动力学的怯懦退缩。（我说话时塞缪尔斯的手在干什么？）是的，我是在抵抗让一位知名的瑞士心理分析师（也因为跟学生睡觉而知名）来规范我的身体。这是否病态？为什么不分析一下他为何要把这种小动作变成一桩要紧的问题？

然后它突然变得意义重大起来。在压抑点头动作的同时，我忘了我的病人病史中的重要内容，会需要别人提醒；我说得太少或太多，不善于合理地保持沉默；我在掌握时间方面变得更笨拙了，而且经常惊讶地发现咨询时间已经快要结束了。等等。最后，我还是干脆不再试图管束自己，一切又恢复正常。我甚至还慢慢从微微点头中得到了某种类似自豪的东西，就像一个运动员可能会体会到的那种 —— 一种小小的仪式，例如它能帮助你在任意球线那里保持你的节奏，这是我本人绝对不会用到的比喻。就这样，我拒绝被训练，我拒绝成为一只训练过的猴子，或者天才鹦鹉。

现在我回到了明尼阿波利斯，听伊文森训练我的孩子。我突然想要去保护亚当的摇晃、点头，不管那是什么，保护他隐约意识到的确定感：他已经建立了一个通道，语言正从他身上通过。（克劳斯的声音："即使荷马也会点头。"）因为即使那是在他说话时发生的，那也是倾听的一种形式，是使自己成为一种媒介的形式。那是他身上诗人的一部分。看着亚当在比赛，乔纳森和我对他的流畅表达和掌控能力既着迷也不安，年轻的伊文森就展现了让我们感到困扰的原因 —— 用声音的外壳取代真实，润色先于复杂性，经过编排的即兴发挥，一切都致力于操纵、致力于取胜。这只是空洞 —— 政治辞藻的空洞，批量生产的餐巾纸盒，身份的工具化。但是伊文森想要剔除的那个小小的身体动作却代表某种既更加个人化的东西 —— 我儿子独特的标记时间的方式 —— 又更加超越个人的东西 —— 标志着他的个体性正融化进一种纯粹形式的体验：就是这样平凡的语言奇迹。就像格伦·古尔德边演奏《哥德堡变奏曲》边哼唱一样。这个迹象表明艺术家与一件超越了他自己的艺术品在一起，只不过这些呆孩子对付的不是巴赫，而是辩论欧洲货币的生存能力。

看看我的孩子，将他分成不同区域。埃尔伍德试图对付他脖子、太阳穴的紧绷和血管收缩的问题，让他命令自己的肌肉放松，但是伊文森致力于与此不同的目的，他甚至让放松肩膀的动作都成为语言武术中一瞬间的姿势，无论是埃尔伍德（同性恋）还是伊文森（书呆子）都没有力量来应对他的同学们使用的话语，他们是特权阶层迷失的孩子，既吃得过饱又饥渴难熬，只为了维持坦率诚实的感觉。周一、周三和周五用来对付胸部、肩膀、三角肌，周二和周四用来对付背、二头肌和腿。也许，我觉得，一直觉得我们本该让他在旧金山和纽约见多识广的自由派人士中长大成人。也许我把他托付给了不应该托付的监护人，有脑子的人把他交给了那些男人，以为他会变得更明白事理。现在他成了托皮卡学校的毕业生，如《克利夫兰老实人报》所言。

尽管亚当和伊文森不怎么在意林肯—道格拉斯辩论赛，我还是想看看。他的手势和姿势没那么常规化，他的雄辩似乎有更多的实质内容，在他的确是为自己相信的事情辩护的时候（例如财富的再分配），我能够想象他最终会将自己的能言善辩用在重要的社会工作上。他在交叉质询时彬彬有礼 —— 当我们在场时才这样彬彬有礼？ —— 而且，除了因有能力形成论点和区分细微差异而令人印象深刻之外，他还常常很有魅力。他的侧重点是即席辩论，他在林肯—道格拉斯辩论赛中一路轻易取胜，在联赛的周二早上，我们观看了他参加四分之一决赛。（所有的"联赛"都在美国购物中心的活动中心举办。）

一百人挤在会议室。讲台上有麦克风，五个评委坐在前排，辩题：美国应该提供普遍的基本收入。亚当是正方。我喜欢他演讲中的惠特曼式句子，他争辩说我们必须将集体繁荣置于财富集中之前。他没有采用对福利国家的罗尔斯式辩解，他用大量抑扬格句式全面出击（看见他点头了），抨击作为社会构建原则的利益最大化。有点可笑，我喜欢极了，我的男人—孩子在世界上最大的购物中心的阴影下对一群未来的大企业律师或他们的议会说客引用罗莎·卢森堡。演讲的第二部分是在策略上的有意克制，更加北欧式，描述民主社会主义的具体长处，但是总体效果是亚当令人耳目一新地显得怪异——这个来自红州左翼家庭的孩子是谁——处于长肌肉的短暂阶段之末，处于历史之末，他脱下了领带，衬衣领口发黄了，一个硬汉诗人（灾难性的发型），在书呆子和父母面前畅谈偷来的财富和物种自由？他毕竟还是折中的，尽管他受到的训练相反。我听得喜笑颜开。伊文森根本没出席。

他的对手是个来自奥斯汀的孩子，身穿浅灰蓝色西服，在交互质询时很少提问，亚当似乎对此感到很吃惊。他只有几处要求亚当澄清引用了谁的话，要求他确认自己的立场：从道义角度来看，财富是专制的——一个人不配拥有亿万美元，如果另一个人在挨饿的话。他们短暂地讨论了"道德运气"这个概念。（他对手刚刚修剪过的黑发盖住了前额，看上去有格调，而且我注意到，当他擦去眉毛上的汗时，它还能遮掩他糟糕的皮肤。）然后亚当坐下了，准备记笔记。那个得克萨斯州的年轻人在开始演讲前，做了某种让我觉得很奇怪的概括。"只是个简单的路线图。"他说，"我首先要谈一下罗尔斯框架，然后进行马克思主义的分析，然后我要提供一个我认为对这次辩论再好不过的功利主义的反框架，接下来再罗列会有什么结果——道德上的和实证的。"乔纳森和我互相看看，感到困惑。教室里一阵低语声。我们可以看到亚当感到吃惊，他俯身看笔记本的姿势改变了。这个"路线图"意味着——我们不知道，但教室里在座的每个人都很清楚——

亚当的这个对手试图语速压倒他。似乎有传言说在某些州，语速压倒已经扩展到了价值辩论上，即使在堪萨斯还没有这么做。

我知道高速政策辩论赛，我曾经听过亚当展示他说话和阅读的疯狂速度，但我还是没有为现在耳闻目睹的事情做好准备。反方发言者，在"路线图"之后，开始一件接一件地阅读"论据"，反驳"公平正义"和"分配正义"的理论以及"马克思—黑格尔浪漫主义的社区理论"，让纸张一片片飘落在地。我基本上不懂这种语言，但是我知道它有关"人类为了制订行之有效的好规则进行了漫长的斗争，正是这些规则使得成百上千甚至数百万人能够生活在一起"。我知道这只是演讲、说理的影子。呼吸，大声喘气——我听过过度换气的病人发出类似的声音，听上去有点像海狮的吼叫声。这个年轻人似乎有点趾高气扬，但我总的感觉是这是一个受困的身体，或着魔的身体。我看着亚当，他在快速做笔记，但也时不时抬起头来试图观察评委——他们是否也参与了这种疯狂，注意到了每个论点呢？或者他们会维护林肯—道格拉斯辩论赛的完善健全？亚当曾经解释过，这种辩论恰好就是设计好了来避免这样的胡言乱语的。我无法判断。反方演讲者结束讲话时再次用袖子擦汗，旁观者中间有一阵低语声，我觉得意味着赞许。

经过了只有母亲才可能察觉的短暂犹豫之后，亚当起身参加问答环节。他笑着问："我们是'量辩'还是'质辩'？"

"都是。"演讲者说。

"我想我的问题是：如果这是有关逻辑、道德、怜悯的辩论——那为何要急于提出那么多论点，多到超出我们能仔细思考的地步呢？"

"我认为我们可以仔细思考很多论点。也许我们现在就应该去应对这些论点，而不是在这里浪费时间。"（笑声。）

"那好。但你是否同意，被遗漏的论点并非被认可的论点，像在政策辩论中那样？"

"嗯，我认为把价值跟政策分开是有问题的，如你的问题所示。你难道认为决策可以不用考虑——"

"我的问题在于我们彼此如何理解我们的活动——"

"我认为我们应该让评委判断谁用了更好的方式来提出论点。"

"显然你也是一名政策辩论者，所以你应该知道，和构成一个决胜议题的东西——合题性等——有关的论点是经常有争议的，它形成了辩论的一部分。难道我们在这里不能做一些类似的事情吗？"

"好吧，当然。"

"所以今天我父母也来了。他们从遥远的堪萨斯赶来看他们的孩子参加比赛，这令人感动。"（笑声。）"他们是很有智识的人，但是他们对语速压倒不熟悉。我觉得你说话时他们貌似很困惑。"（更多笑声。）"你能否给我父母解释一下，为何以这样的速度辩论会有利于认真裁定价值观问题？"

"嗯，我会说"——他似乎没准备好这个问题——"对于

你父母 —— 对于熟悉辩论的人而言，我说得足够清楚了。"

"你的意思是，熟悉政策辩论的高中或者大学级别的辩论者。但对于任何其他人都不清楚。既然这是价值辩论，我要求你解释语速压倒的价值。不仅是现在，在问答环节，而且还要在你接下来的演讲中。我想指出这是你主动承担的重负。"

亚当在回到讲台之前，使用了所有他们给他做准备的时间，飞快地做笔记。气氛很紧张，激动的感觉显而易见。他能展示他可以应付对手的速度，尝试回应他所有的要点，然后也释放一连串论点？

不：亚当大部分演讲都花在详细解释语速压倒和盲目致力于经济增长之间的相似性上 —— 他争辩说，他对手对语言速度的痴迷，与他宣称竞争因社会强调平等而受到抑制的观点实际上是相关的，是内容和形式的危机，因为两者都有赖于不加批评地相信扩张，相信越多越好，痴迷于积聚。亚当在两种论点之间来回往复 —— 我觉得表现得很优雅 —— 社会需要使人们从谋求利益的活动中解放出来从而释放人们的能力，人们需要立刻开始新的语言体系，就从这场辩论赛开始。现在让我们转向我对手最重要的论点，这很容易分为三个主要领域……

从奥斯汀来的男孩站起身来 —— 这次他把外套留在椅子上，卷起了袖口 —— 他的确按照亚当的要求来防守语速压倒，但是他这样做时的速度高达每分钟数百个单词，拿出了令人头晕目眩的一大串论点，从快速信息处理的积极认知效果（他有心理学家的证据)到在价值辩论中包含尽可能多的不同观点以避免霸权的重要性。(最后这一点的变态荒谬特别令我担忧——在这样处于清晰度的极端边缘上进行演讲,居然在他看来实际上是一种包容。)并不是说他演讲的内容有什么重要的。然后他接下来"贯穿"亚当先前演讲中"遗漏"的各种论点,宣称亚当试图将其归类,只不过是一种策略,是试图躲避他无法驳斥的内容而已。

看见我儿子拒绝语言上的矫枉过正——他爸爸和我常常不得不忍受他自己的语速压倒版本——来捍卫更为人性化的意见交换,我很感动。我愿意认为他是在引导我们,也许是某种致敬。如果我们不在房间里的话,他会做同样的论辩吗?他会沦落——或加速——到他对手的水平吗?无论如何,当大家都在房间外面铺了地毯的大厅里等待结果公布时,我们真心热情地祝贺了他。我觉得我自己的榜样,至少在当下,挤走了伊文森的榜样。

亚当在他辩论生涯的最后一次输了,4︰1。

*

索尼娅·谢苗诺夫的护理院靠近我们的酒店,我们要去那里见索尼娅的女儿尼娜,还有她的丈夫列昂,在那里待一阵,然后穿过城镇去尼娜和列昂的家,我们会在那里吃晚餐。我很高兴亚当会跟我们一起去。他的确需要休息一晚,避免在苹果蜂餐厅和橄榄园餐厅，在美国购物中心的硬石咖啡馆同那些辩论家一起吃饭。而且也许他越来越担心冠军赛那一场，这令他渴望跟我们在一起，他可以坦率地谈论他的担忧害怕，我们可以让他放宽心。

我们开着租来的汽车朝亚当的酒店驶去，正值狂风暴雨——我们订了一个跟其他参赛者住的酒店不一样的地方——因此我们缓慢驶向萨默赛特护理院，雨刷快速扫动着，虽然是白天也开了车灯。亚当要我们提醒他谁是谁，谁跟谁是什么关系，因为他此前只同这些俄罗斯人见过一次面。乔纳森解释说索尼娅——她曾经是医生，现在已经九十多岁了——是他母亲的表亲。乔纳森的妈妈从来没见过她，但是乔纳森在 1980 年代联系上了她，最后帮助索尼娅和她一家人从莫斯科迁居明尼阿波利斯，他们的朋友此前已经先移民去那里了。谢苗诺夫一家人 1991 年到达美国，那是在"历史终结"两年之后。索尼娅刚去护理院不久，她的痴呆大概是阿尔兹海默症，最近一年迅速恶化。尽管她身体相当好，她现在也糊涂得开始跑出屋外到处乱逛，例如 1 月的某个夜晚曾经穿着浴衣跑出去。尼娜和列昂觉得他们没有其他选择。（乔纳森对亚当解释着这些，我想象着这名耄耋老妇——她曾经在阿富汗当医生，经历了饥荒、迫害，埋葬了两个丈夫——用俄语嘟囔着，在零下的温度里围着人造湖转圈，白色浴袍在黑暗中微微发光。）

我们遇红灯停车。雨缓和下来，乔纳森调低了雨刷的速度。

我从自己这边的车窗可以看见西边乌云绽破，一线明亮的蓝天。

"妈妈，"亚当在后座上说，"你告诉过我，有次你要去某个地方做个大的演讲，也许是在纽约，在你第一本书出来后，你真的好紧张，几乎吓坏了。你说你吃了一颗那种为对付飞机颠簸而准备的药丸。药丸让你不再那么害怕，但也没让你昏沉沉什么的，对吧？你带着这种药丸了吗 —— 你旅行时不是一直都带着吗？"

一时间我差不多想到了要撒谎："我有个很老的安定处方，或者是劳拉西泮。我几乎从来不吃。"

"如果我进入决赛，我能要一颗吗？我走来走去，想象自己吓得尿裤子，昨晚上我意识到如果我能够吃一颗那种药丸，就不会再发愁了。至少没那么发愁。要么是差不多要发作偏头痛了，要么就是整个人瘫下来。"

"但是你没有药也好得很。"乔纳森说，"你不能一直吃这些药 —— 这意味着你必须想出其他办法。生物反馈，呼吸技巧。"

我鼓足勇气，准备迎接语速压倒。他会列出五十个理由，解释为何埃尔伍德是胡扯，为何乔纳森的逻辑有严重缺陷，为何我们对这种实践的信念暴露了我们自己的江湖医术不高明。但是亚当镇静地回答："我不是说这可以取代其他方式，不是说这是某种魔力解决方案。但那会是一种特别可怕的情境，你们不觉得吗？我要脱离笔记说话，没有依托，面对一大群人。要转播。要被录音，用于所有地方的课堂教学。"

"但你不该在第一次遇见重大活动时就去试用药物。"我说，

"药丸会有反作用 —— 有些人吃了镇静药后反而更焦虑，更紧张。"万一他在离家回学校之前的晚上也想吃颗药怎么办？然后在学校一遇见不可避免的压力时就求助于药怎么办？然后开始把药跟酒混在一起？不过他自己要去找药也不难。

"再说，让我们来分发处方药，"乔纳森说，"这样做也不合适。"

"我们不是真正的医生。"我开玩笑说，或者是半开玩笑。

"而且吃药可能会让你反应迟钝，这对即席演讲不好。"乔纳森说，"伊文森会杀了我们。"我们再次为自己鼓气，他也再次镇定地说：

"如果你们担心有不好的副作用，那今晚给我半颗，我来试试感觉如何。我听到了你们说的话，但我不是瘾君子，我不会开始从妈妈的钱包里偷药吃的。就这一次，我最后一次演讲。如果你们担心的话，我们可以给埃尔伍德打个电话什么的，问问有什么副作用。也许我根本就用不着吃药，但是知道我可以吃 —— 考虑一下吧，行吗？"

"你这次不吃药也会赢的。"乔纳森说。

"如果你们说不，我也会听你们的。但是考虑一下吧，行吗？"

"行。"我说。我自己在有人一下子拿出三个话题，对着一大屋子伊文森说话之前也会想要吃一颗安定的，哪怕就是听听，我可能也想要吃颗药。

我们在萨默赛特护理院停车时雨已经停了，湿气消散了，空气凉爽。暴雨消退的方向有闪电。我深吸一口气，通常我在一头扎进护理院独特的环境之前都会这样做，时间在这里不是停止而是凝固了。

柔和的音乐在大厅里回旋，让我将萨默赛特与美国购物中心联系在一起，那天我跟乔纳森就在购物中心逛了一下午。它仿佛没有外部，只是一个巨大的机构。尼娜和列昂从一张棕色沙发上起身，以旧世界的热情欢迎我们，亚当尴尬地接受了列昂的亲吻。俄罗斯人看到乔纳森特别激动——他们总是很容易激动，会一直激动——他们认为他是英雄，为他们做了一切（他帮他们办理签证；他借钱给列昂——或者说是我们借钱给他——让他开办车行，而车行生意兴旺主要还是因为他有忠实的俄罗斯顾客）。然后他们带着浓重的口音对亚当赞不绝口，"我们的冠军演讲家"，他们等不及要去听大型演讲。我们看见亚当脸色有点发白，解释说他也可能进不了决赛，再说也很乏味，他们真的用不着麻烦，俄罗斯人对这些话都摆摆手。我们靠近桌边，客人在进入真正的"设施"之前要签名，我问尼娜她觉得索尼娅怎么样，尼娜回答说："自从我认识她以来，我妈妈在这里最高兴了。"我觉得肯定是嘲讽，暗示尼娜不愿意回答这样的问题，或者说明她英语不行。

门拉开了，让我们真正进入护理院内。我注意到墙上的小黑盒子，是警报器，如果有病人想要逃跑，手环就会触发警报。这跟我看过的其他任何护理院都是一样的，即使这家条件好一点。轮椅围在一个大电视机旁，白发苍苍的脑袋上下摇晃着时而清醒时而糊涂，等着看静音的新一集《宋飞传》。餐厅里有几个病人在用托盘吃饭，或有人给他们喂饭。（护工基本上是有色人种——这里同众多"护理院"一样，好几代濒临死亡的白人均由身穿紫色工作服的黑人或者拉丁裔护工照看。在萨默赛特，许多员工是索马里人。）我听见单人房间里传来更多电视机的声音，一些通常的沮丧的声音，有病人在抗拒被人移动或者换衣服。走廊那一头，有个男人患有严重的神经退行性疾病，用只有自己听得懂的语言在呼喊。我更喜欢这里而不是罗林希尔。不可避免的不幸的气味比较微妙，员工与病人互动的方式似乎足够温暖，墙上的时间安排表——7月4日的装饰还在墙上，发光棒和小旗子——说这周会有一个儿童合唱团来访，同时来的还有当地动物收容所的小狗（我试着不去想两家机构之间的类同）。我没有完全放松，但是我垂下了肩膀，我不再想着会见到我父亲，他的健康迅速衰退，无论他最后是在哪里放弃使用轮椅的。

尼娜没有带我们去房间，而是让我们坐在一组米色的椅子那里，她去找她母亲。一张小桌上有过期的《时代》周刊和《新闻周刊》，封面故事有关罗斯威尔文档[1]，X世代。墙上有一幅向日葵油画。护理院去哪里购买艺术品？很快尼娜同一名个子矮小面露笑容的老妇人一起回来了，她身穿一件看上去像医生外套的白色服装。老妇人迅速递给我们每人一样东西，用俄语快速说着什

---

[1] 有关 1947 年在美国新墨西哥州罗斯威尔市发生的不明飞行物体坠毁事件的文档。

么。那是红白两色的薄荷糖，我在护士站柜台上看见一大碗。老妇人分发完礼物，似乎准备离开 —— 但是尼娜拉住她手臂说了句什么话留住她。两个女人有礼貌地争论着，列昂对我们解释说索尼娅不知道尼娜是谁，她以为我们都只是来参观"医院"的。索尼娅说她没有时间闲聊，因为有很多工作要做。（索尼娅脖子上挂着一个听诊器。那是玩具吗？）我们是你的家人，尼娜回答说。这些是你的表亲，他们大老远来看望你，她解释说，指指我们三人。列昂翻译，我们都尴尬地笑着。索尼娅愿意屈尊等待，尼娜站在我们每个人椅子后面，再次一一介绍我们 —— 先是乔纳森，然后是我，然后是亚当。（不知为何尼娜说我们的名字时，听上去倒不像我们的真实名字。）索尼娅低头看看她手腕，并没有手表，一边听着。但是尼娜说的有关亚当的什么事情 —— 她的手臂放在他肩膀上 —— 引起了索尼娅的兴趣，她走到他身边来，捏捏他的脸，拉拉他一只耳朵，摸摸他的二头肌，做了个表情表示对他的肌肉很感兴趣。（这种形体动作的灵敏表现力让我想到了克劳斯。）尼娜说：我妈妈以为亚当是乔纳森，帮助我们迁居美国的表亲。她认为她迁居美国在这里行医。索尼娅又吻了我儿子，年轻的乔纳森。（三岁看到老。）然后我看看真正的乔纳森，他非常感动，看见母亲家的一个亲戚与自己的孩子产生联系。亚当一直说着 spasibo[1]，浓重的美国中部口音。

---

[1] 俄语，"谢谢"。

索尼娅前所未有地高兴。因为政治原因，她在职业生涯晚期被禁止在苏联继续行医，但是眼下她在这里行医。她搬到明尼阿波利斯时，尽管尼娜尽了最大努力，她还是完全与世隔绝了。现在她虽然有一些担忧——尼娜说她抱怨被子很薄，缺少某些药物，员工有些能力不够——但是她整天都在执行真实的和模拟的任务，那是她所受的训练在记忆中的深刻烙印。护士——其中之一是俄罗斯人——配合她的幻觉，她只不过是拍拍枕头，喂喂别人苹果汁，用她的假听诊器听听某人。（虽然是假听诊器，但还是可以听见真正的心跳声。通过她的假行医，索尼娅倒也是提供了一些真实的安慰。）有时她会记得尼娜和列昂是谁，但通常不记得。总之他们的来访令她有点不悦，有病人等着照顾，他们却说个不停。

尼娜无法说服索尼娅停留在一个地方，只好请求她带我们到处走走。我们跟着谢苗诺夫大夫在护理院四处走，她指点着这个或那个病人时，我们点着头，仿佛听懂了她说的话似的。（索尼娅似乎失去了所有语言差异的观念，深信大家都能听得懂她，仿佛在步入老年后，她说的是世界语了。）索尼娅在各个不同的地方对亚当眨眼，表示她的特殊好感，但我也想象，这样的眨眼只不过是在说：当然，我只是在假装幻想自己是医生；我知道自己是一家护理院里的痴呆老太婆；我只是为我的女儿这样做，让她觉得我在这里很幸福。我意识到这个丑陋的墙纸上的花朵并不是猴子画的，但是没有虚构，这世界就会令人难以忍耐了，正方的论点。

他们走到自动推拉门前时，索尼娅告别，一个个吻了我们大家，按了按我的手，又捏了捏亚当的二头肌。我们看着她走到护士站，拿起一个剪贴板，开始对一个索马里护士嘟囔着，护士笑着，点着头回应，并没有抬起头来。然后我们离开了萨默赛特护理院，回到我们车上。在一阵震惊的静默之后，我们迸发出一阵共同的笑声，共同叹服索尼娅得意扬扬的衰落。老年衰退的杰作，相悖的效应。

我们跟随列昂的尾灯穿过城市，乔纳森几次开始谈论他妈妈，话说了一半又停止了。我把手放在他腿上，表示我理解这次拜访激发了他很多情感。我们默默地行驶了一阵之后，亚当又再次镇定地提起药丸的事情，我发现自己在说：好吧，我现在给你半颗，你可以试试感觉如何。这样突然单方面做出决定不大像我。我感到乔纳森腿上的肌肉在我手下收紧了。这样行吗，我问他，他耸耸肩仿佛说：反正也太晚了。

亚当说谢苗诺夫家的房子同安帕家的很像。还在他家车道上时我就在包里找出了那瓶黄色的药丸，把一颗掰成两半。一边后悔我冲动的决定，一边把余下的一半给了亚当。我后悔的不是那半颗药丸 —— 那与其说是一剂治病的药，不如说是魔术的羽毛 —— 而是在乔纳森和我都表达了保留意见之后，我居然会随口就同意了拿出药来分。我很想要为此道歉。

那房子看上去像一家旅店，墙上挂着也可能挂在萨默赛特的

批量生产的印刷品 —— 我竟然还有点期待背景音乐 —— 但是房子里气味特别，好像是鱼和卷心菜，还有当我们去拜访她母亲时尼娜焖煮着的什么东西。列昂用一个小银盘子给我们三人都端来了小杯伏特加，但是在我和乔纳森还没来得及干涉之前，亚当就说他只需要水。我看着他吃药。等列昂硬拉着亚当跟他去车库看他改装的车，尼娜回到厨房里去时，我说：

"我刚才那样做太不像样了，我俩没有多商量一下，我就这么把药丸给了亚当。我真的很抱歉。"

乔纳森没说什么，这不像他。

"我觉得在那样极端的情境中让他吃点什么也蛮好，但我知道问题不在这里，我道歉。如果你担心的话，我们可以给埃里克打个电话 —— "

"我们不会去给埃里克打电话，"乔纳森悻悻地说，"不会去告诉他我们给孩子吃了药。我们不会去给埃里克和西玛打电话宣布说我们 —— "

"声音小一点。"

乔纳森站起来，气冲冲地往亚当和列昂去的那个方向走去。显然这与 0.25 毫克安定无关。我深吸了一口气。在我脑子里，我妈妈在问我坐着的那张黑色皮沙发花了多少钱，然后我试图为她想象一幅童话形式的痴呆景象，如果她最后也会去罗林希尔的话。但是这种想法很快就被驱散了，我意识到 —— 这显而易见，而且并未因此变得不那么深刻 —— 如果我妈妈失去记忆，她也就不会再记得我父亲做过的事情，也就只剩下乔纳森和西玛知情。"知情" —— 我在心里念叨着这个词。如果只有你一个人被留在创伤中，那它就会是永恒的。火车上的一个孩子，在外太空，在时间之外。我最终会告诉我的儿子吗？

亚当晚餐时积极参与，展示了魅力。很难说那究竟是药丸的作用还是表明药丸不起作用。乔纳森情绪低落，即使还在笑着，我突然筋疲力尽，甚至昏昏欲睡了，倒像是我吃了药。（板块和纠结的团块在你脑子里成型，如果你还算幸运的话，剩下的东西只是你所受训练的残余。遗忘总是已经开始，到最后可能只剩下我一个人知道这件事情，然后我自己也忘了。如此思考着记忆的脆弱，让我既不安又松了一口气。）我试着倾听，然后只是试着看上去在听，听列昂说话，他不停地谈着奥迪车，说比沃尔沃不知要好多少。我只好把盘子拿到厨房去，否则尼娜会不停地给我添上大量不可能吃得完的鱼和土豆。

列昂说服乔纳森喝了一些伏特加，乔纳森看上去不像喝醉了的样子，但是，等晚餐结束，等列昂数次含泪拥抱乔纳森道别（尽管他们第二天就会再见面），亚当还是提议他来开车，至少开去他自己的酒店；乔纳森说当然，把钥匙给了他。从后座上看我的丈夫和儿子感觉有些怪异，尤其是亚当开车时，仿佛索尼娅认错了人，结果搅混了所有人的角色。（租车时亚当并非得到驾驶准许的驾车人，让他开车有点像让他吃别人的药。如果争吵起来我可以用这个来对付乔纳森。那些辩手对我产生了影响。）

亚当把车开进他酒店的停车场，他回过头来告诉我药丸有很和缓的镇静作用，如果我第二天再给他一颗，他会很感激。我点点头，他打开后车门到我身边来拥抱我，我待在座位上，仿佛被一种神秘的力量控制住了，而乔纳森换到了驾驶座位上。我不知道接下来会发生什么，但是我知道会发生什么。乔纳森沉默着左转右转开出停车场回到街上之后，他开始说话了，控制着愤怒，他说我把药拿出来事先没同他商量，他也是双亲之一，等等——我当然同意他的话，尽管我注意到他非同寻常的强烈情绪，这使得他更生气。仿佛他不是在跟我说话，而是跟某个坐在前排的影子说话。"然后你还要我去给埃里克打电话——"

"这到底又有什么不对的呢？"

因为你不注意界限。因为埃里克不是亚当的医生也不是我们的医生甚至都不是亲密的同事。他是你某个朋友的丈夫，你曾经让她成为你的治疗师，看看这把我们搞成什么样了。（他没有说）因为你无法伸手越过博物馆的绳子去拿一颗魔幻药丸让戴尔或者亚当变得雄辩，或者在台北在西玛的地下室晚餐时去触摸莉莉的腿。

"这个决定很可能不对。"我回答，"而且除此之外，我还完全搞砸了，我知道的，我很抱歉，绝对的。但我不知道究竟是护理院还是酒精，但是——"

但是乔纳森变成了亚当——好斗、快速、太阳穴的紧张——在论证我把药给亚当毋庸置疑地表明我没有能力维持边界，我把所有的事情都弄成了交叉关系的网络。我是有脑子的人，写了戴尔在附近的山坡上射杀的紫色母牛，现在乔纳森的妈妈只好在他从来没拍出来的第一部影片里面永远骑着它。我希望你为自己感到自豪，毁家的人。阴茎嫉妒的悍妇。婊子。北投或佩投男女通吃的贱货耶洗别，他没这样说。难怪你跟西玛的友谊——

"我不想谈西玛，行吗？没有任何关系——"

我们把车停在酒店的一个地方。他关上引擎，但脸依然直直地朝着前方，仿佛挡风玻璃是个提词器，他正在速度越来越快地阅读那上面的一行行字。我们为什么不能有一个晚上不去混淆界限，不去越过铁丝网？在个人和专业之间，在医生和病人之间。真正的医生和假医生，拿着他们的玩具听诊器。（齐格勒尤其敬佩癌症研究。）政策和价值观辩论。我看着前座的头枕，然后闭上了眼睛。我几乎无法理解他，仿佛我必须翻译一种我曾经说得非常流畅的外语。我感觉越来越费劲，无论认知作用有多么正面。但是，自相矛盾的是，我已经知道他要说什么。他要坦白一件事情。（乔纳森的语调开始改变了。）他偷了油画。他偷了画框灼损的《圣母子》。这是他做过的最糟糕的事情。然后关节裂开，露出他声音中更柔和的液材，怒火消失了。他非常抱歉。（他哭了起来。）我还在想着要阻止他——"我不想谈论西玛。"——但太晚了。我非常抱歉，他抽泣着，扔掉了他的手杖、帽子和领带。

*

　　美国购物中心活动中心的会议大厅灯火通明，挤满了参赛者、教练、员工和家属以及报道1997年全国演讲和辩论锦标赛的记者。她右边是乔纳森，左边是尼娜。他们前面一排坐着伊文森和堪萨斯来的其他教练和学生。一幅巨大的全美辩论协会的蓝色旗帜（"言论的未来"）映衬着舞台。旗帜下几张罩着蓝布的桌上放着一排排这些年轻人要竞争的锡制高脚奖杯。走廊上架设了电视摄像机，头上戴着耳机的人员已经把它们对准了舞台。会堂里的兴奋情绪毋庸置疑，而且越来越高涨，这至少让简感觉不祥——仿佛观众里面许多人主要就是来看个热闹，期待有人在压力下崩溃。美国人一直说他们最大的恐惧就是在公众场合说话——超过对核战争或飞行或溺水或蛇或蜘蛛的恐惧，根据调查，超过对死亡本身的恐惧。但是，究竟为什么呢？难道这明显会比高速开车或者穿越大气层更可怕吗？（即使是世上最有权势的帝王也无法拥有这么一辆汽车。他们也没有乘坐过……）

　　因为这是语言原始场景，克劳斯在黑暗中的声音。众人、团体，他们要求演讲者同时既是个人（你的演讲必须原创才会得到推崇）又完全合群（你的演讲必须让部落的人听得懂）。我们必须从个人的嘴里听到公众的演讲。或者：你不单单是在演讲，你还要在仪式上施展如此演讲的才能；做胜利者就是做诗人、歌手，是他更新了社交的媒介，当语言从他身上流过，他已经忘乎所以——就像格伦·古尔德一直哼着曲调，像简或者她的儿子那样点头。如果无法努力成功，那你就失去了作为一个社会人的状态——退缩到婴儿期（源自拉丁语，infans，意为无言）或更糟：回到野兽的状态，眼泪和汗水和尿，要么挣扎，要么挣脱。据说这是即席演讲——没有笔记，没有网络——这进一步提高了古老比赛的赌注。演讲者实际上已经准备好了，已经被训练成猿猴模仿自然，但是这可能会让你暴露出自己是个猿猴。（动物也会因羞愧而死亡。）语言是文明罩在粗人身上，罩在身体这个赤裸事实上的一层薄皮，因此才会有裸体出现在别人面前的焦虑梦。为何你会感觉大厅里的力量有点近似歇斯底里。因此才有卡夫卡的猿猴对科学院说话，还有老鼠学会了唱歌。

一个又矮又秃头的男人，舞台灯光照耀在他锃亮的脑门上，他走上了讲台。这是阿瑟·内勒，全美辩论协会主席。他深灰色外套翻领上有颗小钻石反射着光，每位有学生获得全国冠军的教练都会得到这样一颗钻石。他从胸前口袋里拿出一张卡片，宣读了第一位参加决赛者的编码、名字、就读高中和问题。他慢慢地重复了问题：哥伦比亚政府能够做些什么才能终结与FARC[1]的冲突呢？简能够听见数百人在黑暗中写下问题的声音，这种窸窣声令她更多联想到老鼠纷乱的活动而非语言（"老鼠的民间故

---

[1] 是西班牙语"哥伦比亚革命武装力量"（Fuerzas Armadas Revolucionarias de Colombia）的缩写。

事"[1]，克劳斯的声音）。如果人能训练动物学会绘画，那为何不能写字、做动作和语速压倒呢？内勒从舞台左边离开。简想要记起 FARC 指谁。游击队。一群山羊、羚羊、羊驼、角马和野猪。

看这第一位演讲者，孩子装扮成大人，走到舞台中间。他与评委目光相遇，评委在大厅前排的一个高台子上 —— 其中有一名参议员，还有一名不大重要的外交大使 —— 计时员点头表明她已经准备好了，他踏上了钢丝。尽管简反感克劳斯的装模作样，而且他死后，她越发觉得他装模作样，但她的确还是感觉到了此刻这些活动的文雅外表下有某种原始的东西：是男孩子在模仿政治和政策的语言，大人的语言，同时面临着淘汰。很快这个男孩就在解释付赎金给一支准军事武装有什么危险，为何这只会导致更多的绑架和人质事件，但是这名年轻的演讲者戏剧性地扬扬眉，也许是在试着表明他自己身陷樊笼？也许他不断张开与合拢双手就是在对着观众席中的大人呼救？但是并没有成年人，你只有长大成人才会完全明白这一点。你的父母只是另外两个体验风景和天气的身体，试图抖动一股股空气表明点意义，用宗教或者世界冰源理论或者犹太科学来重新描述偶然性是必要的，与他们的对手解析深刻的真理，而意义体系却在语速压倒之中崩溃。

在人造的黑暗中，第一位演讲者以一个玩笑结束，观众大笑了起来，简周围的鬼魂忽闪着：现在她两边都是塞缪尔斯家的

---

[1] 此处原文为德语，"Das Volk der Mäuse"，应指《女歌手约瑟芬或耗子民族》，是卡夫卡写的最后一篇短篇小说，有关艺术家与观众之间的关系。

人 —— 烟斗的气味 —— 还有卡普兰以及所有曾经观察过她、培训过她的其他人。他们到这里来评估她的儿子（显然不是成年男人，而是个孩子，永远的孩子，彼得潘，一个男人—孩子，因为美国是无穷尽的青春期）。再过几个星期他就要离开简的监护，把空巢留给她和乔纳森。他们是如何抚养他长大的？他的言论的未来会怎么样？她在软垫座位上移动了一下，眨眨眼让那些鬼魂消失，结果却发现她在看着乔纳森和西玛的后脑勺，黑发中隐约能见几缕银发，挂坠移到了脖子后面，原来有烟味的地方现在有一丝檀香味。他们在大厅里坐在她前面，但也在一辆车里，西玛的手无疑在乔纳森的腿上，简在后座上，是六岁的孩子。他们在低语，因为他们以为她在睡觉。乔纳森在说：他会输了这场锦标赛，不，是伊文森在说这话，他回过头来狼一般咧嘴一笑，呼吸中有烤洋葱的味道。

乔纳森在黑暗中拉着她的手。他的手温暖，富有表现力：这次我要做好，我要尽一切可能，无论需要多久。内勒回到了舞台上，演讲者433号，来自明尼苏达苹果谷高中 —— 大厅一侧响起观众对家乡宠儿的几声欢呼，但是内勒严厉地看了一眼之后就没有声音了。问题是：禁运对卡斯特罗是好还是不好？问题是：你是否一直知道自己要当心理学家？身为世界知名人士感觉如何（你的语言对部落来说既有原创性也能被人理解）？亚当药丸的另一半在她口袋里（今早她给了他一整颗），就像断裂的友谊项链的一部分。从苹果谷来的年轻女子开始了她的演讲，历数中情局暗杀卡斯特罗失败的一些行动（爆炸的雪茄烟、有毒的钢笔），简听从一种孩子般的冲动，把它放进了嘴里。

药丸可能起到相反的作用。演讲者的嘴唇还在动着，她用手指数着各项事情，但是简却无法听见她说的话。起初，简只能听见血液在她脑袋里流动，闲散的听觉神经的嘶嘶声。然后，她感觉到一种静静的来源不明的笛声，仿佛几乎不能察觉的背景音乐。它从舞台上弥漫开来，传向美国购物中心和萨默赛特护理院和罗林希尔和海普超市和基金会和亨通街的狄龙超市。历史终结之处的白噪音，即使有形也是难以理解的。年轻女子朝右边走了几步，在不同的要点之间过渡，但她的嘴仿佛是闭着的，她只是在用眼睛说话。

简闭上自己的眼睛。几分钟之后，可以听见掌声，表明无声的演讲已经结束了。然后她想象大厅里自己四周已经空了，只剩下右边的乔纳森，他还握着她的手。她动了动，感觉到了医院椅子的塑料罩面。下一个演讲者是 XN722，亚当·戈登，托皮卡高中。问题是：你是否能读出霍利·艾伯哈特胸前的字母，牛奶和人的先天语言？问题是：你是否能用它来写一首诗，有关家庭、艺术、记忆和意义是如何生成和解构的？简睁开眼睛。会议大厅内的气氛更紧张了。我会输了这场锦标赛，我演讲生涯的最后一次演讲。过了长长一段时间，她担心我会在舞台旁心生恐慌。然后我出现了：我妈妈可以看出来我的步伐不大对劲，我是在表演身体挺直，笨拙地装出动作自然的样子，一边展示镇静一边肌肉收紧，尽管服用了安定。大厅内完全寂静下来，听得见我皮鞋的哒哒声，坚硬的橡胶鞋底，踩在塑胶地板上。等我到位，等我转身面向观众，等我跟评委交换过眼神，她能看出来舞台灯光有点晃我的眼睛。但是伊文森教过我如何装作目光交流，装作能够分清楚我的读者的脸庞（在矮墙那边）。突然，尽管我妈妈知道那不可能，我似乎直视着她，微笑着，彬彬有礼，却没有认出她。（你知道这些好人是谁吗？）我站在那里一动不动，迎接她的目光，好似她是计时员。我抬头看着我自己低头向下看。

戴尔想到它，会一直想到它，仿佛总在那里，那个母球，沉重的打磨光滑的球体，它的成分是溜冰场，悬挂在地下室苍穹中的月亮或无限致密的死星，一个旋转的、并不发光只是吸收光线的迪斯科灯球。戴尔觉得他在把它从台球桌角的口袋里拿起之前就已经转身将它扔回台球桌，感到了它的分量和树脂的凉爽光滑。在那个一年级辣妹叫喊"基佬"，嚷着"白痴"之前，当戴尔想伸手去摸她头发但是她的朋友上前横在两人之间，他的手落在球上，在此之前，在他被一两个笑着的家伙推回到他原来靠墙的位置之前，球就已经在那里了，在空中旋转，就位，母球，雪球，某个夏天打垒球时布雷特·纳尔逊"全力投给"他的钉子球，打断了他一个牙齿，牙球，由他的牙齿和可怜的尼克·杜威的牙齿构成，钙化的，釉质，绕着轴心缓慢旋转，从每个角度都能看见，留下很多时间让人们避开它，穿过圆圈，让派对散场，让人清理场地，喷洒柠檬香味的空气清新剂，让父母结束在堪萨斯城的约会回家，他们下楼来说晚安的时候太疲倦了，注意不到它悬浮在眼前，是高年级生毕业去上大学的时候了，是戴尔在狄龙超市再去找份工作的时候了，他将给速溶咖啡贴标签，现金在抽屉里堆积，直到他开着那辆银色菲耶罗从派对回到克林顿湖的家，"万视瞩目"，在高速公路上经过一个跟他自己一样的人，把车窗摇下骂他一声基佬，骂他白痴，曼迪坐在副驾驶座上，透过左边的车窗可以看见母球，总是那个位置。要知道他本来不会去扔球，但他总是扔了。如果我在胸前画个十字，它会弹开去。粘住你。

古 老 的 英 语 （亚当）

在梦中，奖杯是如此沉重，他只好拖着它经过铺了地毯的走廊，经过白镴制的希腊演讲家扬起的手臂，独自寻找着外祖父的房间，但在现实中他妈妈刚带了一份《托皮卡首府新闻报》去罗林希尔，对折页上有一张亚当抱着奖品的照片。

　　他和妈妈还有外祖母在 7 月下旬炎热太阳下的水泥庭院里等待，外面没有其他人了。他们坐在一张金属制桌子旁，一张红色大伞为他们遮挡着太阳，在一阵阵大风中咯吱咯吱地响。安放位置不当的洒水装置浇湿了水泥地。他看着一架喷气飞机在晴朗无云的天空上留下轨迹。他爸爸终于用轮椅推着那个瘦小的男人经过自动门，停在亚当和他外祖母之间。他的外祖父一如既往地穿着 —— 别人帮他穿上 —— 一种薄薄的运动服，米色、镶白边。他的膝盖并拢，形成一个角度，偏向右边，仿佛滑雪或者玩滑板的人腾空而起时摆的姿势。亚当想：难道这不需要死命用力吗？咯吱咯吱的声音响个不停，听起来脆脆的。他外祖父的脚在那双棕色拖鞋里看上去小得不可思议，就像他曾经在一张黑白照片上见到的裹过的小脚，可能是在一本教科书里。这种变态的类比迅速在亚当脑子里碰撞，仿佛模糊了他外祖父当下的存在这一事实，如果他的外祖父还能算是"存在"的话。

罗丝做了一连串动作，快速调整了她丈夫的身体：把前面翘起来的那一点白头发按下去（又翘起来了），把他的双腿推着靠近椅子中央，帮他把他的腿伸出来一点，用一团纸巾把他嘴角的白色污迹擦去，然后又把纸巾放回她的钱包里，这令亚当惊讶不已。她做这些动作时既没有感情也没有蔑视，仿佛就是在打理一张办公桌。

爸爸，看看这篇有关亚当的文章，他是全国冠军，是——是某个辩论赛，演讲赛。外祖父的确似乎在看着，一只颤巍巍、半张开的手伸向他妈妈，好像要去拿那张报纸，但只是碰了碰报纸。他的头转向亚当，与其说是张开嘴，不如说是下巴耷拉下来，还轻微颤抖着。大家都等着看他是否要说话。亚当觉得快要难以遏制地笑出声来了，只好咳嗽了一声掩饰过去。最后，外祖父的嘴闭上了，亚当看着老人眼神中的注意力涣散了，眼睛是淡蓝色的，眼圈红红的，充满黏液。

"您的外孙是个书呆子。"亚当缓慢地大声说道，微笑着，迫使自己将一只手放在外祖父瘦削、匀称的肩上。他觉得自己有义务对椅子上的身体说几句轻松的话，表示他不害怕接触这个身体。亚当在冒汗了，闻得到自己身上除汗剂的气味。要决定对一个也许听得见也许听不见你说话、无法回应你的人该说些什么，不是件容易的事情。（是同心理分析师说话相反的另一个极端。）

"可惜我这个投手才华有限。"他的外祖父曾经是棒球迷——半心半意地，他对什么事情都这样。本世纪早些时候追捧棒球的某种普遍习惯留在了他心里。亚当把手从他肩膀上收回，不经意地滑过老人脖子上的皮肤，皮肤有点凉而干燥，也许老人已经不再会出汗了。

你还记得看亚当打棒球吗，爸爸——那时你从凤凰城来看我们？外祖父看了看他母亲，脸上掠过某种记起来了的表情，一种连锁反应，他肌肉微微紧了紧，这也让沉默更有逼迫感了：他要说出话来了吗，或者至少在心里面组成一些短语？他们再次尴尬地等待着，看他是否会说话，尽管这越来越像是一种形式而已。外祖父几乎有一年没说过一个字了。洒水的声音与养老院低矮屋顶上鹩哥的啁啾声相呼应，亚当听着更远处高速公路上的声音。他试着想起外祖父的声音，想在心里听到它，但无法办到。实际上亚当不能肯定他能"听见"任何人的声音，在内心发出某种声音。但人们不总是谈到，他们仿佛真的能听到脑子里面的声音吗——不仅仅是知道和回忆起他们所知道的那些嗓音、音乐和声音，而且还真的重新体验到了音调和音色的质地。他脑子里总是装满了语言，但从来没有任何声响，人们的声音是未发声的。亚当很好奇，他自己是不是有点问题。

他爸爸在说话了，为了说话而说话，有关小团体——有关其他父亲的粗暴，他们时常让他们的孩子掉眼泪，在观众席里跟人挥拳打架。但是亚当试图倾听自己脑袋里的声音。几小时之前他刚同安帕说过话，现在他强迫自己去听到她的声音，感觉像是在炫耀自己并没有的肌肉，体验一种幻觉。他闭上了一会儿眼睛，用手臂抹去前额的汗，也许他能捕捉到她音调的遥远回声，这有助于想象她在说话，读她的唇音。（想象她嘴唇、舌头的动弹，门牙之间的缝隙，都会让他勃起。是什么样的变态，亚当好奇，才会让人在拜访一家护理院的时候变得硬邦邦的？）

　　他困惑地发现，伊文森的声音感觉比安帕的声音还要更亲近——也许他的身体知道如何接近它，模仿它，让它从喉咙和上颚发出来。难道只有当你能模仿一个声音并成为它的媒介时，它才会真正在场？也许伊文森的声音感觉更亲近，是因为亚当经常在听录音时遇见它，仿佛他的大脑已经学会将它与其实体起源分离开来。这能够解释为何他觉得图帕克的声音轮廓比贾森的更容易想象，为何他能够回想起在电话里哪怕是很偶然交谈过的亲戚的声音，比回想起他经常当面交谈过的人的声音更容易。（什么样的声音抓住了你，植入你心中，这并非显而易见的，它不会遵循一种亲密的等级体系，不在你的控制之下。）但即使是那种感觉最为牢固地居于他内心的声音也不会发声。例如亲如祖父的克劳斯，常在他脑子里，但是克劳斯的声音——他的文学句式，时不时的寻章摘句——"听上去"却像写作。他知道一种声音的发声，但无法演绎它，然而它又不仅仅是典型的抽象知识——那就好似当他读一首诗给自己听时，韵律既不是声音也不是静寂，是心中听到的无声旋律，是意识的静音的音乐。也许

所有人都这样 —— 他们说听到了声音，那只不过是一种隐喻。如果你真听到了声音，那说明你是基金会的人。

突然，他外祖父发出了某种声音，是呻吟或者哼哼 —— 深沉、嘶哑 —— 有两三秒时间。在开头和结尾，亚当分辨出轻微的转调，也可能是试图发出音素，表达意思，形成语言。小小的语言光幻视。那究竟是一个词、一个短语，还是疼痛的表示或者非语义的不自觉的送气，经过他身体的毫无意义的颤动？外祖父的脸上没有表情，没有线索，虽然他的头转向了罗丝。他不知道这究竟是表达了还是否定了老人可以发出声音，也许它不代表什么意思。无论那是什么，都是可怕的，不体面的：也许他刚刚弄脏了自己。他不由自主地想到这是伴随性高潮的一种声音。他对自己的厌恶、愤怒和羞愧感到惊讶。你是在对我们说话吗，爸爸？你有话要说吗？

这一段几乎像是说话的声音 —— 不是发音之前而是发音之后 —— 留在了他的脑子里，他们道别时它还在他内心回响，大家都说再见了，除了外祖母。他们轮流拥抱了他的外祖父。在父亲的陪同下，亚当把那具身躯又推了进去，停在公共区域，身躯会在那里等待午饭。他走到桌子旁边，有几名工作人员坐在那里，他感谢他们，像他曾经多次见父母亲做过的那样，感谢他们如此尽心照料他外祖父。我们真心感谢你们所有的工作，感谢你为我们家提供的照顾，他说，他听见自己在说，但是在他心里，他的话却因为外祖父下流的哼哼而蒙上了阴影。看看我有名的宝贝儿子，他爸爸说，把折叠着的报纸递给穿着绿色清洁服的女人，他获得了全国演讲比赛冠军！女人接过报纸，看看照片又看看亚当，礼貌地笑着。亚当说了一句自谦的话，他又再次感觉到外祖父的呻吟。

等他们把罗丝送回去，然后回到家里，那段声响已经减退，变成了记忆，感觉不再像是源自外祖父的身体。他没有立即去自己房间或起居室打开电视看黑人娱乐电视台上的"说唱城市"节目，也没有去打电话或开着自己的凯美瑞躲出去，他同妈妈坐在厨房桌子旁，爸爸在用摩卡壶烧咖啡。

"看见他那个样子，不能说话，你是什么感觉？"他问母亲，用的是他为上大学准备的那种声音，"肯定很难受吧。"

"如果他能放松下来，可能会更好些，对大家都好。他太倔强了，对自己没好处。他从来没生过病，连感冒都没有过。"

"你觉得他知道我们是谁，他自己在哪里吗？"

"我觉得他知道，大部分时间。"

"所以你认为他听得见，但是没法回答。"

"是。"

"我感觉这听上去太糟糕了。简直是噩梦。不能回答别人的话。"

"是啊。"

他爸爸将一个有缺口的蓝色杯子放在妈妈面前，跟他们一起坐在桌旁。亚当不喝任何含咖啡因的东西，因为偏头痛。

"你们最后一次跟他真正交谈是什么时候？"他问。

"去年他还能说一些。"他妈妈说。

"得是那种有内容的谈话，不是勉强东一个西一个说几个词。"

"好几年前了。"他爸爸说。

"你在上初中时我们还真正聊过，你上一年级时。"他妈妈说。

"谈什么呢？"

"我们聊过很多事情。"她慢慢喝了一口咖啡，又喝了一口，"家人成长的动力。比方说，他如何宠爱我姐姐。"

"你觉得他看过你的书吗？"

"我想他翻过一下。他说他读了，他总是说这些书'非常有意思'。他会说，'简为遭遇困难的女人写书'。"

"他可能觉得受到了威胁。"亚当说。

"怎么理解？"

"因为你的成功。"

"也许。我不能肯定。他似乎无所谓。"

"你是否问过他有关纸巾盒子的事情？"

他妈妈笑了起来。"没认真问过。"

"我不记得听上去是怎样的了，他的声音。"

"你爸爸有录音的。"

"录音里他说什么？"亚当问。

"回忆，"他父亲说，"没有什么特别的，我就是让他说话而已。我过去让很多人都这么做过 —— 我有一卷卷汤姆博士的录音，还有克劳斯用德语朗诵他的剧作。我知道我有从凤凰城带来的录音带。你还记得那次旅行吗？"

"大概记得吧。我们能听听吗？"亚当注意到爸爸看着妈妈，等待她的回答。

"当然。"简说。

"我们现在就听吧？"亚当说。也许录音带上的声音能够消除那个哼哼唧唧的声音。

"乔纳森，你知道它们放在哪里吗？"

他爸爸去乱七八糟的地下室拿磁带盒，他们把那里称为他的工作室。也许要让他妈妈去听她父亲同时从过去和他已不再有声音的时代发出来的声音不太合适。的确，亚当感到了空气中的紧张气氛。"我们没必要去听那些磁带了，如果内容怪怪的话。"

"不，我很好奇，他其实非常能说会道。他本来也可以是个很好的即席演讲者。"

"我会击垮他。"亚当开玩笑地说。

"但不是个好的辩手。"简没有听见他的话，"他说话很慢，那会很急人。"

"我会完全击垮他。我会打得他一败涂地。"

"我只找到了一盒。"他爸爸说，带着一个灰色便携式磁带录放机回到桌边，"那下面还有我博士论文时的盘式录音带。"他对简说，"我应该为亚当把那些内容转换到盒式磁带上去。既然我们说到了'语速压倒'。"他爸爸将磁带放入录放机，但没有按任何按钮。亚当觉得有点紧张，有点害怕，仿佛他们要举办一场降神会。他妈妈终于伸手按下了播放键。

开头几秒钟他们没听到什么，只有磁带的嘶嘶声。然后是乔纳森的声音，轻微一些，年轻一些（很难区分究竟是声音年轻还是媒介时间久远）：好，好，现在我们开始，我们刚才说到，你谈到在布鲁克林的房子，J大道。你几乎制作了——

大部分家具和女孩的许多玩具。尽管这只手，我这只右手，从来没有完全张开过，或合适地握紧过。现在人们会说是残疾，我也许可以一辈子依靠福利，一天活都不用干。但那还是大家都勉强凑合的年代。实际上这从来

音调比他期待的要更高一些，也许是录音带的问题（要不就是声音会在记忆里低沉下来？）。元音后面的"r"音消失了——就像一个竭力想装作英国人的布鲁克林人。亚当觉得听上去有点装，因为缓慢而更加突出，一个家长的样子，自信无论自己说什么，别人都会感兴趣。发音——尽管不久前他还脑梗，轻度面瘫——是清脆的。

没有影响我的木匠活计。我们积蓄了不少，不算是小钱。因为我除了会做东西，还可以修理，罗丝会把椅子和别人丢弃的其他家具带回家，我会修复这些东西。实际上，我本来可以把这做成一桩非常有利可图的生意。罗丝总喜欢说那些日子我们没有什么收入，但是如果你算一下我赚的和存的钱，我们实际上境况很不错。我们在房子上没花什么钱，却有个很好的家。女孩也的确什么都不缺。实际上我记得汉娜还总是求我为她的

朋友玛拉做玩具，她住在卡罗尔街上，家里很有钱，我的确为她做了一个非常漂亮的木马，而且拒绝收

"撒谎。"他妈妈的声音比录音带更大一点，"他答应了好几个人做木马，但从来没做过。"

她钱，忘了她母亲叫什么名字。她丈夫死于大战，是职业军官，亚洲战区。我在任何情况下都不会去收取报酬的。是带一个字母S的。我们所有的家具都是我修理。我还为罗丝的那些画做了很多画框。我有几把很好的迪斯顿锯子。我不用尺子也能测量导向孔，那是为了防备木材开裂而凿的孔。你挂在托皮卡家中的艺术品，你知道其中一些画框是我做的。我觉得她的名字是萨拉。我做出了一种经典的样子，让它们有点年代感。涂一层红漆，一层，等干了之后，我再涂上两层淡灰色或金色，然后用非常细的砂纸打磨，让一些红色显露出来，尤其是在角上和边缘上。不老实的人可以把它当作古董卖。我本来还想为罗丝放在车库里的印刷艺术品做些画框，但是我现在连角规都拿不动了。我很好奇汉娜是否还跟玛拉有联系，她在许多方面都很像我们家的人。一个亲爱的宝贝。我为她感到非常遗憾，她没有父亲。我不知道钱从哪里来的，但是她们有辆雪佛兰老爷车，是辆惹眼的好车，四开门硬顶车，那些铝合金

他妈妈猛然停下了磁带，比他期待的早得多。三人看着桌上的录音机，仿佛那是个骨灰盒。声音在亚当内心继续，然后减弱消失了，但他知道总在他心里什么地方，曾经在，而且会一直

在。你怎么能消除一种声音呢，不让它成为你的一部分？他想要打破包裹着外祖父的静寂。他想象着踩踏录音机，从踩烂的盒子里扯出磁带。（他知道自己无法解释为何有这种狂暴的反应，结果反而增加了狂暴的程度。）他想对妈妈说点什么，为她说点什么。怎么回事，冠军演说家先生。但万一他张开嘴发出来的是外祖父的声音怎么办？或者更糟：是那种他们刚才去看他时发出的声音？或者伊文森，引用《克利夫兰老实人报》？或者关于母狗的打油诗？你就是用那张嘴亲你老妈的吧，一名小协会教练在他脑袋里无声地发问。他痛恨那种说法。

　　"我希望从来不会见到这样一头。"亚当说。没有片刻停顿，他母亲立即回应，纠正他的语法，她现在微笑了："我从来不希望见到这样一头。"在他心里，他在倒磁带，按下了录音机上的红色按钮，这样他们就能重新录音，覆盖外祖父的声音。他又一次引用错了这句话，好像他曾经试图用对似的。"乔纳森，"简说，眼睛开始闪亮，"真不敢相信我们的儿子，一个诗人，全国演讲比赛冠军，居然记不住一句简单的话。"她又一次纠正了他，他的分离不定式，那种小小的破碎的将来时。现在外祖父不在房间里了，只有他们三人，直系家庭成员。亚当知道，如果他想呼唤她的声音，他只需要错引这句话——他们数代人共有的、仪式一般的拒绝重复的行为，他们被遮蔽的话语，轻微的魔咒——就行了，然后他的母亲就会在他脑子里说话，淹没那些男人（的声音），无论那多么短暂。（"我很抱歉，线路不大好。"）

*

一开始梦境吸收了声音 —— 小飞机上坐在他后面几排的一个女人开始呼喊 —— 但是很快就淹没了虚构，他醒了，突然坐了起来。也许是有人在电影里面叫喊。不，声音太大了，他们不会这么晚还在看电影。闹钟上的红字显示，现在是 2:17，是工作日的夜晚。现在他分辨出他母亲的声音，尽管他同时也觉得这声音很难听出是谁的。他过去当然也听她叫喊过，但现在这个声音太猛烈了。有那么一会儿他好奇这声音是否跟性有关，尽管就他所知他从来没有听到过父母"做爱"（这个词，即使他现在想到，也是带了引号的）。这是一次争论，或者在它变得更糟糕之前原本是一次争论。他妈妈没有喊叫时，他能够听见爸爸说话的声音，他也提高了声音，但在竭力安抚她（信息穿透墙壁的效力真大，即使用词听不清楚）。然后又是尖叫声，也许在哭泣。亚当不能肯定。

他打量房间四周。再过几天他就要离开家了，他的东西似乎已经属于过去，归于他已经从中毕业的童年时代。书桌上，在木制香炉和一沓沓 CD 盒旁边有一个等离子灯球，是好多年前别人送的，也许是他的犹太教成人礼。打开开关，闪动的蓝色和粉红色光束（"利希滕贝格图样"，克劳斯是这样称呼的）就会在内置电极和外面的玻璃之间移动。光幻视的承载容器。如果你触碰圆球，电流就会朝你的手弯曲，电在你的掌心下嗡嗡作响。他曾经常常担心触碰它会不小心导致偏头痛。现在这在他看来似乎有点太孩子气了，这件80年代的新奇产品，他有一年没打开过了，也许两年。他应该扔掉它。他妈妈的叫喊声又再次响起，他很想知道——他迫使自己去想知道——人们会怎么处理这样一件东西？你可以就这么把它放在垃圾桶里吗？会有些什么样的高贵气体被困在玻璃里面？如果碎裂的话，会释放出什么东西来？也许埃尔伍德会想要它。

这圆球，他记得，还有音响装置。电流会对声音产生脉冲回应，他想象着如果他打开开关，它就会记录下父母的遥远的声音，电流模式会以某种方式将吵架的内容传输给他，闪动的象形文字。但是他不想要那内容显露，他只想要喊叫声停下来。（片刻之前他还比自己、比自己的房间更老，现在他又成了个小孩子，害怕吵闹和冲突。）他尽量大声咳嗽，还踢了踢他的床靠着的那堵墙。

但是他妈妈还在继续，那只痛苦的动物。他起身站在房子中间，站在本白色地毯上那一小片月光旁边。他穿着平脚短裤和那种他们称为"家暴式"的背心。镇静，他对自己说：父母本来就会争吵的；妈妈因为她快要死去（她希望是这样）的父亲而感到压力太大；他们为"空巢"担忧；代际之间的转换。也许他可以用口香糖把身体包裹起来，走进他们的房间，"直接从我嘴里掉下来的"，转移他们的注意力；也许可以穿上他辩论的正装，跟他们理论一番，裁定有关政策和价值观的问题。他决定去浴室，在客厅里弄出很多动静，提醒他们作为父母的职责。

他的动作笨拙得夸张，巴斯特·基顿，动作很快，这样就可以尽量不去理解那语言。他不能解释为何自己不希望理解他们争吵的性质。从客厅那头他听见妈妈用到了"弗拉特布什"这个词，"博物馆"这个词，但是很快他就在冲马桶，又冲一遍马桶。但是他们没有听见他，要么就是她不在乎，已经太投入了。他回到浴室门旁，砰地关上门，他们会听到这个声音的，然后他走到水池旁，打开水龙头，盯着镜子里面的自己看。

他爸爸会帮亚当给他脸颊打上肥皂泡沫，然后把剩下的泡沫涂到自己脸上。那时候亚当有自己的安全剃刀，没有刀片，放在小底座上父亲的剃刀旁边。他会把踏脚凳放在父亲身边，他们会一起在早饭前"刮胡子"，亚当很认真地一下下刮去肥皂泡，每刮一次都冲洗一下剃刀，他热爱巴巴索尔剃须膏的气味。即使站在凳子上亚当也不够高，看不到镜子里面的自己，但是他可以抬头在起雾的玻璃镜面上看见父亲的样子。他会让自己的动作跟爸爸的同步，直到他自己变成了爸爸，可以感到刀片刮着他粗糙的脸颊，但是小心翼翼避免碰到他现在留着的胡髭。一张共有的脸。他们把冷水泼在脸上的时候，他才变回自己。他爸爸用毛巾揩去剩余的肥皂泡，点一点在他耳朵尖上，弄得他笑起来。然后他们开车去光明环，还经常顺路捎带上贾森。

回到当下，他不但听到了喊叫声，还有东西翻倒的声音，也许是扔下来的。他无法想象发生了什么，他从来没见过妈妈和爸爸气得砸东西。

浴室距离父母的房门只有不到十英尺。他慢慢地走过去，故意在客厅里放重脚步，让地板咯吱响。他爸爸在说话了：关于消除误会是有多么艰难，关于他觉得没有办法满足期待，关于心理模式，关于某个叫"塞缪尔斯"的人，但是亚当竭力不去听。（尝试不去听，那感觉就有点像炫耀你没有的肌肉。）他想大声喊 —— 嘿，怎么回事，大家放松 —— 让他们为他的到来做好准备，但是他感到自己无法说话，他怀疑自己发出的声音是否会在空气中传播。他跟父母不在同一个维度，他是一个鬼魂，在墙里面。他能够听见妈妈在回答，但她没说太多 —— 只是在咒骂，嘲笑男人小组的话，然后是没有字眼的一阵声响。他爸爸沉默了。

亚当大声敲着半开的门，然后完全推开门走了进去。他试着让自己的声音听上去带点嘲讽，开玩笑说自己才是大人，是父母的样子：让我们都深吸一口气。唯一的光线来自床头柜上的台灯。他爸爸穿着短裤站着，是那种亚当和他的同龄人称之为"紧身三角裤"的内裤，他抱着手臂。他不戴眼镜时看上去总有点像瞎子，一副易受伤的样子。他妈妈已经穿上了牛仔裤和一件深色针织衫（这没道理，即便是在晚上，这是 80 年代了），坐在地板上，头发散乱，只松松地用只发卡挽着。她在穿靴子。这不是她平时会做的事情 —— 她一般不会坐在房间地板上，除非在做拉伸运动。她平时穿的鞋在楼下门旁边，她肯定是从壁橱里拿的这双靴子。

他爸爸终于开口说话了，字斟句酌的口吻暴露出内心的不安：没事的，亚当，回去睡觉吧。我们只是有点分歧。但是妈妈盯着亚当看，好像不但对他的在场，而且对他的存在感到震惊。她大脑受到剧烈冲击，居然都没有认出他来。然后她叫喊道："他妈的让我们有点隐私好吗？"他大吃一惊，听见自己在说——听到的是一个小得多的孩子在说话——妈妈，你要去哪里？在接下来的静寂中只有床边电话发出"拔了插头的音调"。

"问你父亲。"她从地上爬起来，动作有点孩子气，这更加令他感到惊慌失措。然后她强迫自己笑了笑，勉强用接近自己平时的声音说道："抱歉，宝贝，我需要点新鲜来思考，我的意思是空气。"苦恼扰乱了她的语法。她走过他身边，走下楼梯，他听见她从前门旁边的挂钩上抓了钥匙，然后死命关上了前门，前面的窗子一阵摇晃。前廊上的脚步声，汽车门砰的一声，引擎启动。他走到附近的窗子，拉开百叶窗帘，看着她驶出车道，朝第六街开去。

最近很多事情都翻了出来，他爸爸说。亚当回头看着他从梳妆台里拿出眼镜戴上，然后开始捡起一些肯定是妈妈扔出来的东西。空气很紧张，尤其是有这么激烈的情绪转换的时候。父亲捡起黄铜座钟，放回床头柜上，然后是小而沉重的因纽特人雕塑，把它放回梳妆台，是罗丝不知从哪里弄来的。亚当有种奇怪的感觉，仿佛这些乱七八糟的东西在地上，与其说是他妈妈乱扔的，不如说是有种磁力把它们吸引过去的，是他父亲现在把东西归位时必须抵抗的某种原始吸引力。他想象父亲从地毯上拿起的水

杯 —— 他可以根据杯子里深色的痕迹判断它曾经装过酒 —— 有三十磅重，就像亚当曾经在大力水手健身房抓举过的一只杠铃。在角落里，有几本被人从梳妆台上扫下来的书 —— 包括他妈妈写的一本书，某种东欧语言的译本 —— 亚当还在这些书旁边看见了克劳斯给他的金黄色木盒。我们一直在讨论很多事情，今晚上有点失控了，真抱歉吵醒了你。没事，真的，你妈妈很快就会回来的，让我们睡一会儿。亚当心里想要知道更多一点和想要知道更少一点的愿望互相抵触，直到僵持不下，使他难以动弹。他感到父亲在鼓足勇气应对棘手的提问。

但是亚当说了声再见，转身离开。他轻轻带上父母的房门。他的双腿带他经过自己的卧室去了客厅另一头妈妈的书房，那里不再铺地毯，只有硬木地板。他没有开灯，没有百叶窗帘的大窗户开向后院，屋后的平台围绕着一棵胡桃树建造，树枝在风中摇动，在地上投下阴影。他尽量悄无声息地站着，听着汽车返回的声音。后院围栏上一只动物缓慢地爬行，是一只大猫还是浣熊？是只猫。他转身离开窗口，走到书桌旁，在转椅上坐下来。电脑屏幕右边有几只出自瓦哈卡[1]的绿色和紫色阿莱布里赫[2]乌龟，脑袋在微微颤动。带铰链的三联相框中是他和妈妈在不同年代的照片。根据桌下电脑箱发出的嗡嗡声，他可以知道她没有关电脑。只有米色的电脑屏幕是关着的，他找到了屏幕后面方形的按钮，

---

[1]　瓦哈卡，墨西哥南部城市。
[2]　阿莱布里赫（Alebrijes），墨西哥民间艺术特有的一类色彩艳丽的奇幻生物手工艺品。

按了一下。

1995 年 Windows 版 Word，她还没有 97 版办公软件。打开的文件包含他妈妈正在做的笔记，也许她是在写一篇文章："被第一家庭抛弃的人 —— 见鲍恩，变化的进程视图""追逐循环和焦虑"，等等。他幻想他在文档里打进任何字，最后都会进入她的书中，后来她会误将其作为她自己的语言融入自己的写作，然后会在全世界流传，也许还会影响她读者们的各种关系。他知道这个想法很荒谬，但还是吓坏了他。

他新建了一个文档，输入他父亲说的片言只语，但是现在他根据音节和重音重新将其大致组合和分开，他写诗时就是这样做试验的。

你消除误会的时候很痛苦
我没有总是满足
尤其是当有那么多的

他让光标闪了四次。然后又继续写：

变化的进程视图成为
淡灰或者金色的两层
电流在你手掌下

等等。某种特殊的力量卷入了重新设定语言、重新分配声音、改变设定模式的原则，是原始意义阴影下另一种意义的微弱火花，是叙述。力量既真实也很微弱，是遥远的信号。他又写了几首三行诗，全都不怎么好，但是撰写这些诗句，或者说是让某种力量通过他来撰写，这个过程令他略微放松了下来。他关闭了文档，点击了"不保存"。

他犹豫了一下，然后双击了网景浏览器图标，听着拨号的声音。然后是自动拨号，哔哔声和嘶嘶声，调制解调器经过通信线路与另一个调制解调器联络的声音，机器的语言。等亚当连线之后，他在检索框里键入"ALS Scan"[1]，等待结果显示，然后点击了相关的链接。过了一会儿缩图才出现。这并非他最喜欢的网站，但是他深信如果"ALS Scan"这样的名字被天知道什么监视力量发现时，那听上去会是无害的。"ALS"难道不是一种疾病吗？他可以声称是在做某种研究。

他多少是随意地点击了一名大概跟他差不多同龄的年轻女子的小图像，她正在吮吸一只手里拿着的紫色假阳具，另一只手分开自己的阴唇。图像开始加载，从电脑箱传出的沉闷的声音令人想起从远处传来的建筑工地的嘈杂声。又锯又敲，仿佛有些小人儿住在计算机里，必须手动制造图像。图像开始在屏幕里从上往下出现，色彩的帘幕一毫米一毫米地降下。要一分钟才会完全呈

---

[1] 美国一家色情网站的名称。

现，简直就是脱衣舞的缓慢速度。

图像还没有到达的那部分屏幕是黑色的，他能够在玻璃中看见自己的映像。然后，突如其来地，另一张脸映照了出来。亚当大吃一惊，笨拙地低头躲向书桌下的电脑，猛地按下了开关按钮。等他重新坐直身体时，他已经知道是虚惊一场，房间里并没有人。有人来他会听见的。他用鼻子深吸气，从嘴里大声呼气。他已经筋疲力尽了，起身去上床睡觉。

但是他在书房门口停了下来：等他妈妈早上打开电脑时，那幅图像还会继续加载吗？他知道不会的，但是留在心上的画面令他忐忑不安，可能还会有其他痕迹，他的浏览历史。（那幅图像会出现在各个地方的屏幕上，不知怎的人们都知道是他干的，他要负责。安帕会在自己的电脑上看见它。罗丝下次经过海普超市的电器区域时也会看到它。它会出现在菲尔普斯示威游行时的标语牌上，你为你儿子感到骄傲吗，不知怎的它会出现在她书桌边上的画框里，替代她那些书的封套，但它也会出现在过去的屏幕和表面，怪猫弗里茨，乔治·布雷特海报，还有他的《星球大战》床单，会替代爸爸办公室的夏加尔油画，毁了他的职业。证据会出现在未来的屏幕上：你的 iPhone、这本书的封面。预先知道会有这样的羞辱，她妈妈逃跑了。历史的顽固不化。）

他回到书桌，再次打开电脑。他听见布赖恩·伊诺 [1] 作曲的

---

[1] 布赖恩·伊诺（Brian Eno，1948— ），英国作曲家。

六秒钟 Windows 开机音乐。他需要找到和清理存档。直到此刻他才开始想到不知是否保存了妈妈对文档的修改。

*

他把车停在距离派对几幢房之外的地方，恰好在离他们最近的街灯亮起来时关闭了引擎。你觉得它们是定时的吗，他问安帕，或者你觉得它们是光控的？我觉得每盏灯里面都有只小鸟，就像《摩登原始人》[1] 里那样，她回答。他们点了烟抽，看着一些同学到来，大多带着一瓶瓶一盒盒的酒。他们做了个游戏，从所在的距离猜测那些酒的品牌：齐马、疯狗可可机车葡萄酒、皇冠伏特加冰饮。安帕遮住一只眼，就像他们让你读一张视力表上的字母那样。

抽完烟后，他们下了车，打开后备厢去取他们自己的酒，都是从安帕的父母那里拿的：稍微喝了一点的1/5绝对伏特加，一瓶白葡萄酒。他砰的一声关上后备厢，街灯也灭了，仿佛回应响声。安帕溜到他面前，站在他和车之间，把他拉向自己。快点，抢在灯再亮之前。他尝到了唇膏的甜味和烟草味，略带薄荷和金属味，令他亲吻她时想到了鲜血。在你鲜亮的粉红色肺上造成可选择性伤害，这感觉真好。两个人闻起来有着兰蔻香水和菲利

---

[1]　美国动画电视剧，1960—1966 年播出。

299

普·莫里斯烟草的味道，都是人造信息素和致癌物质，他们在最亲密接触之际，成为他们最可以互换的、属于共同体的人，成为这种陈词滥调和类型，这感觉真好。

我有个表姐在乔普林[1]，她说，脱开身来（她总是突然脱身），她说她走过街灯下面时灯就会灭。她觉得仿佛她拥有某种超力量，或无论是哪种你称之为坏的超力量的东西。一个诅咒 —— 她有点不对劲。

亚当说，也许跟她周围的电磁场有关。

但他妈的糟糕的事情，她没理他而是继续说，是我们 —— 我哥哥也在那里 —— 全都晕乎乎的，她告诉我们这件事情，我们逗她，谈到了斯图尔墓地，电影《驱魔人》，然后她就这样，好像说：来看看吧。我们就全都走去城里，那大概离我姨妈家有半英里，街上完全荒寂了。这是某个星期天的凌晨一点钟，到处都是那种老式的街灯。她让我们等着，看着，她慢慢在街灯的一边从下面走过，什么事情也没有发生。我们都笑了起来。然后她从另一边朝我们走回来，的确有盏灯恰好熄灭了，我们乐翻了，但也说这只是运气。然后她又走了一遍，又一盏灯灭了，我发誓。真他妈奇怪。好像她就是用心来操纵的。她很疯狂，眼下在吃百忧解，他们让她在家里读书。我觉得她可能是个巫婆什么的。

这是你爸爸家的 —— 他姐姐的女儿，他求证。

---

[1]　密苏里州的一个城市。

没错，她大笑起来。

你们听上去像一堆他妈的嗑药的疯子，他说，怕万一他想要了解她的家庭状况，在心里记住她家的谱系，会让他看上去怪异或者太细腻。

他们牵着手走向贾森的家，但是快要到时就放开了彼此。现在没人牵手，这又不是 1950 年代。更多的人来了，亚当被这么多车惊到了——亚当和贾森都从来没有举办过这么一个满屋子人的派对。西玛和埃里克，像简和乔纳森一样，不在乎喝点小酒，不会因为吸点大麻就大惊小怪，但他们不会容忍家里出现更硬核的毒品或者失能的中学低年级生或者一场斗殴。任何这种事情都会导致一年，也许好几年的"分析讨论"。基金会的孩子们知道好歹。贾森的父母去堪萨斯城过夜，但是聚会一旦开始，就很难控制，很难保证大家及时散场回家。贾森一个半月之内就要去斯坦福了，也许他不在乎惹上麻烦。

根据说话的声音和音乐（难民营乐队，《得分》），他们知道人们在后院。房子边上的木门开向一条两旁点着小灯的石头小径，通往后院，高年级的同学分散在院子里的桌椅旁抽烟喝酒。不时可见某处放着一箱"自然光"啤酒，诺瓦克在拿着瓶子喝伊凡威廉威士忌，一瓶加州乐事葡萄酒，等等。大家按惯例同亚当打招呼，半嘲弄地祝贺他获胜——"嘿，让我们为傻屌冠军举杯"——然后亚当进屋里面去找一个混酒器。

为何那晚进贾森家的屋子感觉怪怪的呢？他从记事起就认

识这幢房子了。为何他像个人类学家或者幽灵那样在冰箱和厨房抽屉里胡乱翻找？他为何要把橙汁放在台子上的瓶子旁边，而且，不去准备酒，却走进起居室去观看黄色的皮沙发和墙上的油画——简送的礼物，那一小幅装在古董画框里的拉西特会在其中吗？他找出了自己十多年前留在咖啡桌上的牙印，他们玩耍时他摔了一跤。他的手指拂过印记，记起来数年之后，在一家酒店里，看着他爸爸把贾森的嘴唇从牙套上剥离。（他们的乳牙去哪儿了？他突然很好奇。父母就是这么把它们扔了吗？他想象着回到派对人群中，发现高年级男生和女生张嘴笑着，露出小小的乳牙，可以看见他们牙齿脱落的缝隙，落下的牙齿放在枕头下留给牙仙子，她会用自由女神头像美元银币来交换。）他漫无目地地走上楼梯，硬木在脚下吱吱响。贾森的卧室和电视房在他右边，但他去了左边，打开了主卧室的门，以前他从没有进来过。他能够闻到一种让他想到西玛的气味。他们的梳妆台上有一个大首饰盒，镶嵌着银和珍珠，他拿起一些手镯，看着戒指。有一个没系在项链上的小盒子挂件，他尝试打开，但打不开，也许不是小盒子，只是个挂件，但是他觉得那里面藏着什么东西，一张旧照片，一小片世界冰。大窗子开向后院，他走向窗子，小心翼翼地拉开百叶窗帘，看着下面的同学们。看见戴尔跟科迪和劳拉一起到来。大家以夸张的热情迎接戴尔，带着歇斯底里的腔调。过得怎样，兄弟。哟，真他妈是一个派对呀。亚当想象着看见自己坐在一张藤椅上，安帕在他膝上，把她的金发扎成一个马尾辫在右肩上，顺便露出她晒成棕褐色的手臂上健美的肌肉。

但是安帕碰了碰他的后背，让他吃惊地从百叶窗帘旁缩回来。天啊，他说；她上楼怎么没一点声音？你在这上面干什么？她问道。他不知道该说什么，只好带着同谋的微笑，走到门边，按下银色把手上的按钮，锁上了门，然后回到她身边，带她去那张铺得非常平整的大床。在这里？她问道。床垫出乎意料地硬实，记忆海绵。窗外传来更多声响，参加派对的人迅速增多。他们亲热了一阵，她在他上面，然后他把她翻下去，一路亲吻到她牛仔裤最上面的纽扣，解开了纽扣。

要知道他有关性的知识，就目前而言，只不过是一种合成，或一种可利用的紧张感，介于色情和《我们的身体，我们自己》[1]之间，那是他在父母的收藏中找到的唯一接近色情的东西。他听过自己的母亲谈论以前的研究从心理分析理论中抹去了阴蒂，当然他也听过男孩和男人们无休止地谈论女性身体是一种让男人消遣作践的玩物。如何与安帕互动，既能显示他与众不同之处 —— 是一个诗人、原型女性主义者，将要上常春藤学校、不同于那些家伙的另一种人 —— 而又不至于显得娘娘腔？口交[2]，狡猾的语言学家，如玩笑所言，也许这玩笑是针对他的，他这个想要用语言遮蔽身体的人（口香糖，克劳斯的声音，表明从口腔到生殖器的转移）。他不

---

[1] 1970 年首次出版的一本有关妇女健康和性行为的书，多次再版。

[2] 此处用了"Cunnilingus"这个词，拼写略似"cunning linguist"，即"狡猾的语言学家"，故有后面的玩笑。

大可能是托皮卡唯一"吃逼"的男孩，却可能是97届班级中唯一阅读那些技巧的孩子，在著名的性学专家从这城里路过时，向她咨询，而她则会从他的性行为伙伴那里索取坦率的反馈（这种谈话，在安帕最初的羞怯之后，似乎也差不多像身体接触那样对她产生了作用）。放平舌头而不是用舌尖。圆周和垂直动作的辩证法。他手指的舞蹈。不要因为愉悦高涨而本能地加速，不要屈服于语速压倒的本能。在大学里，他将学会抛弃那美妙的青春神话，所谓用舌头"书写"字母是女性高潮的通用密码，但那至少扩展了他行动的范围。你可以放一支钢笔在嘴里来尝试朗读，这种形式的让口齿清楚发音的练习，门槛低得荒谬。使用舌头的边缘，爆破音的关键，例如 /t、d/。如果他只知道听和回答和在颤动时稳住，那就足以 —— 再加上直截了当地操 —— 让安帕宣布迄今为止他是她众多情人中最了不起的。但是虽然他希望她公布这样的排行榜，却不想要她泄露口腔刺激的核心作用，那会让他在那些家伙中的名声受损。因此他的舌头又成为他的强项和短项。

她拿过一个大枕头盖在脸上，闷住她高潮时发出的声音。她不再颤抖时，他小心翼翼地回到原位，拿去枕头，两人慢慢地亲热了一阵，然后都仰面躺着，凝视着天花板上黑暗中隐约可见的一动不动的白色电扇。安帕并没有立即俯身向下回报亚当，而是开始说话了。

虽然我妈妈不想让我离开这个州太远，但我打赌可以说服她，我必须搬去东部才能找到合适的既能跳舞又能求学的地方。

她有个侄女去了斯沃斯莫尔学院，那里基本上就是费城了，开车去普罗维登斯路途挺长，去纽约倒挺近的。我不知道是否能进得了大学，因为我在西肯尼高中的成绩单上有一堆 C，因为我到处瞎混，但是那以后就是 4.0 了，我的 SAT 数学成绩是 790，虽然我不是傻屌辩论赛冠军，但我还是写得出一篇好文章，要不你也可以帮我写，或者还有其他学校。（你是否知道在巴哈马有个医学院，你可以去，然后回到这里就可以当医生了？那多好啊。大学读完两年以后我会在那里学习怎么做手术，然后在海滩上纳凉，嗑药晕乎乎的。如果舞蹈不成功的话，我就会选择这个。也许儿科，就像他们修理我弟弟的动脉那样，他天生动脉是逆转的。这就是为什么他没法打橄榄球，虽然他很厉害。）不是说我们一直会成双成对什么的，但是我想找个周末去纽约跟你在一起，我想去看博物馆，在公园乘那种马车什么的，就像你爸爸在那次糟糕的旅行之后那样，留下一些其他的回忆。我不敢相信他们就这样告诉你他们一起吸毒和失去控制是怎么回事。我妈妈会脸色像鬼一样，一肚子药丸，却赌咒发誓说她只喝了半杯葡萄酒。我们还可以去看艺术展览，或者听诗歌朗诵什么的，或者夜总会，或者干脆就是看完电影后大街上逛逛。要不就像我哥哥说的，上次他在那里，他们买了 40 盎司装老英国啤酒，乘上摆渡船，一个晚上来来回回地胡闹，从水上观看城市灯光，我觉得听上去很棒，我们可以找个晚上试一试，行吗？你不知道当你不是个浑蛋时，我多么喜欢跟你在一起，你不知道了解相同和差异是什么感觉，即使你不能代表我的声音，你了解其他人的心理问题、光幻视、音素。就像现在我早年的生活在心中变得越来越空旷模糊，却积累得很厚。我们只需要假身份证件。我不大清楚，在任何时候我告诉你的是真事，还是不真实的梦幻。如果你把这个植物在手中搓搓，街灯就会熄灭，警笛会响起。海尔－波普彗星马上会经过近日点，留下一条蓝色气流从太阳那里散开。蓝色的冰。如果你闭上眼睛按压一下的话，就会看见。我总是这样，最牢固的事情化为梦幻，梦幻又变成牢固的事情。后面有艘宇宙飞船，我们躺在这里时，天堂之门成员在混合苯巴比妥和苹果汁和伏特加，爬上他们的双层床，用紫色的布遮盖脑袋，这样他们就可以乘飞船离开他们的身体和这个星球 [1]，历史在此终结，97 届班级。

他们在厨房里把伏特加和橙汁倒在冰上，放进最高的酒杯里，回到后院，现在众人聚在一起，人声鼎沸。来了一大群低年级大学生。亚当很快就回去倒酒，这次少放点橙汁，然后紧接着安帕又给了他第三杯，也许第四杯。他无法告诉你密码是怎么形成的，谁是最早的行动者，但是他发现自己双手搂抱着两个高年级同学的肩膀，一起试着用"婊子"和"枪战"等等这些词押韵。如果你吞下这颗神秘的药丸，你就可以从他们词汇的荒谬和攻击性中抽离出来，重拾一种惊奇的感觉，面对这样的简单事实，即

---

[1] 天堂之门（Heaven's Gate），美国一个信奉千禧年主义和不明飞行物的宗教组织。1997 年 3 月 26 日，警察发现 39 名信徒的遗体，这些信徒相信他们能通过集体自杀来进入跟随在海尔－波普彗星之后的外星飞船。

任何在形式上有所限制的语言游戏都具有社会意义，那些喜欢男性气概的家伙都会以这种盗用的方式构建一个剧院，在那里话语可以循环回收、重新结合，无论完成得如何笨拙或者张扬。这个晚上，亚当成功摆脱了好斗的愚蠢暴力和厌女的陈词滥调，进入了一个语句以他无法自觉控制的高速展开的境地。此时无论他将什么词插入句法机制（是可互换性的至高状态）都已经没有关系了，无论他是押韵婊子还是吹喇叭还是"魔鬼鱼"监控计划都没有关系，他看上去像个白痴也没有关系。重要的是语言这种社交活动的关键媒介，展示出了其抽象能力，而他能瞥见语法作为纯粹的可能性存在，无论这一发现多么转瞬即逝。

把戴尔拉进来是谁的主意？戴尔移动着，被移动着，随着一股酒精和大家共享的能量的潮流，进入了没有多余人的圈子。那些家伙用他们的手臂像兄弟一般搂住他的肩膀，好像是一起打橄榄球时的拥抱，递给他隐形的麦克风或海螺或说话杖，而他一开始完全无声，无法发出任何声音，人们看见他吓坏了的笑容，他们最后回到他身边，现在他说话了，尽管吞吞吐吐。虽然他的贡献只不过是笨拙地尝试逐字重复亚当吟唱的关于"拳头打在脸上"和"抓住箱子"等内容，但他的兄弟们全都喊叫着鼓励他，表示赞叹，依着不存在的节拍上下点着脑袋，仿佛戴尔在揭示新的思想和感情的领地，新的世界，仿佛他是他们的卡德蒙[1]。因为

---

[1] 卡德蒙（Cædmon）是最早的英国诗人（约 7 世纪），传说他最初对"歌曲的艺术"一无所知，但在梦中学会了作曲。

他们总是听人说要包容他，而眼下这些就构成了包容的顶峰：将戴尔吸纳进团体话语和他们搞砸了的韵律。如果说这其中有讽刺的话，那也并非全是残酷的。

但是后院太吵了，邻居会抱怨。最后贾森打断了这一连串密码组合，说他们必须进屋里去，下楼去地下室，那里有大电视和豆袋椅还有铜墙和台球桌，那是数年前乔纳森帮着埃里克用罗恩·威廉姆斯的卡车从克劳斯家里拖过来的。现在是时候各就各位，待在不被察觉地旋转的母球——冰的卫星四周。（干树脂上面的一抹抹白漆给表面增加了动感和月光的感觉。）之前和现在都不用着急。实习生要去架好摄像机，演员们要摆弄好那个年代的服装，帽子倾斜的角度恰到好处，别好他们的寻呼机，应用他们梳妆打扮的秘密技巧。这是1909年；这是1983年；这是从2018年看见的1997年早春，从我女儿们住的那一层，手提电脑的微弱光亮，另一扇窗在播放《月光》，而地下室在播放骨头帮[1]。因为今晚是循环的，我从外面听见人声穿透玻璃窗，我从小说里面听见欢笑和含混的言谈，濒临崩溃的机制。一箱箱啤酒靠墙放着，大麻烟枪放在绿呢桌面上，麦卡米给贾森看那一袋子晶体，你如何加热灯泡的底部，灯丝是早就仔细除掉了的。好像瓶子里的一艘船。（在这种气氛中，很快冰毒就会被阿片类药物取代，安非他命随着慢慢点头的节奏扩散。）需要成千上万代人的技术进步，

---

[1]　骨头帮（Bone Thugs-n-Harmony），美国的一个说唱乐团。

每一代人在前一代人成就的基础上努力，才使这些常见的现代物品成为可能。木板上的蛋彩画、彩色大理石、橡胶和胶水。

　　大家在拥挤的地下室里各就各位之后，灯光熄灭了。不时看见打火机靠着碗发出的亮光，便携式音响上面蓝色的通电显示。点击母球，把它拖到桌子边上，放在曼迪·欧文的脸旁边，脸是侧面。松开定位球，它击中了她太阳穴下三英寸的地方，她的下巴被击碎，四下散开，掉了好多颗牙齿，球把她砸得人事不知，永远改变了她的言语功能。重新打开灯时，她脸朝下倒在地上，有人看见血快速流出来弄得到处都是，尖叫起来。音乐终于切断了。有些人跑向曼迪，慢慢把她翻转过来（更多尖叫声）；其他人冲向戴尔，拉住他，好像他试图逃跑似的。他嘴角轻微的痉挛。许多人干脆逃出地下室，踩着楼梯往上跑。找出滚到桌下的母球，再点击一次，把它拖到左边。曼迪站起来时，血液和牙齿都回到她脑袋里，她的下巴重新咬合。灯光熄灭了，一团团烟回到嘴里，音乐倒放，小月亮旋转着穿过地下室的苍穹，这一切发生的时间不长于一支箭射中、飞翔、离开弓弦的时间。如果你慢慢倒放歌曲，歌词的确如有些歇斯底里的父母所害怕的那样泄露了撒旦的信息，仿佛它不只是空虚的愤怒，而是有逆转伪装的神秘指令 —— 无论多么阴暗 —— 那反倒会容易得多。现在它充满了他的手心。

主题统觉（亚当）

多娜·阿兰娜的一居室公寓位于第108街和阿姆斯特丹大道，这个公寓自从1942年以来就没有什么实质性改变，那时她从别克斯岛[1]来到这里，在这公寓里独自带大了两个女儿，她的女孩曾经睡过的双人床还在那里，铺得整整齐齐，摆在铺得整整齐齐的大床旁，旁边是一张小桌，上面放着一台旋转式电话，是我这辈子见过的最后一台旋转式电话（我自己的女儿们从来不知道有电话线，从家庭制度的视角看，这是深刻的变革），这公寓感觉像是那种静止的一点，它周边的东西不断围绕它重新安排自身，我们——纳塔利娅和我从这个公寓走出来，推着双人童车走在11月不合时宜的温暖中，朝河滨大道走去。我们女儿的外曾祖母最近显露出了持续加重的痴呆迹象，我们试图向她们掩藏我们因此感到的悲哀：去看望她时，她大

---

[1] 波多黎各的岛屿。

部分时间都用她母亲的名字称呼纳塔利娅；她以为我们的大女儿卢纳是个男孩，纳塔利娅把卢纳褐色的头发拨开，显露出金色短发茬；孩子们叫她"比西"，她从小阿马娅手上抓走一只青蛙冰箱贴，那种突然不顾一切的劲头，"是我的"[1]，本来是另一个孩子可能会做的动作，然后她看着手心里的冰箱贴，为自己所做的事情感到困惑，而阿马娅开始哭喊起来。我们在百老汇交通岛那里停下来，等待人行信号，纳塔利娅同常年坐在我们左边长凳上的那些人打招呼，他们说的西班牙语我听不懂，因为吞去了元音，一辆巴士经过后可听见鸟鸣声，而我则假装没有去看我们右边一个无家可归的人在垃圾桶里翻找，在心里确定他对女孩没有威胁，我很难不去想这些事，阿马娅在瞌睡了，嘴里含着安抚奶嘴，卢纳自己唱着一首关于河马的歌，我抬头看见大楼之间的天空上云彩迅速移动，从一辆跟别人并排双停的车里传来卡迪·B[2]。纳塔利娅和我不想让女孩们懂得我们在说什么的时候，就用一种多音节的黑话谈天，化简为繁的词语，我只能用英语这么做，这也使我们把严肃的话题变成了一种游戏——我们感觉像是小孩在模仿大人说话——所以我说，"神经衰退看上去是很严重的，但是她的基本人格还未受损"，反正就这种话，纳塔利娅则说，"我希望她在到达终点之前不需要再转移到另一个机构去"，或者类似的话。交通灯变

---

[1]　此处原文为西班牙语"Es mio"。
[2]　卡迪·B（Cardi B，1992—　），美国词曲作家、歌手、演员及电视名人。

了，我们过了街，卢纳指着富豪雪糕车：爸爸，你答应过冰激凌。不，我说过你可以在比西餐馆吃饼干或者等下再吃冰激凌，心里面因为她将要升高的血糖指标而感到内疚。卢纳开始哼哼唧唧，纳塔利娅同女孩们只说西班牙语，告诉她哼哼唧唧会带来什么后果。卢纳放弃了，回到她唱河马之歌的即兴风格，把"很严重的"[1] 这个词也结合进去了，她的发音是"own-rust"，听上去有点傻呵呵的，我们并排下坡朝河滨大道走去时，她拍着巴掌惊散了一些鸽子，有个人在脚手架上做引体向上，卢纳乐坏了，爸爸，你能那么做吗。你祖母过的是什么日子啊，我对纳塔利娅说，我总是这样说，度过了一个多么疯狂的世纪啊，出生在汽车和飞机之前，现在可以同岛上的一个表亲视频通话（用纳塔利娅的手机），岛上刚刚恢复了通电，同时她的外曾孙们在身边跑跳。纳塔利娅对这样的老生常谈点点头，驾车好手，她笑笑，那种专为收住眼泪而设计的笑容，对气管施加一种向上的压力，特朗普在飓风"玛利亚"之后把纸巾扔向人群，联邦紧急事务管理署散发彩虹糖和其他企业的糖果，我推着童车走上了人行道，进入商业区的主道。我们向左转，朝南向91街的河马游乐场走去。

　　我们到了游乐场，卢纳跳下童车，我和纳塔利娅把童车抬下石阶。然后我松开安全带，把阿马娅抱出来（虚构我女儿们

---

[1] 原文是"onerous"。

的名字，为何感觉有点危险呢），开始唤醒她（她睡着的时候感觉更重），唱着我自己的关于河马的歌，河马归于"易受伤害"而非"濒危"的种类，爸爸想给你推秋千，我的小河马，最后把安抚奶嘴——她把这叫作她的波波——从她嘴上取下，这使她睁开有着长长睫毛的眼睛开始说话，虽然只是要讨回波波，"爸爸，再要几分钟波波"。我还给她，把她放下，拉拉她彩虹条纹裤的腰带，看看尿布，然后放开了她，看着她一摇一摆朝姐姐走去，姐姐已经小心翼翼地爬上了一个小石头河马雕塑，对我笑着摆手。我下意识地扫了一眼游乐场，无法做到不去看，看是否有潜在的坏人或沥青地上是否有碎玻璃，默默地记下游乐场设施的高度，如果这样那样摔下来可能会意味着什么样的伤害。然后我查看了手机，看看手机框外来了什么短信，看看头条新闻有什么安抚人的消息、丑闻、古老的倒退、世界冰源理论的最新进展，然后再关上屏幕，算是再次努力同我的女孩们在一起。我也再次努力不去时时刻刻干涉，也就是说不要太表现出自己在场，因此我让卢纳和阿马娅爬上小小的黄色金属扶梯——没有站在那里准备帮助她们（反正掉下来也不大会造成脑震荡）——进入森林体育场，不同年龄的孩子们从一个玩项跑到另一个玩项，在猴架上晃来晃去，还有一个宽大的金属滑梯。远处的纳塔利娅从存放在童车下面的篮子里的书袋中拿出水瓶。

　　卢纳排队站在两个高一点的女孩后面等待滑梯，阿马娅急切地模仿姐姐也站在她后面。这时候我注意到了那个男孩——也许六七岁，比卢纳大几岁，他没有在溜滑梯，而是坐在滑梯顶上，脚砰砰地敲打着金属面。一个大一点的女孩要求男孩挪一挪，这样也可以轮到她，他说：这个滑梯只是男孩用的，女孩不能到这个滑梯上来，走开。女孩自己的父亲就在附近，她喊他来帮忙对付这个男孩，因为他不肯轮换，卢纳和阿马娅紧张地看着事情会如何发展，在我看来，她们正准备把她们遇到的一切生活教训都记在心里。（那种紧张接纳的姿势，那种孩子眼中特有的神色——既在场又心不在焉的混合，当她准备受到影响时，准备像蜡接受印记那样，接受它施加于我们这些假装大人的人的语言和手势上的压力。）那名父亲的口音大概是法国非裔，他轻轻地笑着请那男孩让其他孩子轮流玩，男孩厉声说：不，女孩不能到这个滑梯上来，不，走开。这时候那名父亲，仍然笑着，说道：今天你的爸爸妈妈在哪里？男孩犹豫了一下，抓了抓膝盖上的痂，不情愿地对十码之外坐在一条长凳上的男人点点头，他似乎在远远地看着滑梯上发生的事情。我想要分散卢纳和阿马娅的注意力，你们俩看到这些猴架了吗，但是她们很专注，眼睛看着那个父亲微笑着走向长凳上的父亲，而男孩继续弄出很大的动静，大一点的女孩们耐心地——虽然是不高兴地——等待着大人的干涉。我假装没有去注意两个父亲之间的交谈，但是很快女孩的父亲回来了，满脸困惑，甚至有点震惊。他告诉女儿说该去玩秋千了，反正他们很快就要走了。

他和我目光相遇，他抬起眉毛表示长凳上的那个父亲没带来好消息。我直接向长凳那边看过去，朝那个没来管束自己儿子的坏父亲示意，表示我跟这个好父亲站在一边，同时抓住这个机会打量了一下这个坏父亲，不可能不打量：他比我更高更瘦；他比游乐场上任何其他大人穿得都更加正式，好像他刚下班过来，虽然这是星期天；他穿着卡其裤、外套和一件粉色纽扣衬衫，没有领带；我猜他在金融界工作，证券什么的。他显然不是一个粗人，他像我一样戴着黑边眼镜，跟这个城里成百万其他父亲一样。他是白人，因此我俩之间没有那种复杂的政治动力问题，尽管它有可能影响到了他与另一个父亲的交流。我再看看我自己那两个仍然在等待的女孩，心里忐忑不安，我们全都在看着那个不肯让出滑梯的男孩，他还在不断弄出那些金属的砰砰响声，现在我心里有风暴在迫近，一个带着温热内核的旋风体系。我告诉卢纳说有秋千空出来了，让我们去找妈妈要点水喝，纳塔利娅在童车附近跟一个似乎认识的女人说话，但是卢纳和阿马娅还有站在她们前面的那个大一点的女孩不肯让步。我想要坐滑梯，爸爸，是那个男孩不好。

我们让女孩玩一下怎么样，我对男孩说，像我前面那个女孩的父亲一样笑着，但是男孩又踢了一阵滑梯，喊叫着：不，这些女孩很蠢，这些女孩好丑，愚蠢的丑女孩不准玩。就我所知这还是第一次有人这样骂我四岁和两岁的女孩。我不由自主地想象拎着男孩的脖子把他从滑梯上揪下来，而我只是继续说着，没有再笑了，但语调还是平和的，我告诉他，说这样的话不好。个子高点的女孩开始哭了起来，卢纳跟着哭了，然后是阿马娅，她拿开波波哭了起来。你看你伤害她们的感情了，我说，看着坐在板凳上的父亲，这个坏父亲无疑看见了发生的事情。请你马上离开滑梯，我说，但男孩只是一个劲地踢着金属板，然后，不知怎么，我就朝那个坏父亲走去。我自己父亲的声音在脑子里：别这样，带着你的女孩，去玩秋千，把滑梯让给那个男孩（男孩总是男孩），这是你应该做给你女儿看的样子，跟别人起冲突得不到什么好处。我快要接近坏父亲时，尽量再次堆起笑容，靠近他时，说，嗨，怎么回事，我试着套用我自己父亲的声音，那种声音不知如何就会软化别人，允许他们不按照硬汉脚本演戏。坏父亲只是微微点了点头。你能帮我个忙么？我说，尽可能表现得从容，你儿子在滑梯上玩，其他孩子，包括我女儿，想要大家轮流玩，他不大愿意同大家分享那块地方。坏父亲生气地回答：不，我不去那里，绝对不去，让孩子们自己想办法。

我父亲说，亚当，这个人显然遭遇了很多事，看他发抖的样子。也许他觉得没有办法管束自己的儿子，不知道该怎么办，也许他的婚姻一团糟，也许他确诊得了可怕的疾病——谁知道呢。我们知道的是再说下去也没什么用。我不同意我父亲的话，他又说，他处理得很糟糕，但是孩子们会想出办法来的，也就是说，卢纳和阿马娅会找到别的地方去玩的。也许无法察觉地，我对我父亲，对 J 医生，对他的清醒状态点了点头，而我自己的声音——听上去很镇定，虽然我的呼吸变得急促了——回答道：我不能让你的儿子欺负我的女儿。请来管管你的儿子。坏父亲说，不，我不会听你的命令，别再说了。坏父亲握住右手手腕，尴尬地把它抵在胸前，仿佛要稳住颤动，迟发性运动障碍，或者想要防备那只手自己动手打我。我无法判断做出这种姿势是意在吓唬我还是表明他即将精神崩溃。我们是两个拥有特权的疯子，有着不同的为人父母的策略。我们是两个没有主权的男人，在一个霍布斯意义上的"自然状态"，处于正面大冲突的边缘。我说，听上去字斟句酌，但感觉到自控能力的脆弱：我只是想要你过来让孩子们一起玩；我知道另一个父亲先前已经来找过你；我知道你大概觉得没办法管束你的儿子，不知道该怎么办或者你的婚姻已经破裂（为何要把我父亲的同理心作为武器），但是我不会让你儿子骂我女儿，即使在小说里都不可以。滚开，坏父亲说，取下他的眼镜，放在他外套的内口袋里，滚开吧。他拿下眼镜是准备打一架么，还是因为这多少能帮助他镇定下来？我强迫自己用鼻子深深地吸气，屏住气，再大声呼出来。

我离开了长凳上的父亲，回到滑梯旁，所有的孩子，包括那个男孩都在沉默地看着我们。来吧，我对女儿说，卢纳说不，我对她喝道："现在"，我嘶叫，现在就走，要不我们就直接回家。我是父亲，我是男性暴力的古老媒介，据说文学要通过用语言替代身体性来克服这种暴力。这个时候纳塔利娅来了，问怎么回事，我解释说，勉强表现得不在乎，这个男孩——这个年轻人——和人玩耍有问题，我已经同他父亲谈过了，父亲们让我代言，女孩们该去玩点别的了。纳塔利娅看得出来我不高兴，以她得体的方式带着女孩们去秋千那边。男孩又开始新一轮的敲击。我感到了坏父亲的凝视，感到了他的胜利感。我告诉自己不要回头去看他的笑容。

我回过头去，看见了他的笑容。然后，仿佛我一步就走完了这段距离，现在离这个坏父亲只有几英寸，我向下看着他，非常白的头皮，黑头发闪亮，我双手冰冷，熟悉的偏头痛和／或者愤怒的迹象，象征性机制在体内崩溃。他很高，身材上占了优势，所谓"猿指数"肯定很高，而我自己的体质则受到医生的严密监督，他们跟踪主动脉进入心脏处的扩张，想要找出某种遗传综合征，我每天晚上都祈祷没有把它遗传给我的女儿们。但是，我仍然觉得我可以对付他，尽管自从离开托皮卡以来我并未真正跟人打过架。跟在托皮卡时不一样，他不大像是带了枪的，我看不到手枪在衣服里鼓起来的样子。本能地，我寻求某种语言上的突袭：我一直在寻求你的帮助，我说，用基金会的词汇开头，但是说出来却好像是屁话，我已经请你帮忙让游乐场成为对我女儿来说安全的地方，我意识到我对你儿子的反应并非只与你儿子有关，那有关厌女的倾向，有关我把她们带入的这个世界让我产生的担忧。这个坏父亲显然对这种热情与冷静的混合、对词汇的纠缠不清感到吃了一惊，回答说：让孩子们自己想办法，我儿子只是玩个滑梯，他没有骚扰任何人，他才七岁好吧。不，我说，不好，这不好，有什么样的父亲就有什么样的孩子，孩子们"想出来的办法"恰好就是我俩要交换的力量动态。（我创造了她，伊万卡[1]，我的女儿，伊万卡，她身高六英尺，她有着最好的身材，她挣了很多钱。因为如果你是个明星，他们就会随便你怎么做，你可以做任何事情。你有权力。悬挂在地下室苍穹中的月亮或者无限致密的死星。）

这个父亲什么都没说：他拿出手机，开始发短信，假装不认为我的在场具有威胁性。你无视我吗？我愚蠢地问道。他抬头看看我，我俩现在都是坏父亲了。他说道：我不跟你说话，我叫你别打扰我，现在我叫你他妈的滚开。只有等我听到沥青地上咯的一声响，才清楚意识到我把手机从他手里打出去了。

*

我们的航班因为机械问题延迟了几次——我们带女孩们在机动走道上来来回回，塞给她们机场商店里价格高得离谱的加工食品，让她们在我们的手机上一遍遍看她们自己跳舞的视频。我们在堪萨斯城着陆（下降时颠簸很厉害，我在颠簸时为女孩

[1] 伊万卡，特朗普大女儿。这段话是在引用特朗普的话。

们读书，借此在她们面前藏起我自己的恐惧，直到完全不在乎颠簸气流的阿马娅把书从我手中拿走），去拿在入门处寄托的童车，见到我父母，从转盘上取回了行李，开车一小时回托皮卡（电线杆上的老鹰，田地里的棕色小麦和绿色大豆，祖父祖母带领孩子们唱歌，《比利砸了门闩》《金色浮华号》，卢纳在劳伦斯城外吐了，在休息区换衣服），最后终于驶进那条车道——我曾经在那里无数次醉醺醺地停下我的凯美瑞——这时距离我去沃什伯恩大学朗读只剩两个小时了。在冲澡时，我感觉像是这二十年都被抹去了，从我身上冲走了，仿佛我又重回十八岁，一种忐忑不安的心情，混合着这种感觉：我知道纳塔利娅已经带着女孩子们去附近散步，看那些维多利亚时代的房子和砖铺的街道，周围没有我创造的这个家的声音，全都是一场梦，我妈妈在书房里打字，电话响起来时让应答机自己去回答，我爸爸去狄龙超市快速采购，全脂牛奶和通心粉，有机的，如果他们有的话，等等。我穿得略微正式一点，虽然没穿从西湖商场买的西服——我是去朗读诗歌，并非为一场辩论赛做准备，虽然我的教练们很可能会出席——告诉我妈妈活动前我先要开车四处逛逛，会在那里同她和爸爸见面。她告诉我哪里可以找到那辆白色丰田普锐斯的车钥匙。列昂·谢苗诺夫给了他们一个好价钱。我发短信给纳塔利娅告诉她晚上——以及将来几十年——会见到她和女孩们，然后关上了手机，那时手机其实还没发明出来。

电动汽车的这种悄无声息更加增强了我是个幽灵的感觉，至少我与我现在的自己不是同代人，更别说外面的景色了，历史还未终结，但已经过去了。我经过克劳斯家，白色外墙上面重新涂了一层浅蓝色，一个陌生人在割草。我挥挥手，他疑惑地点点头。我就这么驶过我曾经在那里撞坏了头的小巷，然后是第7街的圣方济各教堂，我曾经在那里短暂昏迷，太空里的一个孩子，我的心是一个有着假盒底的盒子。很快我就开到了奥克利大道上的光明环，戴尔和我在那里第一次施展了我们的力量。我摇下车窗，慢慢驶过一层楼的学前班。我想象可以听见儿童们在后院玩耍，虽然现在孩子们全都已经回家了。我能够闻到——虽然这只不过是记忆——泥土和腐烂树叶的基调，一丝臭氧的气味表明将有一场暴雨降临。

从奥克利大道上传来收音机里播放的卡迪·B，我朝第6街上的基金会老校园驶去。2003年基金会搬去得克萨斯州之后，校园，或无论它剩下的什么东西就被遗弃了。2005年，许多幢楼出租给别人做办公空间，为此还大规模整修了钟楼，但接着有人恶意损坏了它。损坏如此严重——或说如此令人沮丧——以至于出租的事情就无限期延迟了。如同托皮卡动物园那样，我猜"世界知名"这样的称号也正式从基金会头上摘去，从登记簿中删除了。"在我任职执法官员的二十九年内，我不记得还见过任何建筑被损害得如此严重。"兰德尔·利斯特罗姆告诉《托皮卡首府新闻报》说，"这是某个非常非常愤怒的人造成的结果，某个人在这里花了很多时间。这不是一些孩子为了好玩而在这里花一小时造成的。"据《柏林地方新闻》报道，肇事者——从未被捕——"掀翻了楼里图书馆的一个书架，在洗手间放火，毁坏了浴室的设备，在一个房间留下成堆的屎，砸坏了一个电梯的控制板，在整幢楼里喷涂了脏话。"他们损坏了铜墙表面吗？

　　我就像开车经过一个墓地时那样关上了收音机，然后把普锐斯停在最靠近钟楼的空旷停车场里。我找到了献给汤姆博士的铁凳，看了看停摆的钟——是 3:50，就诊时间的永久终止点——这总是让我想起《回到未来》，舌头碰了碰上颚，远处有风钻的声音，树间枝叶婆娑的声音，在黄昏初至的时刻，树木开始闪闪发亮。我试着温暖双手，对朗读的焦虑感逐渐蔓延。我想象所有在学校做过的演讲似乎还停留在空气里，如果我能够调频找出来，就像旧日的收音机广播开始从空间回归，从由冰构成的天体弹跳开，一名业余无线电收音机广播员搜索到了1937 年赫伯特·莫里森的兴登堡灾难广播[1]，弗里茨就是那一年出生的，2014 年，噢，人类，电磁辐射重新落回地球。我闭上眼睛听着，但干扰太多，从大爆炸中传来的噪声，火花飞溅的声音，闪电，星星，白色丝绸下面充满张力的身体，电线交错。

---

[1] 赫伯特·莫里森（Herbert Morrison，1905—1989），美国广播记者，因戏剧性报道兴登堡灾难而闻名。1937 年 5 月 6 日德国飞艇兴登堡号在美国新泽西州莱克赫斯特一降落着陆便着火，造成 36 人死亡。

我离开校园和它的幽灵，朝沃纳梅克西南街的方向，经过星光溜冰场和海普超市去舍伍德湖，这时我放在方向盘上的手依旧冰凉，脸书告诉我安帕——加勒比美国大学医学博士，已经在堪萨斯大学医学院实习过了——现在住在奥马哈，有两个儿子，丈夫销售保险，她是内布拉斯加大学剥玉米人队球迷，严格遵循天然饮食法，但此刻当我穿行在规划社区时，她也在她家房子里，在所有的房子里，在窗帘后移动，台子上铺着绿色静电植绒，青少年时代欲望的回响令我吃了一惊，舌头在牙齿上滑过，最初的强烈感觉，人工湖上吹来的风，一个我无法模仿的声音。我离开舍伍德，停在21街的交通灯处，看着罗林希尔养老院，预制的斯图尔墓地，但它已经失去了能力：我的外祖父现在已经是灰烬了，被装在一个小盒子里回到了波特温。（我在等红灯时记起了上大学第一次回家，在潘韦尔-盖博殡仪馆的事情，这是与外祖母有关的最珍贵的记忆，她现在也是灰烬了，在某个春天樱花盛开时，被偷偷地充满爱意地洒在了布鲁克林植物园。殡仪馆馆长一直给罗丝看一个沉重的活页夹里他所谓"挚爱亲人遗体的容器"，但是罗丝觉得每种选择都太贵。协商了大约一个小时，她反复要求馆长把骨灰放在一个塑料袋里，"我可以把他装在我的手袋里"，他坚持说这不合法，最后他同意卖给她——四十美元现金——那个用来装运大理石骨灰瓮的松木箱。起初我妈妈因为她妈妈的固执而苦恼，最后，因为她一分不让，我们全都大笑起来，从笑中得到宣泄。

如果他们白白给她一个上了漆的罐头盒就好了。）

　　我回到城里，经过韦斯特博罗，但避开了贾森家的房子，怕万一西玛或埃里克在院子里来来去去或者干活，会看见我，会叫我停下来，尴尬地叙旧，也许是因为我不想靠近他们的地下室，在那里，我自己的另一个版本曾经和现在都永久在等待着就位。我在17街的快客便利店买了一包红壳万宝路，把车停在沃什伯恩停车场，尽可能远离白厅，然后我坐在车盖上抽了两支烟，用前一根点燃下一根，一边把我的书看一遍，折起我可能朗读的那几页的页角，而四周开始暗下来，好似基金会剧场的灯光。谁会来参加这样的朗读会？一小撮本地诗人，沃什伯恩大学的一些英语课规定学生必须参加这样的朗读会。许多齐格勒电影里的前明星和我父母泛社交圈里的其他一些人。来自光明环和兰道夫和鲁宾逊中学和托皮卡高中的各种教师，还有几个朋友，其中就有曼迪，她给我短信说结束之后她等不及要叙叙旧。还有埃尔伍德，如果他的新铬合金和钛金属关节能够承受压力的话。菲尔普斯也会在那里，已经在那里了，我看见了，当我终于走进白厅，当我在不同年岁之间切换，镇静剂开始起了作用，他们在那儿，并非因为我是一个"著名诗人"，而是因为我是"有脑子的人"的儿子。

　　现在我要给你看一名示威者的照片。戴尔比你上次看见时更胖了，留了胡子，几乎可以肯定带着枪，尽管照片上看不到鼓出来的印记。他戴着红色棒球帽，沉默地举着他的标语。如果你俩目光相遇的话，只有嘴角微微的抽搐才会表明彼此认识。此刻发生了什么？这些人物是怎么感觉，怎么想的？告诉我为什么会出现这个场景。

*

我们进入地铁时天已经阴沉下来，但是在市政厅出站时却又是阳光满天。我们走了几个街区去弗利广场，祖科蒂公园拆掉之后人们就只剩下这里可去了。政府大楼的古典式建筑在我们四周矗立。卢纳让我念铭刻在法院石墙面上的座右铭，我念了，但是我尝试拆句解释却效果不佳吞吞吐吐——部分是因为我对要去的地方有点神经紧张，部分是因为我没想好究竟是要表示赞成自由与正义的言辞，还是要强调这样的话只是欲盖弥彰，掩盖的是对权力和利益的追逐。（"谁允许他们在建筑上写字的？"卢纳问道。）作为父母的我们应该什么时候开始拆穿一个国家的谎言？

卢纳想在围绕黑色花岗岩大雕塑的喷泉池里扔一枚硬币，那雕塑是为了纪念奴隶贸易而建造的，我没有一分钱硬币，所以给了她十美分。她花了很久思考要许什么愿，然后才扔下硬币，硬币在碰到水面之前反射出太阳光。"想都不要想问我许了什么愿，爸爸。"（"想都不要想"是个新的表达方式，无疑是复制父母不经意间说出的威胁；她通常会用错，至少用错一点："想都不要想我现在有多饿"，当她想吃点零食的时候说。）我们头上一个式样过时的飞机拖着红白两色的条幅为汽车保险做广告，卢纳过去从来没见过这种标识。"它们下来时会怎样，飞机？"我不知道。它们着陆前会先分开条幅吗？条幅不会纠缠在着陆设备里吗？"问得好，宝贝。"我们继续走路，卢纳时不时停下来从路面上捡拾翅果，我小时候在托皮卡时曾经把这样的荚果称为"直升机"。很快我们就要走到联邦广场 26 号，雅各布·贾维茨大楼[1]，一堵气势逼人的玻璃墙，ICE[2] 办公室就坐落在里面，纳塔利娅给正在聚集的示威者发短信。卢纳许了什么愿？

进入安全线之后，我们按照事先商量好的，假装不认识任何参加活动的家庭，但卢纳还是同几个她在前几次活动中认识的孩子打招呼。我们没有叫她掩饰。虽然我们告诉她要去参加示威，她一直好奇——因为她看见了金属探测器和让我们装随身物品的塑料盒子——我们是否要上飞机。"一架飞机，拖挂着那种地上的人可以读到的条幅？"保安没问我们什么事情，尽管突然来了很多人。我们说要在位于这幢四十层大楼里的一个行政中心填写社会保障表格。卢纳宣布说她五岁，仿佛这就回答了保安的问题，她伸出手指，如果他要计算年月的话。"我妹妹没在这里，她三岁。"我们觉得最好还是把阿马娅留在布鲁

---

[1] 位于纽约曼哈顿的联邦办公大楼，共 41 层，有许多联邦政府机构。
[2] 美国移民和海关执法局的缩写。

克林的朋友那里。

在大厅那一排电梯前，一家家人安静地聚集，和平的愤怒者的舞蹈。我们等待着可以同时占据两辆电梯的时机，这样就可以同时到达 ICE。卢纳按了九楼按钮，然后开始高兴地玩着一个婴儿穿着袜子的脚，婴儿挂在她母亲的挂兜上，此时门关上了。里面热得难受，我闻到了汗臭和除汗剂的粉香味和干母乳味和我身边显然紧张不安的父亲吃的西瓜口香糖的气味。我们上升时，一名组织者感谢大家前来，"祝贺大家顺利进来"，快速对大家解释说我们必须把第一个保安"推到一边"。这使得卢纳紧张起来："推搡别人不对吧？"问得好。纳塔利娅解释说一切都没问题，很安全，我们只是要去一个可以让别人听我们说话的地方。我对纳塔利娅抬抬眉毛。我们不知道居然要去推挤任何人，我以为我们只是要占领电梯门打开时面对的空间，唱唱歌，喊喊口号，传递我们的信息，正面引导孩子们参与这些社会事务，然后有人叫我们离开时就离开，小心避开任何会让孩子们觉得困扰的冲突。

叮当一声铃响表明我们到了。两辆电梯的门同时打开，我们这支由大约十五个家庭组成的队伍朝大厅走去，那里只有一个保安坐在桌前。我们果断的前进令他困惑，他站起来，伸开手臂阻挡我们，喂，不行，大家登记，注册，出示 ID，管制区域，但是父母们推开他，从他左右两边冲过去。有短暂的身体冲撞，卢纳吓坏了，对我说，"抱起来，抱起来，抱起来"。于是我抱起她，她把脸埋在我脖颈里，我们从保安手臂下穿过去，我可以在她头发上闻到昨晚泡泡沐浴露的气味，我在她后脖子上涂得过多的防晒霜的气味。我们在 ICE 执法办公室所在的狭窄走廊里再次聚集。透过一扇窗户，我看见一个戴白色头巾的女人坐在桌前，两旁是穿蓝色西服的男人。这个房间肯定是完全隔音的，他们似乎没有注意到外面有人打扰。重新聚集的队伍开始唱歌（《我的小小光芒》，像过去一样，我必须克服听见我自己声音时感到的尴尬），而一些父母和孩子从背包和环保包里掏出标语牌。有几个手机在录视频，有一个 Act.tv[1] 来的人拿着摄影机。几个没带孩子的大人试图进入 ICE 受理申诉的房间里，但是被保安粗暴地推了回来，门砰地关上了；推搡更加令卢纳不安，她在我左耳边一直说着："我要出去。""我们就在大厅里唱唱歌，把爱传达给孩子们，然后就走。"我说。但是想到让她经历这种紧张场面，我心情矛盾，尽管许多其他孩子都在笑着、唱着，仿佛这只是学校里组织的远足，是去参观自然历史博物馆。一个母亲带着的孩子在这些喧嚣中一直熟睡，这名母亲简短地发言，谈到把孩子们从他们的母亲身边拉开，谈到笼子里的孩子，谈到不会被那天的执行令所骗。说话的声音和叫好声在狭窄的走廊里回响。卢纳把脸更加深埋在我的脖颈里。我再次让她放心，尽管她大概听不清我说什么，更多是

---

[1] 致力于政治活动的民主党电视台。

感到我声音的共鸣。

我开始感到一种至少有一年没有体会过的心情。卢纳蹒跚学步时体重不够——"没能茁壮成长"，一系列不确定的测试结果——虽然她现在长得不错。有些特别焦虑的时期，我在摇着她入睡时，常常想象着她在我手臂里越来越轻，直到我开始完全失去对她物理存在的感觉，仿佛她在蒸发。那就好像是我初次在光明环遭遇"飘浮手臂把戏"时的感觉的一种噩梦升级版：你把手臂压在一个门道上，慢慢数到十，你站开时，手臂会不由自主地往上抬起（"康斯塔姆现象"，克劳斯的声音，"初次体验自动症"）。我很庆幸她的脸颊紧贴着我的脖子。

纳塔利娅领头用西班牙语喊口号。人们不再推搡，但是警察开始从其他楼层赶来，很多人穿着防弹背心，作战装备。（如此穿着装备，结果面对的只是唱着歌的一家家人，不知是什么感觉？）大厅里也像电梯里面一样热了。他们大概停了空调，这是惯常对付占领的第一反应。警察故意威胁地从我们人群中走过，一个警察经过时撞到了我和另一名父亲。很快，走廊两头都站着警察。他们似乎在等待命令：究竟是清场还是控制我们。不大可能实施逮捕，我们猜，毕竟有婴儿和小孩，毕竟没有谁试图进一步进入办公室，但是我感到即使像纳塔利娅这样久经考验的示威者也不大确定规则是什么，政府人员会做什么，既然美国又再次伟大了。卢纳不喜欢警察的样子，问她妈妈——她现在已经不在喊口号了——哪个人是 ICE。"他是 ICE 吗？"纳塔利娅再次解释说，我们是绝对安全的，我们到这里来，是因为有别的家庭遭到了政府和警察不好的对待。ICE 不是一个人，而是一群人，服从总统的命令，对人不公平。（冰[1] 是宇宙的原初元素，宝贝，比火还要基本。）我们是活动家，对吧卢纳？纳塔利娅想从我手上接过卢纳，同她一起坐在地板上，再做一个标语——如果她愿意的话，可以把它给警察——但是卢纳不肯让别人把她从我手中抱走。我发现几乎无法松开她，即使是给她妈妈。

我们带她来是错的吗？卢纳完全没有恐慌或歇斯底里，但她感到不安了，我担心某个更加具有攻击性的示威者会试图再次冲进一个房间，导致警察来驱赶我们，进一步吓住卢纳。人们再次喊口号："家庭和儿童应该安全。"在叫喊停歇的空档，我对纳塔利娅说话，突出我的发音嘴型因为我们基本上是在读唇：我要带她出去，行吗？我觉得她在这里没事，纳塔利娅回答，我觉得她会冷静下来。我们高喊"家庭和儿童"，然后其他人喊"应该安全"，在喊口号停顿的短暂空当，我们试图决定卢纳和我是应该离开还是留下，卢纳现在安静了，但不肯把脸从我的脖子上移开，脖子已经被眼泪和汗水弄湿了。最后，卢纳的确把脸移开，但只是为了说——果断地说，用的是那种我们总是依从的声音——她想要走。行，我说，纳塔利娅也点

---

[1] "冰"的英文即"ice"，恰好与"ICE"字母相同。

头同意，也许有点不情愿。我从示威者中间挤出去，走向警察，他勉强让我们通过。等电梯门关上时，卢纳安静下来，笑了。她要吃水果软糖卷。

在大楼外面，我们找到了那些聚集在一起的示威者——或者是觉得不宜占领大楼的家庭，或者是前来表示支持的尚未做父母的人。这是大楼里面的示威者离开 ICE 办公室后会合的地方。已经有摄影团队摆好架势在等着他们，还尝试访谈卢纳，但她害羞地笑着（看见了她左门牙之间的缝隙），她跑去有几个孩子在广场上玩的地方，从一大块铺地石跳到另一块，没有碰到中间的接缝。有人带来了涂写人行道的粉笔，一个男孩在涂写，卢纳马上也涂起来，画出她称为"心泉"的东西。她说这会阻止 ICE，然后又再次问我 ICE 是什么，那些笼子里的孩子在哪里，笼子难道不是在动物园里，关动物的吗（"它们只能用眼睛说话"）。我尽量做了回答。我收到纳塔利娅的短信说他们马上就出来，没有逮捕，现在安静些了，有些孩子发了言，"真希望卢纳也在这里"。

我还在看着手机，一名全身装备、把作战武器挂在身上的警察向我走来，带着明显的蔑视问我是否示威组织者之一："这是你的节目吗？"我不置可否地笑笑，是那种不会说英语的人的笑容。警察身体结实，宽肩膀，白人，斯塔腾岛[1]的口

[1]　斯塔腾岛是纽约市的一个行政区域。

音，他对我说："我们可以让你们在这里小小地示威一下——但这个不行，这个绝对不行。""什么不行？"我说。他指着卢纳和男孩，他们在地上用黄色和红色粉笔画着心和螺旋。"这些孩子在污损政府财产。"

"我不明白。"我很无辜地说。

"你不明白什么？"警察不耐烦地说。

"我猜我不明白什么是政府财产。"我慢吞吞地说，"'政府财产'是否就像'公共财产'？因为我知道我们有权在人行道上使用这种粉笔——下场雨就冲走了。"

"是你来叫这些孩子停下来，还是我来？"卢纳和小男孩抬头看着我们，没有听见他说的话，但感到了紧张气氛。

"我觉得他们马上就要画完了。"我说，"继续画完吧。"他们继续画，卢纳在写自己的名字了。

"你让他们停下来，否则就让我来。"几乎是在吼，"明白吗？"

"不明白。"我说，放低了声音，"恐怕我不明白。什么叫'让他们停下来'？你要给他们戴上手铐吗？关在笼子里？"

"你必须教育你的——"

"反正，"我打断他，尽量缓和语调，尽管我又气又怕，"我女儿不肯听我的话。"卢纳在她的喷泉旁边画上星星，"就像今天早上，我们上地铁前，我让我女儿穿上高帮尼龙搭扣鞋，而不是带花边的那种，但是——"

"这是我最后一次要求你。"

"——你看看她穿的什么鞋子。你有小孩吗？因为我没有权威，这就是我想要说的。我对这些孩子没有权威。你有权威吗？再问问你的权威是从哪里来的？"

附近的示威者开始欢呼起来，占领大楼的那群人出来了。卢纳停止了涂画，扯了扯我的衬衣：我们去为妈妈鼓掌。小男孩也停下来，加入了我们。然后他们把粉笔给了警察，仿佛他刚才是要求让他也画一会儿。

我们找到了纳塔利娅，卢纳拥抱了她，要纳塔利娅把她抱起来，纳塔利娅抱起了她。一名组织者站在一张石凳上喊道："检查麦克风！"我们全都跟着喊。"人性麦克风！""人民麦克风！"而那些围在发言者旁边的人重复着发言者的话，为了放大声音，而不用需要许可才能使用的设备。这令我觉得尴尬，总是这样，但是我强迫自己参加，成为小小的公众演讲的一部分，这些公众正在慢慢学会在遭遇语速压倒的手段时，如何再次发声。

文
景

Horizon

社 科 新 知　文 艺 新 潮

我拒绝成为天才鹦鹉

[美] 本·勒纳 著
冯洁音 译

出 品 人：姚映然
责任编辑：李　琬
营销编辑：杨　朗
封扉设计：廖　韡

出　　品：北京世纪文景文化传播有限责任公司
　　　　　（北京朝阳区东土城路8号林达大厦A座4A　100013）
出版发行：上海人民出版社
印　　刷：山东临沂新华印刷物流集团有限责任公司
制　　版：北京楠竹文化发展有限公司

开　本：850mm×1168mm　1／32
印　张：10.625　字　数：188,000　插页：2
2023年9月第1版　　2023年9月第1次印刷
定　价：65.00元
ISBN：978-7-208-18269-1／I·2076

图书在版编目（CIP）数据

我拒绝成为天才鹦鹉／(美) 本·勒纳
(Ben Lerner) 著；冯洁音译. —— 上海：上海人民出版
社, 2023
　　书名原文: The Topeka School
　　ISBN 978-7-208-18269-1

　　I.①我… Ⅱ.①本… ②冯… Ⅲ.①长篇小说－美
国－现代 Ⅳ.①I712.45

中国国家版本馆CIP数据核字(2023)第088142号

本书如有印装错误，请致电本社更换　010-52187586